HANS ERNST

Schatten, die verdämmern

Roman

rosenheimer

5. Auflage 1995
Printed in Austria

Schutzumschlag-Foto: Bildagentur Mauritius GmbH, Poehlmann
Druck und Bindung: Wiener Verlag, Himberg bei Wien
ISBN 3-475-52042-7

1

Eine grimmig-kalte Nacht steht über dem stillen Bergdorf. Dick liegt der Schnee auf den breiten Dächern der Häuser, hinter deren Fenstern die Lichter schon vor Stunden erloschen sind.

Alles ist still. Nur manchmal schlägt kläglich irgendwo ein Hund an, dem Vergeßlichkeit oder Hartherzigkeit die Tür verschlossen haben, und ganz von ferne hört man ein Sausen und Rauschen, bald nah, bald fern. Das ist der Wasserfall im Geiertal, den selbst die grimmige Kälte nicht zum Stocken bringen kann.

Die elfte Stunde klingt in hallenden Tönen vom Kirchturm, als ein Bursche mit raschen Schritten den Kirchplatz überquert und am Pfarrhaus die Glocke zieht.

Unmittelbar darauf werden im ersten Stockwerk zwei Fenster hell, von denen eins sich knarrend öffnet. Der Pfarrer beugt sich über die Brüstung.

„Was gibt es?"

„Hochwürden möchten so gut sein —" ein Würgen kommt in die Stimme des Burschen.

„Wer bist du denn?" fragt die Stimme vom Fenster.

„Der Toni vom Geiertal."

„Ach, du bist es, Toni. Geht es der Mutter wieder schlechter? Warte einen Augenblick. Ich komme sofort."

Bald darauf tritt der Pfarrer aus dem Haus und geht durch den Gottesacker in die Kirche.

Toni steht indessen unbeweglich und starrt die funkelnden Lichter am Himmel an. Er ist noch jung, fünfundzwanzig Jahre alt. Groß und kräftig ist seine Gestalt und sein Gesicht scharf gemeißelt in allen Linien.

Er zieht eine kurze Pfeife aus der Tasche seiner Lodenjoppe, füllt sie mit Tabak und steckt sie wieder ein, ohne sie in Brand gesetzt zu haben.

„Rauchen schmeckt mir auch nimmer", sagt er trübsinnig und seufzt. Es will ihm einfach nicht in den Sinn, daß die Mutter sterbenskrank ist. Er braucht sie doch so notwendig! Wer ist denn sonst bei der kleinen Hanna, wenn er aus dem Haus geht. Er kann sie doch nicht mitnehmen auf die Berge zu seiner Arbeit.

Der Geistliche kommt aus der Kirche und schreckt ihn aus seinen Gedanken. „Jetzt komm, Toni", sagt er und zieht mit der einen Hand das Gittertürchen hinter sich zu.

Doch der Bursche rührt sich nicht. Er schaut den Pfarrer an und sagt:

„Da hab ich sagen hören, Herr Pfarrer, daß nach der heiligen Ölung oft schon einer wieder gesund geworden ist. Ist da was Wahres dran? Ich kann mir gar nicht denken, daß sie sterben soll. Und wenn es eine Gerechtigkeit gibt ..."

„Aber Toni", antwortet der Pfarrer ernst und mit Nachdruck. „Das Sakrament ist doch ein Gnadenmittel und kein Wundermittel. Du bist doch alt genug, um das zu begreifen."

„Ja, ja", stottert Toni. „Man klammert sich halt an alles, wenn's soweit ist. Also gehen wir, in Gottesnam'!"

Sie müssen eine halbe Stunde gehen. Toni stapft wegmachend voraus durch den Wald. Kein Wort fällt mehr zwischen den beiden Männern.

Das Rauschen des Wasserfalls kommt immer näher, und dann sehen sie plötzlich ein Licht durch die Lücken der Bäume schimmern. Es ist das Haus der Witwe Langegger, die im Sterben liegt.

Im Flur zieht der Priester das Ziborium unter dem weiten Mantel hervor und betritt das Sterbezimmer. Ein etwa zwölfjähriges Mädchen erhebt sich vom Bettrand und geht ihm mit ausgestreckten Händen entgegen.

„Gelt, die Mutter braucht nicht zu sterben?"

Es ist ein Ton in dieser Stimme, der seltsam ans Herz greift. Dabei richtet das Mädchen zwei glanzlose starre Augen auf den Pfarrer, Augen, in denen kein Leben ist, denn das Hannele ist schon von Geburt an blind.

Der Pfarrer streicht ihr über den blonden Scheitel. „Wenn Gott es will, dann wirst du deine Mutter noch lange haben", sagt er und winkt dem Toni, daß er mit dem Mädchen das Zimmer verlasse. Dann geht er an das Bett und berührt die welken Hände der Kranken. Er weiß sofort, hier ist nichts mehr zu hoffen.

„Kennen Sie mich, Langeggerin?"

Keine Antwort. Nur ein leises Stöhnen. Die Hände liegen nebeneinander auf dem blaugemusterten Bettuch. Sie haben schon die Farbe der anderen Welt.

Andächtig vollzieht der Priester die heilige Handlung. Er ist noch nicht ganz damit zu Ende, da geht ein Zukken durch den Körper der Frau, er streckt sich und liegt still.

„Seht", sagt er, „wie ruhig und still eure Mutter hinübergeschlummert ist. Und da sagt man immer, das Sterben sei so etwas Hartes."

Mit einem gellenden Aufschrei wirft sich das Mädchen über die Tote. Toni tritt an das Bett heran, klammert die Fäuste um die Kante und rührt sich nicht. Nur manchmal zuckt es in seinem Gesicht, und dann schließt er flüchtig die Augen.

Der Pfarrer versucht zu trösten, indem er meint, daß gegen den Tod keine Wurzel gewachsen sei und daß die Langeggerin doch nie mehr gesund geworden wäre. Der Tod sei für sie Erlösung gewesen.

„Mit einer Operation wäre vielleicht schon noch zu helfen gewesen", antwortet der Toni dumpf. „Aber der Wieshofer hat uns die Hypothek gekündigt . . ."

„Hat er das wirklich getan?" fällt der Geistliche ihm ins Wort.

„Ja, gleich nach Neujahr. Und seit dem Tage ist es mit der Mutter immer schlechter geworden."

„Na, laß gut sein, Toni, mit dem Wieshofer werde ich schon reden, daß er die Kündigung zurücknimmt. Vielleicht kann ich ihn zur Vernunft bringen. Du darfst jetzt nicht alles schwarz in schwarz sehen. Komm im Laufe des heutigen Tages einmal zu mir, daß wir über die Beerdigung sprechen."

Der Pfarrer verabschiedet sich, und Toni begleitet ihn bis an den Weg hinaus. Als er zurückkommt, ist Hannerl neben der toten Mutter eingeschlafen.

In stummer Trauer steht er vor den beiden. Still steht die Luft im Zimmer mit einem fremden Geruch. Toni wischt sich mit dem Handrücken über die Augen und zieht dann die Schublade einer alten Kommode auf. Lange findet er nicht, was er sucht. Erst im untersten Fach liegen die Kerzen, seine eigene, die er vor vielen Jahren getragen hat, als er zum erstenmal zum Tisch des Herrn ging, reinen und ungetrübten Herzens. Die andere hatte die Mutter einmal von Birkenstein mit heimgebracht.

Als man den Vater tot und starr aus dem Wald heimbrachte, hat die Mutter die beiden Kerzen angezündet, und heute tut es der Sohn, weil er weiß, daß die arme Seele im Dunkeln irren muß, wenn ihr kein geweihtes Licht leuchtet. Das hat ihm die Ahne einmal erzählt, und er hält fest an den alten Sitten und Bräuchen.

Seine Hände zittern, als er die Kerzen in die Leuchter steckt und anzündet. Auch seine Schultern zucken, sein ganzer Körper, und endlich kann er weinen. Still und lautlos kommen die Tränen und tropfen auf seine harten braunen Hände. Dann nimmt er die Schwester auf die Arme und trägt sie hinüber in die Wohnstube. Wie leicht sie ist! Ein Bündel Federn nur für seine Arme, die an Axt, Säge und Baumstämme gewohnt sind.

Über die Fenster geht ein graues Dämmern. Es ist der neue Tag. Eine Glocke beginnt zu läuten. Dünn und abgerissen hängen die Töne in der eiskalten Luft.

Die Kuh brüllt im Stall nach Futter. Das bringt den Einsamen in die Wirklichkeit zurück. Er nimmt den Eimer und melkt die Kuh. Eine Arbeit, die vor kurzem die Mutter noch getan hat. Wie lange noch, dann braucht diese Arbeit niemand mehr zu machen, denn wenn der Wieshofer sein Geld haben will, muß die Kuh verkauft werden.

In der Wohnstube ist der Ofen kalt. Schrecklich, was auf einmal an Arbeit da ist, wenn jemand fortgeht aus dem kleinen Kreis, in dem man einträchtig gelebt hat in Freud und Leid.

Er weckt die Schwester erst, als die dampfende Milchsuppe auf dem Tisch steht.

„Ich mag nichts", wehrte das Hannerl ab.

„Doch, Hannerl! Ein bißl mußt du essen."

Nach langem Zureden gehorcht sie, nur um den großen Bruder, der so treulich für sie sorgt, nicht zu kränken.

Toni fragt, ob sie mitgehen wolle in das Dorf. Nein, sie will bei der Mutter bleiben, und er brauche die Tür gar nicht abzuschließen, weil sie sich nicht fürchte.

Sie rückt einen Schemel neben das Bett, faltet die Hände im Schoß und verhält sich ganz regungslos. Sie weint nicht mehr, sondern hat die blicklosen, großen Kinderaugen weit geöffnet, wie sie es immer tut, wenn sie über etwas angestrengt nachdenkt. Und zu denken hat das Kind an diesem Morgen so viel, denn langsam begreift sie, was sterben heißt.

So kalt ist der Mensch, wenn er tot ist, denkt sie. Und gestern noch war die Mutter so warm. Hanna steht auf und tastet mit leisen Fingern über der Mutter Gesicht. Jede Linie zeichnet sie nach, wie sie es oftmals in früheren Tagen getan hat. Es ist alles noch da, die kleine Narbe am Kinn, die leichte Krümmung der Nase, die kleinen und die großen Falten. Nichts ändert der Tod, denkt das Kind. Und wenn alles so bleibt, dann kenne ich die Mutter gleich wieder, drüben in der anderen Welt.

Gegen Mittag kommt der Toni heim. Er hat einen Arm voll Tannenreiser. Am Nachmittag werden sie einen Kranz daraus flechten. Die Glocken läuten, und ein Amt mit Libera bekommt die Mutter. Der Pfarrer tut es umsonst. Und was den Lehrer betrifft, so wird er wohl warten, bis er sein Geld bekommt. Oder er hat ein Herz und macht es auch um der Barmherzigkeit willen.

Es schneit in großen Flocken aus einem hohen Himmel, als man die Langeggerin zu Grabe trägt. Es ist kein großer Leichenkondukt, nur ein paar alte Weiber folgen dem Sarg. Aber sechs alte Weiber beten bekanntlich mehr für das Seelenheil einer Verstorbenen als ein Dutzend junge, die zwischen ihrem Beten immer noch etwas anderes zu plaudern wissen und sei es nur über das Wetter oder über die Frau Fredige, die nach drei Totgeburten jetzt endlich einem gesunden Knaben das Leben geschenkt hat.

2

Zwei Tage nachdem man die Langeggerin zur letzten Ruhe gebettet hat, tritt im Nebenzimmer des Gasthofes „Zur Krone“ der Gemeindeausschuß zusammen.

Alle Wohlgerüche des Dorfes sind in dem engen Raum beklemmend vermengt. Hinter einem grauen Schleier von Tabakswolken sitzen die zwölf Wortführer der Gemeinde, eng aneinandergepreßt, um den Tisch herum.

Nach einer kurzen Beratungsstunde fragt der Bürgermeister:

„Also, was machen wir jetzt? Ist einer dabei, der die unmündige Johanna Langegger zu sich auf den Hof nimmt?“

Es entsteht eine lange Pause.

Der Bürgermeister zuckt die Schultern. „Sonst müßt man halt das Madel auf Gemeindekosten in eine Blindenanstalt überweisen. Das bedeutet allerdings für die Gemeinde eine erhebliche Etatsbelastung, auf die ich den Ausschuß heut schon aufmerksam mache.“

Jetzt erhebt sich der Wieshofer, räuspert sich und reckt den wuchtigen Kopf hoch, wobei seine kleinen, unruhigen Augen spöttisch die versammelten Bürger mustern. Bedächtig klopft er die Asche von seiner Virginia und beginnt mit einer Würde, die etwas Hoheitsvolles hat.

„Also, meine Herren! Das mit der Blindenanstalt lassen wir schon gleich ganz aus dem Spiel. Ich meine, das Gemeindewohl geht vor. Drum habe ich mich entschlossen, die blinde Johanna Langegger auf meinen Hof zu nehmen. Es muß doch jeder zugeben, daß bei der Sache gar kein Nutzen herausschaut. Aber man ist doch schließlich Mensch und Christ. Und auf einen Esser mehr oder weniger kommt's ja bei mir Gott sei Dank net an. Hat einer gegen meinen Antrag was einzuwenden?"

Niemand rührt sich. Nur der Kramer stößt seinen Nachbarn an und flüstert: „Etwas hat der wieder im Sinn."

„Was gibt's denn da hinten zu tuscheln?" schreit der Wieshofer. „Wer gegen meinen Antrag was einzuwenden hat, der soll es frei heraus sagen. Heimlichkeiten kann ich net vertragen."

„Ich meine bloß", antwortet der Kramer, „das ist man von dir sonst gar net gewöhnt, daß du dich um die Langeggerischen annimmst. Hast doch den Toni nie leiden können."

„Um den kümmere ich mich jetzt net. Ums Madel handelt's sich. Und die ist nirgends besser aufgehoben als bei mir."

„Ganz richtig", stimmt der Schreinermeister Haferl bei, „der Wieshofer kann's am leichtesten machen. Er ist der wohlhabendste Bauer im Bezirk, hat den ganzen Stall voll Vieh und vier Ross . . ."

„Sechs Ross, bitte schön", wirft der Wieshofer selbstgefällig ein.

„Ja, der Wieshofer kann seine Cilli auch ins Töchterpensionat schicken", spöttelt der Kramer drein.

„Stimmt! Ich kann mir's leisten!" Ganz purpurrot

wird das Gesicht des Wieshofers, und, sich weit über den Tisch neigend, schreit er dem Kramer ins Gesicht: „Ich kann mir alles leisten, was ich will. Und du, windige Kramerseel, kannst hinter dem Ladentisch stehen und Zichoripackel einwickeln."

Mit zorniger Bewegung stülpt der Wieshofer seinen Hut auf und verläßt ohne zu grüßen den Raum.

Draußen fährt er sich mit dem Ärmel über die erhitzte Stirn und spuckt aus.

„Bettelbagasch!"

Er stapft schon die Dorfstraße entlang, da kommt ihm der Bürgermeister nachgesprungen und faßt ihn am Arm.

„Geh, Wieshofer. Mußt es doch net gleich so schief nehmen. Kennst ihn doch, den Kramer."

„A sauberer Ausschuß, das muß ich schon sagen", poltert der Wieshofer los. „Da muß amal aufgemischt werden."

„Geh zu, Wieshofer. Was fragst denn du nach dem Kramer! Die Mehrheit ist da doch auf deiner Seite. Und auch ich weiß, was ich an dir habe. Du hast schon manches Gute für die Gemeinde getan, und das werd ich nicht vergessen."

„Das will ich auch hoffen. Wär ja noch schöner, wenn in der Gemeinde etwas geschehen tät, was mir net recht ist. Himmiblumendraht. Ich bin der Wieshofbauer, verstehst mich, Bürgermeister?"

„Reg dich doch net auf, Wieshofbauer."

„Weil's wahr ist!"

Inmitten des Dorfes stehen die beiden Männer. Der Wieshofer breit und protzig mit geblähten Nüstern, der andere scheu und mit hilflosem Blick. Nach einer Weile sagt der Bauer:

„Jetzt gehe ich grad mit Fleiß hinunter ins Geiertal und hole das Mädel. Möcht einmal sehen, ob ich meinen Willen net durchsetze."

„Wenn's dir recht ist, geh ich mit, Wieshofer."

„Freilich gehst du mit. Bei so was ist es allweil besser, wenn der Bürgermeister selber dabei ist."

Die beiden stapfen durch den hohen Schnee.

„Das sag ich dir, Bürgermeister", beginnt der Bauer wieder. „Der Kramer muß hinaus aus dem Ausschuß."

„Ja, ja! Freilich, ja!"

„Geht's vielleicht den was an, wenn ich meine Cilli ins Pensionat tu?"

„Gar nichts geht's ihn an."

„Das will ich meinen. Oder meinst du vielleicht, meine Tochter soll auch so aufwachsen wie ein gewöhnliches Bauerndirndl? Na, mein Lieber! Bildung muß der Mensch lernen, und drum habe ich sie fortgetan in die Stadt. Ich weiß schon, daß sich der Kramer auch darüber sein Maul z'rissen hat. Aber was geht's denn den eigentlich an? Meine Cilli hat alle Anlagen, daß sie was Besseres wird."

„Freilich, ja. Da bei uns heraußen lernt sie ja nix", pflichtet der Bürgermeister dem Protzenbauer bei, wie er ihm überall beipflichtet, auch wenn es für ihn oder die Gemeinde zum Nachteil ist.

Unterdessen haben sie das kleine Haus im Geiertal erreicht. Der Bürgermeister klopft seine Stiefel an der Hauswand ab, während der Wieshofer mit Eisklumpen an den Schuhen die Stube betritt.

Das Hannerl sitzt auf der Ofenbank und zupft mit den Fingern an einer alten Harfe. Es ist eine ganz einfache, zärtliche Melodie, die unter den Fingern des blinden Kindes hervorquillt. Das bleiche Gesicht mit den lichtlosen Augensternen lehnt wie in tiefer Versunkenheit oder Weltentrücktheit an dem dunkelgebeizten Holz.

Mit rauhem Ton zerstört der Wieshofer dieses idyllische Bild, indem er fragt:

„Wo ist dein Bruder?"

„Oh!" stammelt das Mädchen erschrocken. „Jetzt hab ich gemeint, mein Tonele sei in die Stube getreten. Wer bist denn du?"

„Der Tonele bin ich freilich net. Aber der Wieshofbauer bin ich und hätt' mit deinem Bruder ein wichtiges Wörtl zu reden. Weißt du net, wo er ist?"

„Im Stall wird er sein, ja. So — und du bist der Wieshofbauer, von dem der Toni sagt, daß er schuld wäre, daß die Mutter so früh ins Grab hat müssen?"

Der Wieshofer läuft rot an im Gesicht. Aber er beherrscht sich und fragt so freundlich, als es ihm gelingt:

„Wer sagt denn das?"

„Ich sag's", klingt eine feste, doch ruhige Stimme von der Tür her.

Der Wieshofer fährt mit dem Gesicht herum. Seine Augen funkeln. Doch kalt und ruhig begegnet der Toni seinem Blick, dann sagt er, als wäre der Wieshofer gar nicht anwesend — zum Bürgermeister:

„Was verschafft mir die Ehre?"

„Komm, Toni, setzen wir uns", meint der Bürgermeister.

Und während sie sich dann am Tisch gegenübersitzen, nimmt der Wieshofer auf der Ofenbank Platz, spreizt die Hände auf seinen Krückstock und legt das Kinn darauf.

„Also, Toni", beginnt der Bürgermeister nach einigem Räuspern, „es ist heute in der Ausschußsitzung verhandelt worden, daß dir die Gemeinde in jeder Hinsicht beistehen soll. Unser verehrliches Gemeinderatsmitglied, der Wieshofer, hat sich liebenswürdigerweise bereit erklärt, deine Schwester unentgeltlich auf den Hof zu nehmen, bis sie mündig ist und über ihr weiteres Fortkommen selber bestimmen kann."

Toni verzieht keine Miene. Und als der Bürgermeister schweigt, bleibt er immer noch ruhig sitzen und trommelt mit den Fingern auf den Tisch. Dann steht er auf, stemmt die Fäuste auf die Tischplatte und sagt ganz ruhig:

„Und habt ihr gemeint, es braucht sonst nix, als das Mädel auf den Wieshof zu schleppen? Gott sei Dank bin aber ich auch noch da."

„Wer sagt denn was vom Schleppen?" fragt der Wieshofer, sich ebenfalls erhebend. „Der Knecht kann einspannen und sie hinfahren. Und gut soll sie's haben bei mir."

„Ihr habt ja mich noch gar nicht gefragt, ob mir's recht ist."

„Das wär ja noch schöner", trumpft jetzt der Bürgermeister auf. „Du sollst doch froh sein, daß deine Schwester so gut untergebracht wird und daß der Wieshofer so gut ist."

„Es ist zwecklos", sagt der Toni ruhig und bestimmt. „Wir wollen net lang streiten. Ich sag's euch gleich: das Mädel bleibt bei mir, und basta!"

Mit einem erstickten Jubelschrei taumelt Hannerl auf den Bruder zu und umklammert ihn.

„Ich hab's ja gewußt, Tonele, daß du mich net hergibst!"

Der Wieshofer betrachtet die Szene mit spöttischem Lächeln, dann sagt er hämisch:

„Da werd ich halt ans Bezirksamt oder an die Obervormundschaft einen salzigen Bericht einsenden. Die werden dir dann schon beibringen, daß ein unmündiges Kind in die richtige Hand und Pfleg' gehört."

„Ja", entgegnete Toni ruhig. „In eine richtige Hand, aber zu keinem solchen Blutsauger, wie du einer bist."

„Du, tu dich fei ein bißl halten!"

„Gar net halt ich mich. Und wenn die ganze Gemeinde vorm Wieshofer katzbuckelt, ich net."

„Ah, so bist du eingestellt!? Na, wart, Bürscherl. Du wirst schon noch zahm werden. Und daß du's weißt, bis zum ersten April will ich meine fünfzehnhundert Mark haben. Andernfalls laß ich pfänden."

„Das sieht dir ähnlich", sagt Toni mit erwürgtem Laut.

„Da wirst du schaun, wenn's blechen heißt, verstehst du mich. Und zahl'n mußt du, da lasse ich net aus."

Toni spürt, wie ihm das Blut in die Schläfen springt. Er schiebt das Kind zur Seite und stellt sich breit und wuchtig vor den Wieshofer hin.

„Jetzt hast du einmal dein wahres Gesicht gezeigt, Wieshofer. In der Kirche hast du den Platz in der ersten Reih, und bei der Prozession trägst du den Himmel. Einem armen Teufel aber tätst am liebsten 's Blut aus den Adern saugen. Nobel ist das! Respekt vor so einem Christentum. Aber dein Geld sollst haben, so bald als möglich. So, jetzt haben wir zwei ausgeredet. Jetzt geh mir aber aus den Augen, sonst —"

Toni, dem die Fäuste zu zittern begannen, weist mit ausgestreckter Hand nach der Tür.

Diese drohende Bewegung veranlaßt den Wieshofer, so schnell als möglich nach der Tür zu gelangen. Der Bürgermeister drückt sich neben ihn her. Der Bauer rempelt ihn grob an.

„Warum machst du dein Maul net auf, wozu bist du denn Bürgermeister? Sonst hast dein Maul dauernd offen, aber wenn du reden sollst, bist stumm wie ein Fisch."

„Hinaus!" schreit jetzt der Toni und macht nun ein paar federnde Schritte vor. Dann schlägt er krachend die Tür hinter den beiden zu und geht zurück an den Tisch. Da fällt sein Blick auf den Herrgottswinkel.

„Du da droben. Sag mir, ob's überhaupt noch eine Gerechtigkeit gibt auf der Welt. Da muß man schon schier zweifeln, ob's überhaupt noch einen Herrgott gibt."

Die großen, dunklen Blicke des Burschen saugen sich dabei fest an den starren, leidverzerrten Zügen des Heilandes, die das Licht der kleinen Ampel mit rötlichem Schimmer überflutet.

Stumm blickt der geschnitzte Christus herunter auf den erregten Zweifler — ganz stumm und regungslos.

Da läßt Toni beschämt den Kopf sinken, legt die Arme über das Gesicht und birgt es darein. Und als Hannerl nach einer Weile kommt und ihr Ärmchen um seinen Hals schlingt, da preßt er das zarte Ding so fest an sich, daß es stöhnt. Seine Stimme zittert nun doch etwas, als er sagt:

„Jetzt wirst bald keine Heimat mehr haben, armes Hascherl."

„Das macht nix, Tonele. Wenn ich nur dich hab.“

Im Ofen krachen die Scheite, und der Geruch von Bratäpfeln, die auf der Herdplatte liegen, erfüllt die kleine Stube mit süßem Duft.

Eng umschlungen sitzen die beiden einsamen Menschen, indes draußen die Dämmerung Haus und Garten und alle Dinge verschlingt und am Himmel die ersten Sternlein aufblinken.

3

An diesem Abend wird die Stube auf dem Wieshof beizeiten leer. Der Bauer ist in einer Stimmung, die alle an ihm fürchten, von der Bäuerin bis herunter zum jüngsten Stallknecht. Deshalb drückt sich eins nach dem anderen nach dem Essen aus der Stube.

Als der Wieshofer sich allein sieht, macht er seiner Wut durch einen kernigen Fluch Luft.

„Das ist doch zum Teufelholen! Heut ist mir aber schon alles gegen den Strich gegangen.“

Er kann nicht fassen, daß plötzlich einer da ist, der sich seiner Meinung widersetzt. Bisher ist in der Gemeinde immer noch alles nach seinem Willen geschehen, und nun besitzt einer die ungeheure Frechheit, sich ihm in den Weg zu stellen! Und es ist einer, den man nicht etwa mit der Hand beiseite schieben könnte. Das könnte schlimm ausgehen, und man kann Gott daher danken, daß es noch andere Mittel gibt, so einen Kerl zu zähmen. Ganz klein soll er werden, und bereuen soll er es, daß er ihn, den Wieshofer, fortgewiesen hat wie einen Schulbuben.

„Himmikreuz! So eine Blamasch! Aber jetzt muß der Pfarrer eingreifen. Jawohl, hinter den werd ich mich stecken. Wenn ich ihm ein neues Meßgewand verspreche, dann — und außerdem steht ja die Sache als leuchtendes Beispiel christlicher Nächstenliebe da. Ist das etwa nicht schön und lobenswert, wenn ich das blinde Mädchen unentgeltlich großziehe?"

Nein, er gibt die Sache noch lange nicht verloren. Wenn er blechen muß, der Langeggerbub, dann wird ihm das Wasser bald an den Hals steigen. Dann muß er nachgeben. Vielleicht ist er dann froh, wenn er seine Schwester anbringen kann.

Und dann wird sich er, der Wieshofer, befriedigt die Hände reiben und wird sagen: „No, sixt, du bockbeiniger Bub, jetzt hast es. Hättest halt gleich nachgegeben."

Den Nutzen, den er sich von der ganzen Sache verspricht, verschweigt er wohlweislich. Vielmehr sieht er das als eine Selbstverständlichkeit an, daß sich das Mädchen im Haushalt ein wenig nützlich macht. Wenn sie auch blind ist. Da gibt es so viele Arbeiten, bei denen man nicht zu sehen braucht. Beim Kuhmelken zum Beispiel braucht man nicht zu sehen. Da kann man sich ganz schön von einer Kuh zur andern tasten. Wenn man die Arbeit öfter macht, dann bekommt man's schon ins Gefühl.

Die Hände auf dem Rücken, wandert der Bauer in der Stube auf und ab. Die Bilder an den Wänden — alte, verblaßte Fotografien seiner Vorfahren — blicken ernst auf ihn herunter. Es scheint, als schämten sie sich, daß einer aus ihrem Geschlecht sich mit so unsauberen Gedanken trägt.

Die Wieshofer sind ein altes Bauerngeschlecht, haben immer in Zucht und Ordnung gelebt in den Grenzen des Gesetzes und in starkem Gottvertrauen. Kein Makel lag auf ihrer Sippe, wohl an die dreihundert Jahre oder noch mehr zurück. Und wenn sie jetzt alle aufständen, die Wieshofer, und nur eine Stunde in der braungetäfelten Stube weilten, sie gingen gern wieder fort, denn der Letzte ihres Geschlechtes hat sich losgesagt von ihrer Art. Er lebt in einer anderen Welt als sie, in einer, die er sich selbst errichtet hat, und die keine Geltung hat vor Gott und jenen Menschen, die guten und aufrichtigen Herzens sind.

Bei seinem Wandern durch die Stube innehaltend, überlegt der Wieshofer, wie er den Brief an das Vormundschaftsgericht schreiben soll. Endlich hat er sich in seinen Gedanken alles zusammengereimt, so daß er Tintenglas und Federhalter vom Fenstersims nimmt und zu schreiben beginnt.

Als er fertig ist, liest er den Brief durch und nickt befriedigt vor sich hin.

„So. Jetzt wird sich's schon herausstellen, wer recht kriegt, ich oder der Notniggl vom Geiertal."

Er steigt die Stiege hinauf zur Knechtkammer und pumpert an die Tür.

„Michl! Unten in der Stube liegt ein Brief, den trägst morgen früh aufs Postamt und läßt ihn einschreiben. Ich hab eine Mark hingelegt. Was du rauskriegst, lieferst mir wieder ab. Hast mich verstanden?"

„Ja", kommt es schläfrig aus der Knechtkammer. Und leiser, daß es der Bauer nicht mehr hört, brummt Michl in die Kissen: „Geizkragen, mistiger!"

Am nächsten Vormittag bringt der Postbote einen der parfümierten Briefe auf den Wieshof, denen der Bauer immer mit gerunzelter Stirn entgegensieht. Nicht etwa wegen des feinen Geruchs — im Gegenteil, das verrät die Bildung und Vornehmheit, die sich die Cilli angeeignet hat —, sondern des Inhalts wegen, der gewöhnlich besagt, daß Cilli wieder einmal mehr Geld braucht.

Dem Wieshofer ist es deshalb schon zur Gewohnheit geworden, das Lesen der Briefe von unten her zu beginnen, weil zum Schluß meist die Summe steht, die sie angeblich so dringend braucht. Heute ist es sogar eine dreistellige Zahl. Einhundertfünfzig Mark.

Die Falten auf der Stirn des Bauern verschwinden, als er die zärtliche Überschrift liest.

„Lieber Papa." Drei-, viermal sagt es der Wieshofer vor sich hin. Er kostet die Worte nach wie einen guten Wein und sagt zur Bäuerin: „Sixt, Alte, es klingt halt doch ganz anders als das ordinäre Vatta. Man merkt halt doch gleich die Bildung, wenn der Mensch ein paar Wochen in der Stadt ist. Ja, ja, meine Cilli. Das ist halt ein Madl. Papa hat's geschrieben. Mein lieber Papa."

„Kegel dir nur das Maul net aus mit lauter Papa", wirft die Bäuerin ärgerlich hin. „Meinst vielleicht, die Cilli ist so dumm und weiß net, wie sie dich am leichtesten um den Finger wickeln kann? Paß nur auf! Das nächstemal, wenn sie zweihundert Mark braucht, dann schreibt sie, ‚hochverehrter Herr Papa'!"

„Jetzt da schau her, wie sich die giftet", sagt der Bauer halb verwundert, halb spottend, macht dann eine wegwerfende Handbewegung und wendet sich zum Fenster. „Es ist ja bloß, weil du nix verstehst vom Fortschritt."

„So? Wenn das Fortschritt ist, wenn so ein Madel alle vierzehn Tage hundert Mark braucht, dann weiß ich nimmer. Wenn's nach mir ging, müßt das Madel heim, denn daß sie da drinnen was Gescheites lernt, das glaub ich in alle Ewigkeit net."

Ohne den Kopf zu wenden, erwidert der Bauer:

„Dann hättest sie schon gleich net fortlassen sollen."

„Als ob ich vielleicht gar einmal was sagen darf! Ihr habt mich ja gar net gefragt, ob's mir recht ist."

„Man kann auch reden, wenn man net gefragt wird. Im übrigen möcht ich bloß wissen, warum du dich jetzt so aufregst. Lassen andere Bauern ihre Kinder net auch ausbilden? Warum soll ich es mir net leisten können? Und überhaupt hat die Cilli Talent! Du wirst selber wissen, daß unser Sommergast voriges Jahr gesagt hat, es wär Sünd und Schand, wenn so ein Talent verkommen müßt."

„Ja, das glaub ich. Gesagt hat er's schon, weil er gewußt hat, daß du es gern hörst. Du hast einen Narren gefressen an dem Dirndl! Wie gesagt: wenn's nach mir ging, müßt sie wieder in den Kuhstall hinaus."

„Ja, freilich, sonst nix mehr. Ich glaub gleich gar, du brächtest das fertig."

„Warum net? Meinst du, daß ihr das schaden könnt? Ich hab's auch tun müssen."

„Ja du. Das ist ganz was anderes. Du hast deswegen auch einen Bauern geheiratet. Aber unsere Cilli kann jetzt schon auf einen Beamten reflektieren."

„Ah, da willst du hinaus."

„Ja, da will ich hinaus!" äffte der Bauer breitgezogen nach.

Ohne noch ein Wort zu sagen, verläßt die Wieshoferin die Stube und geht in die Küche. Ein schwerer Seufzer löst sich wie aus einem tiefen Brunnen herauf.

Die Frau ist noch nicht alt. Nur ein paar Jahre über vierzig. Und doch haben die zwanzig Jahre Ehe tiefe Runen in ihr Gesicht gezeichnet. Ihr Rücken ist frühzeitig gebeugt unter der Last des Kummers, und die Zeiten sind längst verschwunden, in denen sie hat lachen können, so frisch vom Herzen weg. Da muß sie schon weit zurückdenken, die Wieshoferin, bis in die Kindheit und Jugend, die sie weitab von hier verlebt hat, auf einem stillen Waldbauernhof. Das war eine schöne, begrenzte Welt, in der sie lebte mit Brüdern und Schwestern. Es war auch noch schön, als der Wieshofer kam und um sie warb. Und schön war es auch noch, als sie auf seinen Hof zog als Bäuerin. Es sollte keine Tränen geben auf so einem Hof, mit so prachtvollen Feldern und Wiesen. Aber wer würde nicht weinen, wenn er plötzlich erschreckend erkennt, daß der Mensch, mit dem man ein ganzes Leben leben soll, kein Herz und Gefühl hat! Die Wieshoferin hat nachts oft die Kissen naß geweint, noch ehe er die Hand zum Schlag gegen sie hob. Das war damals, als sie eine Magd vom Hof fortschickte, weil sie dem Bauern offensichtlich sehr gut gefiel. Und so vieles liegt in den zwanzig Jahren, das sie nie und nimmer vergessen kann. Aber sie hat sich gegen nichts mehr aufgelehnt, hat auch kein Wort gesagt, als er das Kind ganz auf seine Seite zog, damit sie keinen Anteil an der Erziehung habe. Und Cilli schlägt ihm in allem nach. Sie ist hartherzig und gewalttätig und von einem grenzenlosen Eigensinn beherrscht. Sie, die Mutter, hat überhaupt keine Gewalt über ihre Tochter und versucht es auch gar nicht, ihren starrköpfigen Sinn zu ändern. Sie hat gelernt, diesen opfervollen Weg zu gehen, still und klaglos, hat gelernt da zu sein, wenn man sie ruft und von selbst unterzutauchen in ihre grenzenlose Einsamkeit, auch wenn man es ihr nicht befiehlt.

Während die Wieshoferin in solch schweren Gedanken ihre Arbeit verrichtet, malt der Bauer in der Stube fein säuberlich die Adresse auf die Postanweisung.

„So", sagt er. „Jetzt schick ich meinem Cillerl das Geld. Schütt ich halt alle Tage ein Tröpferl Wasser in die Milchkannen, dann kommt's bald wieder herein."

Nach der Brotzeit setzte er die Pelzkappe auf und geht ins Dorf. Der Weg dorthin beträgt eine halbe Stunde, denn der Wieshof liegt hoch oben auf einer Anhöhe. Von dort aus hat man einen schönen Blick in das Land hinaus. Man kann auch das kleine Haus im Geiertal sehen, fast versteckt zwar hinter den hohen Tannen. Der Bauer sieht feinen Rauch zwischen den Ästen aufsteigen und murmelt: „Wart nur, du brauchst nimmer lang Feuer zu machen dahinten. Dir heize ich schon ein, aber ganz gehörig."

Am Postschalter werden an diesem Tag gerade die Renten ausgezahlt, und es herrscht ein ziemlicher Andrang. Unbekümmert um die Wartenden bahnt sich der Wieshofer mit dem Ellbogen den Weg zum Schalter. Mit protziger Gebärde legt er die hundertfünfzig Mark auf das Zahlbrett und schiebt sie durch das Guckfenster, wobei er laut sagt:

„Hier! Hundertfünfzig Mark für meine Cilli."

Der Beamte, der erst einige Tage Dienst macht und den Wieshofer nicht kennt, fährt ihn grob an:

„Können Sie nicht warten, bis Sie an der Reihe sind?"

Der Wieshofer ist so verblüfft, daß er im Augenblick nichts herausbringt, als: „Ha, was haben Sie gesagt?"

„Daß Sie gefälligst warten sollen, bis Sie dran sind!"

Erst das Kichern hinter seinem Rücken bringt den Wieshofer zum Bewußtsein seiner Würde. Mit schriller Stimme schreit er durch das Schalterloch:

„Ja, wie hätten wir es denn? Sie wissen wohl net, wer ich bin? Ich bin der Wieshofbauer! Verstehen Sie mich?"

„Das ist mir ganz gleichgültig, wer und was Sie sind", erwidert der Beamte. „Jedenfalls ist das kein schöner Zug, wenn Sie hereinkommen und sich vordrängen, wo andere schon länger als eine halbe Stunde warten."

„Von denen versäumt ja keiner was."

„Das spielt hier keine Rolle."

„So, das wird nachher eine Rolle spielen. Das werden wir schon sehen. Da brennen Sie sich aber ganz gewaltig, wenn Sie meinen, Sie könnten uns Bauern so behandeln. Wir rühren uns schon, darauf können Sie Gift nehmen. So wär's recht! Was sich der schon einbilden tät, das kleine Bröckerl Postler."

„Wenn Sie nicht ruhig sind, zeige ich Sie an wegen Beamtenbeleidigung."

„Freilich. 's Maulhalten laß ich mir auch noch schaffen von dir. Dazu bist du mir noch zu jung, daß du es weißt."

Der Beamte gibt keine Antwort mehr, fertigt die Postanweisung ab und schiebt dem Wieshofer den Abschnitt hin.

„Wir sprechen uns an einem anderen Platz", sagt der Beamte ganz ruhig. „Der Nächste bitte."

Wie ein gereizter Gockel verläßt der Wieshofer das Postamt und schwört dem Beamten blutige Rache.

„Den treffe ich schon einmal unter vier Augen. Aber dann hat er sich gewaschen. So stauch ich ihn zusammen, daß er in keinen Schlappschuh nimmer neinpaßt. Manderl, werd ich sagen, wenn du mich noch einmal so behandelst, dann rutscht mir die Hand aus. Oder glaubst du vielleicht, du bist mehr als ich?"

Der Bauer spricht alles laut vor sich hin und fuchtelt

mit den Armen dazu, als wenn das Opfer seines Zornes leibhaftig vor ihm stände.

Plötzlich verstummt er und fällt in eine langsamere, gemütliche Gangart, weil er den Herrn Pfarrer hinter dem Fenster seines Studierzimmers gewahrt.

Tief und untertänig zieht der Wieshofer die Pelzkappe, und als Hochwürden das Fenster öffnet, bleibt er stehen und lehnt sich über den Staketenzaun. Sein Gesicht ist voll Demut, seine Stimme voll biederer Herzlichkeit.

„Guten Morgen, Hochwürden. Das ist aber ein Winter heuer! Da kann man seine Freude dran haben, net wahr?"

„Ist viel Schnee im Januar, gibt's bestimmt ein gutes Jahr", lacht der Pfarrer freundlich. „Aber wollen Sie nicht einen Augenblick hereinkommen, Wieshofer? Ich hätte verschiedenes mit Ihnen zu reden."

Was wird er denn wollen? denkt sich der Bauer, während er durch den Garten auf das Haus zugeht.

Der Pfarrer führt ihn in das wohlig durchwärmte Wohnzimmer, stellt ein Kistl mit Zigarren auf den Tisch und steckt sich selber eine an.

„Ja, mein lieber Wieshofer", beginnt er, „ich habe gehört, daß Sie die Johanna Langegger auf Ihren Hof nehmen wollen und möchte Ihnen für die edle Tat meinen Dank aussprechen. Sie nehmen mir damit eine große Sorge vom Herzen. Also, meinen herzlichsten Dank."

„Net der Mühe wert, Hochwürden. Ist net mehr als Christenpflicht. Aber haben Sie auch schon gehört, daß der Toni mich für meinen guten, christlichen Willen bald zum Haus hinausgeworfen hätte?"

„Der Toni? Ja, warum denn?"

„Er gibt das Madl einfach net her, sagt er."

Nachdenklich blickt der Pfarrer den Rauchwolken seiner Zigarre nach. Dann sagt er, ohne sein Gegenüber anzublicken:

„Sie haben der verstorbenen Langeggerin die Hypothek gekündigt. Bin ich da recht unterrichtet? Ich kann das gar nicht recht glauben von Ihnen."

Der Bauer rührt in Unbehagen die Schultern, als ob ihm die Joppe zu eng wäre.

„Ja, gekündigt habe ich sie wohl. Aber das kann man schon rückgängig machen. Ich brauch das Geld ja net."

„Na also, das denk ich auch, Wieshofer. Nehmen Sie die Kündigung zurück. Der Toni läßt dann bestimmt mit sich reden."

„Ja, wenn der Herr Pfarrer meint. An mir soll's net liegen. Reden Sie mit dem Toni."

„Ja, ich werde mit ihm reden."

„Probieren Sie es halt einmal. Vielleicht hilft's, obwohl —" Der Bauer zieht in tiefer Bekümmernis die Stirn in Falten. „Viel is net zu machen mit dem Toni. Er ist grob und rabiat."

„Da müßt ich mich aber täuschen. Ich habe den Toni immer für einen sehr anständigen, ruhigen Burschen gehalten."

„O mein! Hochwürden! Grad die Ruhigen haben's faustdick hinter den Ohren. Ich denk mir halt, wenn er auf Sie net hört, müßt man sich halt an das Vormundschaftsgericht wenden."

„Weswegen?"

Verblüfft schaut der Bauer auf.

„Ach so", sagt der Pfarrer. „Wegen der Johanna. Das hat noch Zeit, Wieshofer. Vorerst will ich einmal zusehen, was ich erreichen kann. Die Hauptsache ist vorerst, daß Sie die Kündigung der Hypothek zurücknehmen. Nicht wahr, das versprechen Sie mir doch?"

„Wenn ich einmal sage, ich nehm sie zurück. Im übrigen verlasse ich mich ganz auf Sie, Hochwürden." Der Wieshofer steht auf und langt nach seiner Pelzkappe. „Und gelt, Herr Pfarrer, wenn Sie es zuwege bringen, dann tun Sie mir, bitte schön, Botschaft, daß ich einen Knecht mit dem Gespann hinschick."

„Ich hoffe, daß ich den Toni zur Vernunft bringe."

Der Pfarrer begleitet den Bauern zur Tür. Dort taucht der Wieshofer die Finger in den kupfernen Weihwasserkessel und bekreuzigt sich.

„Was ich noch sagen will, Hochwürden, wenn vielleicht was abgeht, Fleisch, Butter oder Eier, dann könnt am Nachmittag die Kuchelmagd einen Korb voll herunterbringen."

„Ich danke Ihnen, Wieshofer. Aber vorerst bin ich noch reichlich mit allem versehen."

In gehobener Stimmung tritt der Wieshofer den Heimweg an. Der Pfarrer aber kehrt nachdenklich in sein Studierzimmer zurück.

Was ist da nun richtig? Die ganzen Jahre hat er sich bemüht, die Menschen, unter denen er lebt, voll und ganz kennenzulernen. Und er glaubt sie auch zu kennen in all ihren Nöten, Freuden und Leiden. Aber mit dem Wieshofer geht es ihm so, als sei eine Milchglasscheibe zwischen ihm und dem Mann, so daß er ihn nicht durchschauen kann. Er hat den Eindruck — und er wehrt sich vergebens dagegen — als trüge der Bauer seine Christlichkeit nur äußerlich zur Schau, während seine Seele von finsteren Dämonen beherrscht ist.

Daß sich der Pfarrer hierin nicht täuscht, bestätigt sich noch am selben Nachmittag, als er sich auf den Weg macht, um die Geschwister in ihrem Häusl im Geiertal zu besuchen.

Der Wieshofer steht eine Woche später in seiner Stube und hält einen Brief in der Hand, über dessen Inhalt er sich so aufregt, als hätte man ihm seine beste Kälberkuh gestohlen.

Und es war doch ein sehr höfliches Schreiben vom Vormundschaftsgericht, folgenden Wortlautes:

„Soweit keine triftigen Gründe einer nachteiligen Versorgung vorliegen, kann Anton Langegger nicht gezwungen werden, seine unmündige, blinde Schwester einer fremden Pflege zu übergeben. Gegebenenfalls müßte dann der Vormund darüber verfügen, soweit es ihm nicht möglich ist, sich selbst seines Mündels anzunehmen. Durch den soeben eingelaufenen Brief des hochwürdigen Herrn Pfarrers erhalten Ihre Schilderungen ein ganz anderes Bild. Herr Pfarrer Staudinger schildert den Anton Langegger als äußerst verläßlichen Menschen, in dessen Fürsorge und Obhut seine Schwester bestens aufgehoben sei. Bei einer eventuellen Beschwerde wegen mangelhafter Erziehung werden wir gerne auf Ihr freundliches Anerbieten zurückkommen."

„Da hört sich alle Gemütlichkeit auf!" kreischt der Wieshofer laut. „Wart nur, Pfarrer, da hast dir eine Suppe eingebrockt. Von mir aus kann er sein Fleisch und seine Butter hernehmen, wo er mag. Von meinem Hof kommt kein Bröserl mehr in den Pfarrhof. Und dem anderen hinten werd ich helfen. Sofort kündige ich jetzt die Hypothek. Die sollen mich einmal kennenlernen!"

Gegen Abend verläßt er den Hof und geht ins Wirtshaus. Da begegnet ihm auf dem Wege dorthin der Wachtmeister und sagt ihm, daß er wohl blechen müsse, weil er den Herrn Beamten in der Post beleidigt habe.

„Was habe ich?" schreit der Bauer. „Beleidigt soll ich ihn haben? Nix hab ich ihn geheißen, den Hanswurschten, den damischen. So wär's recht. Das Maul darfst jetzt auch schon nimmer aufmachen. Und kein Fünferl zahl ich, kann's grad gehen wie's mag."

Der Wachtmeister meint, daß es nicht seine Sache sei. Er habe nur die Anzeige entgegengenommen und pflichtgemäß weitergeleitet.

„Wie Sie so einen Schmarren annehmen können, Herr Wachtmeister, das verstehe ich net. Ich habe Sie allweil für einen intelligenten Menschen gehalten."

„Bedauere, Pflicht ist Pflicht."

„No ja, mir kann's gleich sein. Ich nehm mir halt einen Advokaten. Jawohl, den Heigenlechner nehm ich, der hat eine gute Gosch'n, der wird schon fertig mit denen. Der hat mir damals den Prozeß gegen den Sägemüller von Marbach auch gewonnen."

Der Bürgermeister und einige Kleinhäusler, die in der Wirtschaft sitzen, haben an diesem Abend nichts zu lachen. An ihnen läßt der Wieshofer seine ganze Wut aus. Nicht mehr ganz nüchtern, tritt er kurz vor Mitternacht den Heimweg an. Vor seinem Hof stehend, blickt er zum Geiertal hinüber. Ganz deutlich kann man alle Dinge unterscheiden, denn der Mond steht hoch am blanken Himmel. Vor vielen Jahren hat das kleine Haus dahinten einem aus der Gemeinde gehört, der dann nach Amerika ausgewandert ist. Der Wieshofer hätte damals gern alles gekauft, weil er dann so viel Tagwerk Grund gehabt hätte, um eine eigene Jagd zu haben. Aber da kam ihm dieser Langegger zuvor. Sind gar keine Hiesigen. Von der Tegernseer Gegend sind sie zugezogen vor zehn Jahren. Der Alte war Holzfäller, und als er im Wald verunglückte, glaubte der Wieshofer seine Zeit gekommen. Unter der Maske des bereitwillig Helfenden lieh er der Witwe Geld, in der Hoffnung, daß sie die Zinsen nicht aufbringe und er dann das kleine Anwesen mühelos in die Tasche stecken könnte. Aber da hing sich der Junge ein, zahlte die Zinsen prompt und kümmerte sich um den Wieshofer gar nicht.

Das alles geht dem Bauern jetzt durch den Sinn.

„Und nachgeben tu ich net um alles in der Welt", murmelt er und ballt die Faust in das Tal hinunter. „Jetzt möcht ich grad einmal sehn, ob ich net recht krieg."

4

Frühling im Geiertal! Er kann nicht viel mehr geben als ein wenig grünes Kraut und Sauerampfer, während auf anderen Wiesen der Löwenzahn bereits üppig und goldgelb prangt. Es ist zu viel Schneeluft dahinten, und erst später, im Mai oder Juni, wenn die Sonne den letzten Schnee von den Schattseiten der Felswände weggesaugt hat, wird es im Geiertal richtig Frühling.

Der Toni arbeitet jetzt im Wald. Es ist eine harte Zeit für ihn. Die Kuh hat er verkaufen müssen und das kleine Waldeck, um die Hypothek einzulösen. Was noch gefehlt hat, 600 Mark, hat ihm der Pfarrer geliehen. Und wenn es auch mit dem Zurückzahlen nicht eilt, so gönnt sich der Toni doch keinen Tropfen Bier und arbeitet von früh bis zur sinkenden Dämmerung. Jede Woche legt er einige Mark zurück, um am Jahresende wenigstens einen Teil zurückzahlen zu können.

Immerhin, der Toni ist froher Dinge. Hell und kriegerisch klingt seine Axt im jungen Morgen und am späten Abend. Manchmal ist es auch so, daß er die Axt weglegt und eine Büchse aus dem Versteck zieht. Ein plump gearbeiteter Stutzen, aber er geht scharf und genau, und wenn der Toni ihn an die Wange legt, so zielt er damit nicht etwa auf einen Baum, sondern auf einen Rehbock, der im Feuer zusammenbricht, noch ehe er an Flucht denken kann.

Es ist ein gefährliches Handwerk. Toni weiß es wohl. Aber man kann eine Leidenschaft nicht so schnell ablegen, wie am Ende der Woche ein schmutziges Hemd.

Das Hannerl ist tagsüber beim Kramer gut aufgehoben. Man würde sie dort sehr gerne für ganz behalten, aber sie bleibt nicht dort. Wenn der Wind kühler wird, merkt sie, daß es Abend werden will, und würde man sie nicht führen, so lief sie wohl allein nach dem Geiertal, um beim Toni zu sein.

Wenn er dann heimkommt vom Wald, sitzt sie auf der Bank vor dem Haus und singt leise vor sich hin, ohne Worte, nur eine Melodie. Sie singt so leise, daß sie es selbst kaum vernimmt, denn der Wasserfall in der Nähe macht jetzt im Frühjahr einen solchen Lärm, daß man kaum sein eigenes Wort versteht.

Manchmal fürchtet sie sich, wenn sie die wachsende

Dämmerung zu fühlen beginnt. Aber es ist eine Angst, die weniger mit ihr selbst zu tun hat, sondern die dem Toni gilt.

Auch heute ist es so. Weil die Vöglein still werden, und weil schon längst die Abendglocke geläutet hat, weiß sie, daß die Dunkelheit nicht mehr fern ist. Sonst kommt Toni immer ums Abendläuten heim. Sie zittert um sein Leben, seit sie weiß, daß auch der Vater im Wald verunglückt ist. Und in ihrer Angst beginnt sie zu beten, horcht immer wieder dazwischen und schreit dann laut den Namen des Bruders, als sie Schritte durch den Wald kommen hört.

„Ja, Hannerl, ich komm schon."

Als er gleich darauf bei ihr sitzt, legt er den Arm um ihre Schultern und fragt zärtlich: „Hast du wieder Angst gehabt um mich?"

„Ja, Tonele, es muß doch schon dunkel sein."

„Es ist halt ein bißl später geworden heut. Aber morgen ist Samstag, da bleib ich daheim. Und am Sonntag bin ich auch da. Hast mich also zwei ganze Tage jetzt."

„Ach ja, Tonele", sagt das Kind mit glücklichem Lachen. „Da bin ich froh. Weißt, ich hab dich halt so gern. Ach, könnte ich doch sehen, damit ich weiß, wie du ausschaust."

Darauf weiß der Toni nichts zu antworten. Er steht auf, geht ins Haus und kocht auf dem krachenden Feuer das kärgliche Mahl für sich und seine Schwester.

Am nächsten Morgen arbeitet Toni im kleinen Garten. Hannerl sitzt im Garten und spielt mit einem Zitronenschmetterling, und wenn er ihren kleinen Händen entwischt und um ihr Gesicht flattert, lacht sie ihr silberschelliges Lachen dazwischen. Endlich flattert der Falter über den Zaun und kommt nicht wieder zurück.

„Wo ist er denn jetzt?" fragt sie.

„Fortgeflogen ist er."

„Kommt er nimmer, meinst? Ach was! Fort ist fort.“ Sie streift sich ein paar lockere Härchen hinters Ohr. „Sag Toni, warum ist es denn jetzt so warm?“

„Weil’s Frühling ist.“

„Wie schaut denn da alles aus?“

„Schön grün ist halt alles.“

„Und so gut schmecken tut’s.“

Gierig atmet das Mädchen alle Wohlgerüche in sich, und einmal hebt sie den Kopf, hält ihre Augen in forschender Entrücktheit über den Zaun gewandt.

„Da hör ich ein Sausen, Toni? Schau einmal.“

Im selben Augenblick hört man ein jämmerliches Piepsen, und ehe Toni dazu kommt, aus dem Garten zu stürzen, um dem Geier das Kücken abzujagen, hebt sich der Raubvogel schon wieder empor und schwebt in majestätischem Flug seinem Horst zu.

„Hat der Stößer schon wieder ein Hendl geholt?“ fragte Hannerl, während Toni schimpft und schwört, die Geier alle aus dem Horst zu schießen.

„Du Toni“, meint Hannerl nach einigem Nachdenken, „der Geier holt uns die Hendl, und der Wieshofer hat uns die Kuh geholt. Also ist der Wieshofer auch ein Raubvogel, net wahr?“

Toni muß lachen.

„Jetzt hast du das richtige Wort gefunden für den. Aber hab nur keine Angst. Wir kriegen schon wieder eine Kuh.“

Ja, das sind Tonis geheimste Gedanken. Erst hat er nur geliebäugelt mit solchen Einfällen, aber allmählich nahmen sie immer festere Formen an, und nun hat er den unerschütterlichen, festen Glauben, daß einmal, vielleicht schon in zwei oder drei Jahren, wieder eine Kuh dasein wird, oder zwei, die Milch geben und den Pflug durch den Acker ziehen. Man könnte Korn säen dann und im Herbst die Säcke nach der Mühle fahren, um es umzutauschen gegen Mehl. Das wäre ein Leben dann in geordneter Bahn, und er könnte einmal daran denken zu heiraten.

Das ist nun ein Punkt, bei dem seine Gedanken haltmachen. Es sind viele Mädchen im Dorf, von denen eine oder die andere nicht nein sagen würde. Aber solche Wünsche regen sich kaum in ihm. Solche Gedanken können schon gar nicht an ihn herankommen, weil er sich schon zu sehr damit abgefunden hat, weiterhin mit seiner blinden Schwester in friedsamer Eintracht unter den hohen grünen Wipfeln des Geierwaldes zu hausen.

Es ist aber auch möglich, daß die Richtige noch nicht in sein Leben getreten ist. All seine Bekanntschaften sind zufällig, und alles Zufällige hat weder Wert noch Beständigkeit. Etwas Schicksalhaftes, ganz Großes müßte einmal kommen. Dann vielleicht könne es sein, daß sein Herz sich hingibt und eins wird mit dem Pulsschlag eines anderen Menschen.

Die Hände auf dem Harkenstiel gefaltet, denkt Toni erstmals darüber nach, wie das wohl sein müßte, eines Menschen Welt zu sein, einen Menschen zu lieben mit aller Leidenschaft und aller Glut. Das müßte doch Glück sein, das tiefe, große Glück! Die Erfüllung des Lebens überhaupt, die Ergänzung des eigenen Ichs.

Da reißt Hannerl ihn aus seinen Gedanken, indem sie sagt:

„Du, Toni, nimm mich halt einmal mit in den Wald hinauf. Wenn ich bei dir bin, kann dir nix passieren."

„Mein Kind, wo täte ich denn dich hin?"

„Ich werde ganz still auf meinem Platzerl sitzen bleiben."

Toni will es ihr ausreden. Aber plötzlich befaßt er sich selbst mit dem Gedanken, ob es nicht möglich wäre. Wenn man vielleicht dem Angermeier ein gutes Wort gäb? Der hat in der Nähe eine Alm. Dort könnte Hannerl sich aufhalten, und er brauchte auch nicht täglich den weiten Weg zu machen.

Er nimmt sich vor, mit dem Angermeier zu sprechen. Gleich morgen nachmittag will er ihn aufsuchen.

Die Glocken rufen zum sonntäglichen Hochamt. Toni steht fertig angezogen in der Stube. Aber Hannerl hat immer noch etwas an sich herumzurichten. Jetzt sagt sie:

„Toni, binde mir die Schleife noch an meine Zöpf."

Lächelnd vollbringt er die ungewohnte Arbeit, und dann gehen sie fort.

Es ist ein wundervoller Frühlingstag voll Blüten und Sonnenglanz. Über aller Stille liegt der schwere Himmel mit der ganzen Last seiner Bläue. Nur vereinzelte kleine Wölkchen schweben darin wie Segel auf weiter, unendlicher See. Ganz rund sind sie — weich und flaumig, wie sonst nur im Sommer. Die Berge stehen wie Glas über dem dunklen Fichtenwald und sind beglänzt mit einem hellen Licht, das alle Scharten mit übergroßer Deutlichkeit hervortreten läßt.

Auf allen Seitenwegen sieht man Menschen in der kleidsamen Tracht ihres Tales zur Kirche wandern.

Die Geschwister verweilen am Grab ihrer Eltern, bevor sie in die Kirche gehen.

Nach dem Hochamt will Toni beim Kramer noch einiges besorgen, und da trifft es sich, daß er dort der Schwester vom Herrn Pfarrer begegnet.

Ob er sich nicht auch einmal einen freien Sonntag machen wolle, fragt sie. Die kleine Johanna würde sie gern bis zum Abend bei sich behalten.

„Du mußt aber mit hingehen", sagt Hannerl, noch ehe Toni Antwort geben kann. Er geht auch mit hin, unterhält sich mit dem Herrn Pfarrer eine Weile und macht sich dann auf den Weg zum Angermeier.

Es ist nur die Bäuerin daheim. Und als er ihr seine Bitte vorbringt, sagt sie: „Ich glaub net, daß mein Mann was dagegen hat. Beim Wirt ist er drüben, wenn du ihn fragen willst."

Toni geht also zum Wirt und redet mit dem Angermeier.

„Weißt, ganz umsonst will ich's ja net", meint er. „Ich helf dir mähen oder Holz machen."

„Geh, da werd ja gar nix g'redt, Toni. Bring deine Schwester nur hinauf auf meine Alm. Wenn du unbedingt meinst, du willst es net umsonst, dann kannst vielleicht den Almzaun a bißl ausbessern."

„Is schon recht. Angermeier. Und ich dank dir halt recht schön. Es tut einem wohl, wenn man noch Menschen trifft, die gut zu einem sind."

„Ist net der Mühe wert."

„Kriegst a Halbe, Toni?" fragt die Kellnerin.

„Ja, bringst mir halt eine."

Ein hölzernes Lachen wird plötzlich hörbar. Es ist der Wieshofer, der in der Ofenecke sitzt und das Gespräch der beiden halb und halb verstanden hat.

„Mehr als eine kannst dir sowieso net kaufen", sagt er dann herausfordernd.

In Tonis Gesicht fährt das Blut. Aber er beherrscht sich, bläst den Schaum von seinem Krügel und trinkt.

„Du mußt es ja wissen", sagt er bedächtig.

Unwillkürlich wird es in der Gaststube still. Aller Augen hängen am Toni, der sich so ruhig verhält, als hätten die Worte des Wieshofers ihn kaum berührt. Da sagt der Bauer:

„Warum seid ihr denn alle so still auf einmal? Meint ihr vielleicht, ich möchte Händel anfangen mit dem? O nein, der ist mir schon noch zu jung."

„Und du mir zu dumm", entgegnete Toni.

„So? Zu dumm?" Der Wieshofer steht auf und setzt sich wieder. „Na", sagt er. „Ich werd mir den Respekt net vergeben. Seinen Charakter muß man schon bewahren."

„Soweit man überhaupt einen hat", antwortete Toni.

Das trifft. Förmlich nach Luft muß er schnappen, der Wieshofer. Und als er sich endlich gefaßt hat, schreit er:

„Das ist ganz grobe Ehrabschneidung."

„Hättst net ang'fangt. Das könnst schon wissen, daß ich mich vor dir net duck."

„Da schau her! Jetzt hätt ich ang'fangt. Meine Herren! Wer kann sagen, daß ich ang'fangt hab?"

Sie senken die Köpfe. Nur der Kramer sagt:

„Freilich hast du ang'fangt."

„Natürlich du, Kramerseel, du windige, du mußt ihm helfen."

„Ich sag bloß, was wahr ist."

„So, bei dir kaufe ich noch mal wieder was."

„Wenn ich auf dich warten müßt, wär ich schon lang aufg'schnappt."

Der Wieshofer schlägt mit der Faust auf den Tisch und will zu einer großen Rede ansetzen, aber das Wort bleibt ihm im Mund stecken, denn der Postassistent betritt soeben die Gaststube. Und die achtzig Mark, die er wegen jener Beleidigung hat berappen müssen, die kann er nicht vergessen.

„Zahlen", schreit er und wirft ein Silberstück auf den Tisch.

„Na, das schaut grad aus, als wenn man gehen wollt, weil ich komm", sagt der Postassistent freundlich.

Der Kramer grinst.

„Der hat halt Angst, er muß noch mal achtzig Markl zahlen."

„Ich denke, das hätte er schon vergessen, der Wieshofer. Darüber braucht niemand zu spotten. Ich und der Wieshofer können vielleicht noch ganz gute Freunde werden."

„Wir zwei?" Ein kurzes, hämisches Lachen. „Da wirst du aber alt dabei." Mit diesen Worten wirbelt der Wieshofer eilig zur Tür hinaus und flucht auf dem Heimweg. „Bagasch elende. Aber ich helf euch schon noch hinein in d' Schuh, da könnt ihr euch drauf verlassen."

5

Am Nachmittag geht Toni in den Wald hinauf. Den Auftritt mit dem Wieshofer hat er längst wieder vergessen, und wenn wirklich noch ein kleiner, bitterer Nachgeschmack in ihm wäre, so könnte er ihn hier in dem unendlichen Frieden des Waldes vergessen.

Toni streckt sich in den Schatten einer Tanne, verschränkt die Arme hinter dem Kopf und träumt hinein in das bißchen Blau, das durch die wiegenden Wipfel schimmert.

In allen Ecken und Enden ist ein zärtliches Schlagen und Locken. Zwischen den goldenen Sonnenbändern huschen pipsende Meisen einher, um die tänzelnden Mükken zu haschen, deren Summen hineinklingt in das traumleise Rauschen des Waldes.

Toni weiß nicht, wie lange er so gelegen hat. Nach einer langen Zeit setzt er sich auf, lehnt sich an den Stamm und zündet eine kurze Pfeife an. Kleine, blaue Wolken steigen auf und beginnen zu wandern.

Wohin sie wohl wandern, denkt Toni und schickt seine Gedanken hinterher. Aber sie kommen nicht weit. Nur bis zur Grenze des Waldes. Hier ist seine Welt. Was draußen ist, kennt er nicht und ist ihm fremd.

Die Sonne verliert allmählich ihre heiße Kraft. Der Hang vor ihm beginnt im Abendrot zu leuchten. Steinnelken bewegen sich schaukelnd auf ihren dünnen Stengeln im leisen Abendwind, und ganz von ferne hört er verschwommenes Läuten von Kuhglocken und die helle Jodlerstimme einer Sennerin.

Es ist nichts Fremdes, was Toni sieht und hört. Mehr als hundertmal ist er schon hier gewesen und hat das Verlöschen eines Abends gesehen. Hier hat er mit der

Mutter Holz gesammelt und mit den anderen Jungen vom Dorf die Rabennester ausgeraubt.

Ach, selige Kindheitserinnerungen! Sie stehen in seinem jetzigen Leben wie ein freundliches Licht in der Finsternis.

Plötzlich fährt er leicht zusammen.

Ein Mädchen kommt den Hang herab. Hoch und schlank wandert es durch das Abendrot, den weiten Basthut in der Hand schlenkernd. Ein kleines Lied singt sie für sich hin:

„Blühten einst drei rote Rosen — Rosen rot am Saalestrand . . ."

Worte und Melodie schwingen herüber zu dem Mann im Schatten, der sich regungslos verhält. Und dann kommt die Singende näher und näher und erschrickt, als sie den Mann gewahrt.

Ihre dunklen Augen blicken ihn an, ihre Brauen verziehen sich in scharfem Nachdenken, und dann lächelt sie ihn unbeschwert an, als sei sie froh, sich an ihn erinnern zu können.

„Beinahe hätte ich dich nimmer gekannt", sagte sie.

In Tonis Stirn hat sich eine tiefe Falte geschoben. Er steht auf und sagt unfreundlich:

„Ich hab dich gleich kennt."

„Na, na?" meint das Mädchen verwundert. „Du bist aber unfreundlich! Willst mir gar net einmal die Hand geben? Es ist doch schon über drei Jahre her, daß wir uns nimmer gesehen haben." Sie streckt ihm die Hand hin. „Grüß dich Gott, Toni."

Zögernd greift er nach ihrer Hand.

„Grüß dich Gott, Cilli."

Er sieht sie an und muß unwillkürlich denken: Alle Wetter! Die ist aber sauber geworden, schad, daß sie dem Wieshofer gehört. Dann blickt er an ihr vorbei in die Ferne hinaus.

Cilli schüttelt verwundert den Kopf. Das ist ihr doch noch nie passiert. Ist denn der Kerl von Stein? Sie betrachtet ihn von der Seite. Wie er dasteht, trotzig, mit vorgeschobener Unterlippe, breit in den Schultern, die großen, starken Hände lässig in die Hosenträger eingehakt, ist er ein Bild von Kraft und Männlichkeit.

Oh, denkt Cilli, der, ja der ..., und ihre kühlen Nixenaugen tasten sein Gesicht wieder forschend ab.

Jetzt wendet er sich plötzlich zum Gehen. Cilli bleibt an seiner Seite, und er denkt verzweifelt: Ich muß doch was sagen. Was aber gleich? Daß ihr Vater und ich die größten Feinde sind? Dann wird sie sicher zurückbleiben, und ich kann allein meinen Weg weitergehen.

Davor erschrickt er. Wenn sie nur grad net dem Wieshofer sein Madl wär, denkt er verzweifelt. Bei einer anderen würde er sicher ein paar nette Worte finden, denn er ist immerhin noch jung, erst sechsundzwanzig, und es ist Frühling und ein Abend wie geschaffen für Liebe und Zärtlichkeit.

Plötzlich seufzt er und sagt mehr zu sich selbst:

„Ach ja, das ist ein Kreuz auf dieser Welt."

Da lacht die Cilli klingend auf.

„Was gibt's denn da zu lachen?" fragt er ärgerlich.

„Weil du so tust, als wäre dir alle Freud am Leben verdorben."

„Das kann man ja net wissen."

„Ja freilich. Sonst nix! Man braucht das Leben bloß net so schwerzunehmen."

„Wer das kann. Du, glaub ich, kannst es?"

„Wohin kommt man denn, wenn man alles so schwernimmt?"

„Weit kommst net, da hast schon recht." Er blickt sie an, und ein warmer Schein leuchtet in seinen Augen auf. Was kann denn die Cilli dafür, denkt er sich, daß ihr Alter so ein z'widerer Kerl ist. Nein, gar nichts kann sie dafür.

„Wie lange bleibst du noch hier?" fragt er jetzt.

„Wahrscheinlich den ganzen Sommer über."

„Fein hast du dich rausg'wachsen. Allen Respekt. Wenn

ich noch daran denk, was du für a kleins Dirndl gewesen bist, als ich beim Angermeier die Küh gehütet hab! Weißt noch, da bist manchmal zu mir gekommen ..."

„Ja, ich weiß es noch. Und ich hab dich auch gleich wieder gekannt. Aber du mich nimmer."

„Gleich im ersten Augenblick hab ich dich net kennt, das stimmt."

„Hast mich halt net kennen wollen. Hast wohl an eine andere gedacht, gelt?"

Hat er es nicht verstanden, oder will er absichtlich darauf keine Antwort geben?

Die Sonne ist untergetaucht. Aber an den höchsten Berggipfeln glüht noch ihr letzter Schein. Wie ein ungeheurer Feuersbrand sieht es sich an.

„Herrlich", sagt Cilli und steht dabei ganz nahe bei ihm.

Als er den Kopf ein wenig wendet, sind ihre erregenden Augen dicht unter ihm. Er spürt ihren Atem an seinen Schläfen, sieht, wie ihre Nasenflügel leicht zittern, sieht zwei brennend rote Lippen, mit dem weißen Glanz der Zähne dazwischen.

Es ist nicht wahr, daß Toni ganz unberührt bleibt von all diesen Dingen. O nein, es fällt etwas über ihn her, von dem er gerade im letzten Augenblick noch denkt, daß es nicht gut sei, diesem Rätselvollen, Gewaltigen nachzugeben. Er wendet sich ab und geht wieder.

Cilli bleibt an seiner Seite, so nah geht sie an ihm, daß zuweilen ihre Hand an die seine streift.

Am besten wäre es wohl, diese Hand gleich festzuhalten, denkt Toni und will es auch tun. Da sagt sie:

„Wer ist es denn?" fragt sie.

„Was meinst du?" Er kennt sich wirklich nicht gleich aus.

„Geh, tu doch net so. Ein Bursch wie du, der müßt doch an jedem Finger eine hängen haben."

„Es hängt aber nix", antwortet er lachend.

„Und das soll ich glauben?"

„Gewiß wahr, Cilli. Ich hab bis jetzt noch gar net Zeit gehabt, mich nach einer umzuschauen."

„Na, na", sagt sie und droht lächelnd mit dem Finger. „Zu so etwas hat doch jedes Mannsbild Zeit."

„Ich net. Mir is auch noch gar net darum zu tun gewesen bis jetzt."

„Die Zeit wird net ausbleiben", meint sie altklug. „Der eine verliebt sich früher, der andere später. Mit einem Mal ist es da."

„Jawohl, mit einem Mal", stimmt er lebhaft zu und öffnet den Hemdkragen. Sonderbar, wie warm ihm auf einmal wird, obwohl die Wiese, über die sie jetzt gehen, schon in tiefen Dämmerschatten liegt.

Der Weg biegt nun ab in das Geiertal, und Toni bleibt stehen, um sich zu verabschieden. Aber Cilli sagt:

„Ich geh noch ein Stück mit dir. Vorausgesetzt, daß es dir recht ist."

„Warum soll es mir nicht recht sein?" fragt er. „Ich muß es doch für eine Ehr schätzen, wenn du mich begleitest."

Es ist schon fast dunkel, als sie an dem kleinen Haus ankommen. Und da erst fällt ihm ein, daß er doch Hannerl abholen muß.

„Schad", sagt Cilli. „Ich wär jetzt noch gern ein bißl auf der Hausbank sitzen geblieben. Es ist so schön hier bei dir."

„Ja, schön ist es schon", sagt er mit einem tiefen Atemzug und setzt etwas schüchtern hinzu: „Vielleicht kommst du ein andermal vorbei?"

„Morgen?" fragt sie.

Nein, morgen ginge es nicht. Die Arbeit im Wald ruft. Erst am Samstag käme er wieder herunter vom Berg. Ja, leider erst am Samstag.

„Vielleicht komm ich zufällig vorbei", meint sie.

Er nickt verdrossen, denn er fühlt plötzlich eine kleine Traurigkeit über sich herfallen. Ihm ist, als müsse er die Arme strecken und dieses Mädel an sich pressen, denn am Samstag wird sie kaum mehr kommen können. Bis dorthin wird sie wissen, wie er zu ihrem Vater steht, und sie wird vielleicht, wenn sie ihm begegnet, hinwegsehen über ihn, wie über einen Menschen, den man nicht kennt.

Auf dem Weg ins Dorf überlegt er, ob er nicht selbst ihr alles bekennen solle. Aber es fehlt ihm der Mut dazu, und er befürchtet, sie könne gleich sagen: Wenn das so ist, dann kann ich freilich nicht kommen.

Drum schweigt er lieber und klammert sich an die winzige Hoffnung, daß sie vielleicht am Samstag doch kommt.

Als sie sich beim Kirchhof trennen und er ihre heiße Hand in der seinen hält, ist ihm plötzlich zumute, als ginge es um Sein oder Nichtsein. Sein Gesicht ist umschattet. Seine Hand umspannt ihr Handgelenk, und seine Augen sind plötzlich dicht über ihr.

„Du wirst kommen“, sagt er. „Sag, ob du kommst?“

Diese Stimme, dieser harte Griff läßt sie erzittern. Ihr Gesicht wird rührend kindlich. Dann lächelt sie und sagt leise:

„Ich komme!“

Sie tritt von ihm zurück, winkt ihm zu und geht fort.

Toni blickt ihr nach, aufgewühlt bis in sein tiefstes Innere. Matt leuchtet ihr helles Kleid in der Dunkelheit. Ihr leichter Schritt verweht im Winde, und dann sieht er nichts mehr. Aber in alle Stille fällt plötzlich ein hauchfeiner Klang.

„Blühten einst drei rote Rosen — Rosen rot am Saalestrand . . .“

Cilli singt im Überschwang ihrer Freude. Sie singt, weil der Tag so geendet hat, weil der Toni Langegger in ihrem Bann ist. Ganz zum Schluß ist die Starre von ihm abgefallen. Sie weiß, daß er sie liebt, und deshalb singt sie.

„Als die Blätter abgefallen — war das blonde Mädchen tot . . .“

Das ist das letzte, was Toni hört. Die Töne hängen ein Weilchen in der Luft, bis sie zu ihm herkommen. Aber er läßt sie ganz ungebrochen in sein Herz fallen.

„Blühten einst drei rote Rosen —" singt er ebenfalls, und dann wendet er sich um und zieht am Pfarrhaus die Glocke.

Der Wieshofer ist in Angst und Sorge über das lange Ausbleiben seiner Tochter. Als er sie dann endlich den Anger herauf singen hört, schnauft er wie von einer Zentnerlast befreit auf.

„Gott sei Dank, jetzt kommt sie ja."

Cilli kommt trällernd zur Stube herein, schleudert den Hut in die Ecke und ordnet vor dem Spiegel ihr Haar.

Der Vater betrachtet sie entzückt. Von der Mutter hat sie gar nix, denkt er. Er bildet sich überhaupt immer ein, Cilli sähe ihm gleich, obwohl diese dunklen, großen Augen und die feingeformte Nase nicht die geringste Ähnlichkeit mit ihm verrieten. Nur der Mund mit dem brutalen Zug um die Winkel ist dem seinen gleich.

„So lang darfst du nimmer ausbleiben", sagt er nun.

Cilli macht verwunderte Augen.

„Wieso? Warum?"

„Ja, weil dir halt leicht amal was passieren könnte. Das ging mir grad noch ab zu allem Verdruß."

„Geh, Vater, was hast du denn schon wieder für einen Verdruß?"

„Ach, mit dem Langer habe ich mich wieder geärgert."

Cilli dreht sich halb vom Spiegel ab.

„Mit dem Toni?" fragt sie gespannt und setzt dann noch hinzu: „Den hab ich heute getroffen."

„Wirst ja doch nix g'redet haben mit ihm?"

„Ach Gott, was man halt so sagt. Grüß Gott halt und so —"

„Das nächste Mal hast ihn nimmer zu grüßen, verstehst du mich? Ich laß dir viel 'nausgeh'n, aber da bin ich hart. Der Kerl hat mir schon genug angetan. Wenn du ihm wieder begegnest, dann schaust du über ihn weg. Luft muß dir der Kerl sein, der deinem Vater Schmach und Schande angetan hat! Vollständig Luft."

Der Cilli fährt verräterisch das Blut in die Wangen. Einen Augenblick wird sie sehr nachdenklich und stellt dabei fest: Ich bin im Begriff, mich in den Toni zu verlieben. Vorsicht! sagt ihr kühler, klarer Verstand. Vorsicht, Cilli. Aber warum soll sie sich diesem Abenteuer nicht hingeben? Vielleicht gar deshalb, weil der Vater bitterfeind mit ihm ist? Oh, was geht das sie an! Jawohl, es steht ganz fest bei ihr. Sie wird am Samstag zu ihm gehen.

„Hast du mich verstanden?" fragt der Vater in ihre Gedanken hinein.

„Aber freilich, Vater. Wie werd ich denn mit dem reden, wenn er dir so viel Kummer macht."

Sie sagt dies ganz leicht hin, ohne die geringste Verlegenheit.

Der Wieshofer nickt befriedigt.

„So ist es richtig. Du bist halt doch meine Tochter. Und überhaupt — was ich noch sagen will — halte dich ein bißl zurück mit den Burschen hier. Die täten sich gleich was einbilden."

Ein kurzes, nervöses Lachen, dann schiebt Cilli verächtlich die Unterlippe vor.

„Da wär ich mir schon zu gut für so einen."

„Das glaub ich auch", stimmt der Vater lebhaft bei. „Bei deiner Bildung kannst du schon auf etwas Besseres Anspruch erheben. Übrigens — da ist ein Brief gekommen für dich." Er reicht ihr ein aufgerissenes Kuvert hin.

Cilli runzelt die Brauen und reißt dem Vater den Brief aus der Hand. Und während sie flüchtig liest, fragt der Wieshofer:

„Was ist denn das für ein Willy? Was ist er denn? Und hat er was?"

„Ach, der Willy — weißt du, der Willy — ein recht netter Kerl ist er."

„Ja, das mag schon sein. Aber hat er denn etwas? Was ist er denn?"

„Was wird er denn sein? Sekretär ist er im Finanzministerium."

„Teufel, ein so hohes Vieh ist der, Donnerschlag, Madl, hast du ein Glück!"

Cilli antwortet ärgerlich:

„Was heißt Glück? Grad so gut wie den Willy hätt ich auch andere haben können." Ihre Augen schließen sich zu einem kleinen Spalt. „Was ich noch sagen will: Gelt, meine Briefe machst du in Zukunft nimmer auf?"

„Oho, ich werd doch noch wissen dürfen —"

„Ich will's aber net haben", schreit sie wütend und stampft mit den Füßen wie ein Kind, dem man ein Spielzeug weggenommen hat. „Ich mag nicht, daß andere Leute ihre Nase zuerst in meine Sachen hineinstecken."

„Ja, wie red'st denn du mit mir? Ich bin doch dein Vater!"

„Freilich bist mein Vater. Ich bin auch gewohnt von dir, daß du mir jeden Wunsch erfüllst." Einer plötzlichen Eingebung folgend geht sie auf ihn zu und schlingt die Arme um seinen Hals. „Bist halt doch mein Guter, du", lacht sie schmeichelnd. „Gelt, machst mir keinen Brief mehr auf?"

„Na, Cillerl, ich mach keinen mehr auf."

Bald darauf schützt Cilli Müdigkeit vor und geht in ihr Zimmer. Der Mutter will sie noch „Gute Nacht" sagen. Aber die schläft schon fest, daß sie es gar nicht hört.

Vor dem Fenster stehend, schaut das Mädchen in die Nacht hinaus. Weicher, würziger Duft weht herüber vom Tann. Sie richtet den Blick nach dem Geiertal.

„Toni Langegger." Fast unbewußt spricht sie den Namen aus. Und plötzlich spürt sie eine schreckliche Sehnsucht nach ihm. Ob das Liebe ist? Liebe, dieses kleine, in seiner Bedeutung aber so große, herrliche, wetterdrohende Wort? Liebe, diese sturmbehütete Herberge in allen Sorgen und Nöten?

Cilli hat bisher nichts gewußt von der großen Liebe. Sie weiß auch nicht, ob sie das jetzt weiß. Cilli denkt auch ungern an ernste Dinge. Kühl, klar, unsentimental, das ist Cilli Berger, die Tochter vom Wieshof.

Der Nachtwind rauscht dumpf in den Kronen der alten Eichen, die hinter dem Haus stehen. Dem Mädchen ist, als spräche ihr jemand heimlich zu: „Weißt du, was Leben ist, Cilli? Du hast dich oft verliebt, hast Menschen enttäuscht, hast gespielt und viele Bücher gelesen. Das ist nicht Leben, und wenn du dich nicht änderst, wirst du sterben, ohne gelebt zu haben . . .“

„Dummheit“, sagt Cilli und will ärgerlich das Fenster schließen, da hört sie unter der Altane einen vorsichtig tappenden Schritt.

Ein freudiger Schreck durchzuckt sie. Sollte es Toni sein? Vorsichtig teilt sie mit den Fingern das Blattgewirr der Geranienstöcke und blickt hinunter.

Diese umfangreiche Gestalt, die da soeben den Hof überquert und dann im gegenüberliegenden Kühlraum verschwindet hat mit dem großen, schlanken Toni keine Ähnlichkeit. Das war der Vater. Und einen Wassereimer hat er in der Hand gehabt.

Cilli glaubt jetzt ein leises Klappern zu hören — so, als würde der Deckel eines Milchkübels gehoben. Dann ein feines Plätschern. Und wieder das leise Klappern.

Nach kurzer Zeit kommt der Bauer wieder über den Hof. Enttäuscht tritt Cilli vom Fenster zurück. Darüber nachzudenken, was der Vater so spät in der Milchkammer zu tun hat, das fällt ihr gar nicht ein.

6

Es ist Samstag abend.

Alle Farben sind schon gedämpft, und in den Niederungen versinkt das Land bereits in der Dämmerung.

Toni dengelt seine Sense. Heute will er den kleinen Anger mähen. Unruhig blickt er immer wieder von seiner Arbeit auf, und Hannerl, die neben ihm sitzt, hört ihn ein paarmal etwas Unverständliches murmeln.

Nun hat er das Warten aufgegeben. Die Cilli wird also nicht kommen.

Er fühlt bei dem Gedanken einen fast körperlichen Schmerz. Wie war doch die Woche so endlos lang! Immer hat er an Cilli denken müssen. Sogar nachts in seinen Träumen lebte sie, und immer hat er den einen Gedanken gehabt: Wenn es doch schon Sonntag wär!

Ein müdes, verzagtes Lächeln huscht über sein Gesicht. Dann steht er auf und sagt:

„Komm, Hannerl, du mußt ins Bett."

„Und du?" fragt das Kind.

„Ich will noch mähen."

„Es ist doch schon Nacht oder net?"

„Es wird net finster heut. Der Mond ist da. Vollmond, weißt du."

Toni bringt die Schwester zu Bett, nimmt dann die Sense und geht zum Anger hinüber. Er bleibt eine Weile in stiller Betrachtung stehen, weil die Wiese so feierlich aussieht in dem silbernen Glanz. Dann schwingt er die Arme, die Schneide funkelt im Mondlicht und bricht rauschend eine breite Mahd in das kniehohe Gras.

Es ist so schön, nachts zu mähen unter dem milden Licht des Mondes, der wie eine fremde Sonne still und feierlich über den Horizont gleitet, schön, wenn alles kühl ist, der Griff der Sense, der Boden, das Gras mit den Tauperlen. Nur die Gedanken wollen nicht kühl werden.

Unruhe und Kummer ist im Blut des Mähers. Und wenn er zurückgeht, um eine neue Mahd zu beginnen, singt er jedesmal traurig vor sich hin: „Blühten einst drei rote Rosen . . .“ Weiter kennt er den Text nicht. Auch die Melodie ist nur halbfertig in ihm. Wenn Cilli gekommen wäre, hätt sie mir das Lied vorsingen müssen, denkt er.

Und plötzlich steht sie vor ihm, sprüht ihren ganzen, flimmernden Zauber vor ihm aus.

Toni erschrickt so sehr, daß er kein Wort herausbringt. In seiner großen Verlegenheit macht er erst noch ein paar Hiebe durch das Gras, dann blickt er ihr ins Gesicht, das vom Mondlicht ein wenig verändert ist. Still und schön ist es.

„Ja“, sagt er leise, „jetzt bist du halt doch gekommen.“

„Ich habe nicht eher fortkönnen“, antwortet sie. „Jetzt schläft alles bei uns.“

Toni legt die Sense beiseite, setzt sich auf den Boden und umfaßt ihr schmales Fußgelenk. Er lacht dabei, aber sein Griff ist so fest, daß sie leise aufschreit und zu ihm niedersinkt. Ihre Züge werden unsicher und gelöst. Sein Gesicht ist über ihr.

„Cilli . . .“ sagt er, und der Name erschien ihm der Inbegriff allen Glücks. Er beugt sich ihrem Mund entgegen. Da schlingt sie die Arme um seinen Hals. Sie hält ihn fest, als möchte sie ihn nie mehr loslassen. Ihre Lippen sind weich und kühl, wie ein Rosenblatt im Tau.

Ein seltsames Gefühl nimmt ihm fast den Atem. Jetzt verkauf ich meine Seele und die Seligkeit, denkt er unwillkürlich wie im Traum.

Ein kleiner, unterdrückter Schrei wird hörbar.

„Was war das?“ fragt Cilli erschreckt.

„Nix, nur der Wind.“

Sie sehen nicht, daß Hannerl bei den Gartenbüschen steht. Die Hände hat sie in die Stauden gekrallt, und so steht sie zitternd und in Schmerz versunken, heiße Tränen in den blicklosen Augen.

Sie war im Bett gelegen, versunken in ein verträumtes Lauschen nach dem Sausen, das vom Anger her durch die offenen Fenster kam, wenn der Toni die Sense durch das Gras pfeifen ließ. Und wenn er wetzte, so klang es im Raum wie tausend blecherne Glöckchen. Auch seine Stimme hörte sie, wenn er sang von drei roten Rosen, die an irgendeinem Strand blühten. Und plötzlich war eine fremde Stimme da, eine Stimme, die sie aus ihrem Bett trieb in Angst und Sorge. Sie wäre vielleicht auf die beiden zugegangen, wenn nicht ihr Hemdchen sich in den Brombeerbüschen verfangen hätte. Und da steht sie nun, traurig und einsam im Wissen, daß eine fremde Frau ihrem Tonele das Herz nimmt. Und sie hat geglaubt, das gehöre ihr ganz allein, zeitlebens. Sie hörte die Worte zwar nur als undeutliches Geraune, das von der Wiese hergeht wie ein Wind, der die Halme des Feldes bewegt.

Ein dunkles, schönes Lachen klingt jetzt auf. Der Blinden ist zumute, als risse ihr jemand das Herz aus dem Leib. Erschauernd wendet sie sich ab und beginnt tastenden Ganges die Tür ins Haus zu suchen.

„Toni“, sagt Cilli vor Zärtlichkeit zitternd. „Toni . . .“

Er spricht nicht viel. Das Wunder ist geschehen. Er hält sie in seinen Armen, was kümmert ihn da der Haß des Wieshofers! Sie hat ihre Arme um ihn geschlungen und gehört ihm für alle Zeiten. Er erschrickt fast, als sie nach einer langen Zeit sagt:

„Jetzt muß ich aber heim.“

„Bleib noch ein bißl“, bettelt er. „Oder kommst du morgen wieder?“

„Nein, morgen geht's net. Morgen kommt eine Freundin aus der Stadt.“

„Was wird das werden“, sagt er erschrocken, „wenn du wieder in die Stadt gehst.“

„Daran wollen wir doch jetzt noch net denken. Den ganzen langen Sommer bin ich da.“

„Wie soll's denn einmal werden?“ will er wissen.

Cilli erschrickt. Hallo, denkt sie, der geht gleich aufs Ganze. Wenn sie sich im Augenblick auch gesteht, daß sie ihn wirklich lieb hat, so glaubt sie aber mit Gewißheit schon sagen zu können, daß dies alles einmal zu Ende sein wird. Für die Zeit ihres Hierseins will sie sich diesem lockenden Abenteuer hingeben. Man schreibt später dann ein paar nette Briefe, den dritten oder vierten schon etwas sachlicher, vielleicht dann noch einen Abschiedsbrief, und die Sache ist erledigt.

„Wie soll es einmal werden?“ drängt er von neuem. „Wir werden doch heiraten?“

Cilli wird plötzlich ernst.

„Dummheit, Toni“, sagt sie kalt.

Toni springt auf, sein Gesicht ist entstellt.

„Ich bin dir net gut genug“, schreit er. „Dann geh! Zum Spielzeug bin ich mir zu gut!“

Cilli greift sich an den Kopf. Er heißt sie gehen. Also gut! Besser, als sich ein Zugeständnis abzwingen zu lassen. Ohne ein Wort zu sagen, geht sie an ihm vorbei, straff und aufrecht. Er sieht sie unter den Bäumen verschwinden und ist unfähig, sich zu rühren, obwohl alles in ihm nach ihr schreit.

Am nächsten Morgen sagt Hannerl zu Toni:

„Heut nacht war eine Frau bei dir. Ich hab sie lachen hören. Es hat mir weh getan, wie die gelacht hat.“

„Dir?“ fragt er. „Warum hat dir das weh getan?“

„Die ist net gut, die Frau“, behauptet Hannerl.

Er lächelt verzerrt.

„Was weißt denn du, Hannerl! Und wie weißt denn du überhaupt, daß jemand da war?“

„Ich hab net geschlafen. Ich hab alles gehört, wie du gemäht hast, wie du gesungen hast, und dann hab ich die fremde Stimme gehört. Sag, Tonele —“ sie hebt die Händchen bittend zu ihm auf, „sag mir's, Tonele. Hat sie dir dein Herz genommen?“

Toni bedeckt das Gesicht mit den Händen und antwortet dumpf:

„Ja, sie hat mir's genommen."

„Denkt hab ich mir's", antwortet die Kleine traurig und geht langsam von ihm fort.

Sie bringen diesen Tag und auch am folgenden die Sprache nicht mehr darauf. Das Hannerl geht blaß und gedrückt umher und hat dunkle Ringe unter den Augen. Manchmal sitzt sie stundenlang hinter der Hütte auf einem Hügel und hält die Augen in weltferner Entrücktheit in die Richtung, wo sie Toni arbeiten hört. Der Holzschlag ist nicht weit von der Sennhütte, und sie hätte nur dem Klang seiner Axt nachzugehen brauchen, um Toni zu finden. Aber die Sennerin sagt, sie dürfe nicht weiter gehen, weil sie abstürzen könne.

„Abstürzen?" fragt sie. „Und ist man dann gleich tot?"

Das käme drauf an. Sehr wahrscheinlich wäre man tot.

Oh, denkt Hannerl, tot sein wäre eigentlich gut. Dann wäre sie beim Mutterle, und der nagende Schmerz in ihrem kleinen Herzen wäre vorbei. Man müßte nicht mehr weinen, wenn nachts die fremde Frau kommt mit ihrer schönen dunklen Stimme.

Hannerl weiß nicht, daß dem Toni selber an diesem Morgen so sterbenselend zumute ist. Ganz mechanisch verrichtet er die Arbeit, und wenn er auch die Gedanken in eine andere Richtung zwingen will, in seinem Innern schreit es immer nach den kurzen, glücklichen Stunden der vergangenen Nacht. Am Abend sitzt er dann vor der Hütte, spricht kein Wort und starrt geradewegs in das Tal.

Marile, die Sennerin, betrachtet ihn heimlich von der Seite.

„Was hast denn?" fragt sie. „Ganz anders bist du heut."

„Ja, seit gestern ist er anders", sagt Hannerl wie aus tiefem Nachdenken heraus.

Er macht eine müde Handbewegung.

„Ach was! Das vergeht schon wieder."

Dann steht er auf und steigt die schmale Treppe zum Heuboden hinauf. Aber er findet keinen Schlaf. Unruhig wälzt er sich von einer Seite auf die andere.

Das ist noch zum Verrücktwerden! Vor kurzer Zeit war er noch ein ruhiger, friedfertiger Mensch, der nichts anderes kannte als seine Arbeit und seine blinde Schwester. Und nun ist ein Aufruhr in seinem Blut, der ihn nicht zur Ruhe kommen läßt. Ganz klein und demütig kommt er sich vor unter der Gewalt, die plötzlich über ihm ist.

Er hält es nicht länger aus auf dem schwülen Heuboden. Er springt auf und schleicht leise ins Freie. Die Kühle der Nacht tut ihm wohl und bringt sein heißes Blut für kurze Zeit zur Ruhe.

Über ihm blinken die Sterne in endloser Zahl. Manchmal schlägt eine Glocke an, wenn eine der Kühe, die verstreut umherliegen, den Kopf bewegt, und aus der Tiefe hört man das Rauschen des Wasserfalls.

Da löst sich eine Sternschnuppe am Himmel.

Wie eine Feuerrute fährt sie sausend über den Horizont hin und versinkt langsam erlöschend in der Tiefe.

„Cilli", stammelt er. „Die Cilli wünsch ich mir."

Dann steht er auf und geht mit raschen Schritten talwärts, bis er vor dem Wieshof steht. Dort zögert er einen Augenblick, aber dann wirft seine zärtlich bedachte Hand Steinchen um Steinchen ans Fenster, bis es sich öffnet.

Am anderen Morgen klingt seine Axt wieder hell und rasch im Wald, und als er am Abend heimgeht, singt er vor sich hin.

7

Sommertage — Sonnentage.

Toni durchlebt sie wie einen Rausch. Jeden Sonntag trifft er sich mit der Cilli, und mitunter kommt es auch vor, daß sie unvermittelt bei ihm im Holzschlag erscheint.

Einmal macht er gerade Feierabend, trägt Axt und Säge in den Rindenkobel und zieht dann seinen auseinandergelegten Stutzen unter Steinen und Moos hervor. Gerade, als er die Waffe zusammenklappt, ist ihm, als hätte er den Atem eines Menschen gespürt. Als er erschrocken den Kopf wendet, steht Cilli hinter ihm.

„Was tust du denn da?“ fragt sie harmlos.

Er lächelt verwirrt.

„Schau her, was ich da g’funden habe heut“, sagt er.

Sie setzt sich neben ihn auf den Boden, legt ihre Hand auf seine Schulter und meint lächelnd:

„Mich brauchst du net anzulügen, Toni.“

„Wie denn? Was denn? Geh, warum soll ich dich denn anlügen, du Weiberl, du!“ Er legt den Arm um ihre Hüfte.

„Schau, ich kann’s begreifen, daß du manchmal ein bißl jagerst. Es liegt dir halt im Blut. Ich hab das gern, wenn ein Mannsbild Schneid hat.“

„Geh, du wirst doch net glauben ...“

„Brauchst dich vor mir net zu verstell’n“, unterbricht sie ihn. „Was ist denn auch weiter dabei, wenn du dir manchmal einen Gamsbock holst. Net erwischen lassen, heißt’s halt. Paß nur gut auf, mein Toni.“

Damit hat sie ihn überrumpelt. Er meint nämlich, sie hätte Angst um ihn. Zärtlicher als je nimmt er sie in die Arme.

„Da brauchst keine Angst net haben, Herzerl. Weißt, ich geh schon sicher.“

„Der neue Jäger soll ein ganz Scharfer sein“, erzählt Cilli. „Den Moshuber Wastl hat er gestern geschnappt.“

„Ist ein Neuer herkommen?“ fragt Toni erstaunt. „Das hab ich noch gar net g’wußt.“

„Ja“, meint Cilli, und wickelt einen Grashalm um ihren Finger. „Da mußt du schon recht obacht geben. Himmel, das wär was —.“ Sie schlingt stürmisch ihre Arme um seinen Hals, als hätte sie Angst, sie müßte ihn jetzt schon verlieren.

Es ist schon wahr, Cilli liebt Toni mit der ganzen Glut und Leidenschaft ihres Wesens. Nur eins erscheint ihr als begehrenswert: von seinen starken Armen umschlossen zu sein, sich hineinschmiegen zu können, um nie mehr losgelassen zu werden.

Toni hat seither vorsichtig vermieden, die Sprache nochmals auf eine Heirat zu bringen. Nun ist es so, daß Cilli selbst manchmal daran denkt, Toni zu heiraten. Was will der Vater machen, wenn sie mündig ist? Cilli fühlt, wie sie sich schrittweise verliert. Sie liebt ihn, weil er stark ist und kühn, und weil er trotz seiner Männlichkeit in ihren Armen ein Kind ist.

Es ist Sonntag nachmittag. Hannerl ist im Pfarrhaus, und Toni geht in den Wirtsgarten zu den anderen Burschen. Dabei fällt ihm gleich ein neues Gesicht auf, und er fragt seinen Nachbar:

„Was ist denn das für einer dort?“

„Dem Grafen sein neuer Jäger.“

„So, der ist es“, antwortet Toni und beugt sich vor, um den neuen Jäger besser betrachten zu können.

Es ist ein Mann, vielleicht ein paar Jahre über die Dreißig, hoch und fest gebaut. Während er schäkernd einen Arm um die Hüfte der Kellnerin geschlungen hat, zwirbelt er mit den Fingern der anderen Hand die Spitzen seines kleinen schwarzen Lippenbärtchens auf.

„Was ist denn, Wally? Krieg ich kein Bier?" schreit Toni zum anderen Tisch hinüber.

„Ja, der Toni", stammelt das Mädchen erschrocken und surrt zur Schenke. Und als sie ihm den schäumenden Krug hingestellt hat, sagt sie: „Mußt schon entschuldigen, Toni. Ich hab dich gar net kommen sehen."

Toni lacht.

„Freilich, wenn einer da ist, der ein goldenes Eichenlaub auf dem Joppenkragen hat, da sieht man unsereinen nimmer."

„Geh, du", tut die rundliche Wally beleidigt und sieht ihm mit zärtlichem Blick in die spottenden Augen.

Da wenden sich plötzlich aller Augen auf die Straße hinaus, auf der der Wieshofer mit seiner Cilli würdevollen Schrittes daherkommt.

Das ist ein wunderlicher Widerspruch, wie die beiden so nebeneinander hergehen. Der Bauer breit, mit schwerem Schritt, in Lederhose, weißen Strümpfen und dem langen Flügelrock — die Cilli hübsch, schmal, nach allen Regeln der Mode gekleidet.

Sie hat den Toni schon erspäht und wirft ihm unter dem Sonnenschirm hervor einen kurzen, heißen Blick zu. Die anderen Grüße erwidert sie mit einem anmutigen Neigen des Kopfes und einem liebenswürdigen Lächeln. Sie bleibt dabei sogar etwas zurück, aber der Wieshofer faßt sie rasch bei der Hand und zieht sie mit sich fort.

Die Burschen kichern verstohlen. Auch der Toni findet für die väterliche Fürsorge ein leichtes Lächeln. Da hört er hinter sich eine Stimme:

„Teufel, noch einmal! Die wär was für mich!"

Toni runzelt die Stirn und sieht dem Sprechenden ins Gesicht. Es ist der neue Grafenjäger, der aufgestanden ist, um Cilli besser betrachten zu können.

Ein eigentümliches Gefühl durchrieselt Toni. Ganz instinktiv fühlt er, daß ihm von diesem Neuling doppelte Gefahr droht. Aber er wird auf der Hut sein.

„Wer ist denn das hübsche Mädel?" fragt der Jäger.

„Ich kenn sie auch net", lügt der Toni. „Vielleicht eine Sommerfrischlerin."

Der Jäger lacht und zupft wieder an seinem Bärtchen.

„Na", meint er dann, „daß es keine vom Dorf ist, das sieht ja ein Blinder. Der würde ich unter vier Augen gern einmal was flüstern."

„Soo?" sagt Toni scheinbar ruhig, während seine Hände sich in den Taschen der Lederhose zu Fäusten ballen. Er hat das Gefühl, dem anderen etwas Boshaftes sagen zu müssen. Mit kleinen Augen betrachtet er ihn von oben bis unten und sagt spöttisch: „Da kämen allweil erst die Hiesigen zum Flüstern und dann erst die Reingeschneiten."

Der Grafenjäger merkt sofort die Eifersucht aus diesen Worten und das drohende Funkeln in Tonis Augen. Mit leichtem Lachen zieht er sich auf seinen Platz zurück.

Dort bekommt er von Wally auch Auskunft, wer das hübsche Mädchen ist, die mit ihrem dicken Begleiter soeben um die Wegbiegung verschwindet.

„Gefällt sie Ihnen vielleicht?" will die Kellnerin wissen.

„Bewahre! So was Rundliches wie dich, das hab ich viel lieber." Diese Meinung unterstützt er durch wohlwollendes Getätschel.

Toni starrt in den Wald hinüber. Es dauert lange, bis er dort ein helles Kleid schimmern sieht und einen roten Sonnenschirm.

Jetzt hält es ihn nicht mehr länger. Hastig bezahlt er und entfernt sich in entgegengesetzter Richtung. Aber kaum hat er das Dorf hinter sich, biegt er rechts in einen Wiesenpfad ein und fängt zu rennen an. Erst als er den Wald erreicht, verhält er den Schritt und lauscht.

Nirgends ein Laut. Die Sonne brennt glühend heiß über einer Lichtung. Toni steigt schweigend ein Stück empor, bleibt stehen und ruft leise: „Cilli."

Die Welt ist mir wie ausgestorben, wenn Cilli nicht da ist, denkt er und sucht weiter.

Unter den breiten Ästen einer Buche findet er sie dann. Sie liegt im Schatten und schläft. Hut und Sonnenschirm liegen neben ihr.

Ganz leise, auf den Zehen, schleicht er näher, setzt sich ganz still zu ihr und vertieft sich in das schlafende Gesicht. Plötzlich neigt er sich über sie und küßt sie. Darüber erwacht sie, lächelt beglückt in seine Augen hinein und legt die Arme um seinen Hals.

Stunden verrinnen, und der Himmel färbt sich schon rot über ihnen. Cilli möchte heim, aber er will sie nicht fortlassen. Eine sonderbare Angst ist heute in ihm.

„Hast du den neuen Grafenjäger schon gesehen?" fragt er plötzlich.

„Siehst auch nix Gescheites an dem."

Cilli ist viel zu viel Weib, um nicht die Eifersucht aus Tonis Worten herauszuhören. Ihre Augen werden länglich und katzenhaft.

„Eiferst du?" fragt sie langsam und lauernd.

„Ich? Liegt mir fern. Was ich einmal hab, das hab ich. Das nimmt mir ein anderer net so leicht weg, verstehst du. Ein Jäger schon gleich gar net. Überhaupt", sagt Toni in einem neuen, fremden Ton, „überhaupt, wenn er dich einmal anredet, gibst ihm nur ganz kurz Antwort." Dabei umspannt seine Hand ihr Handgelenk, und seine Augen blicken finster.

Cilli ist sprachlos. Dieser Mensch mit dem herrischen Ton und dem blassen, zusammengepreßten Mund hat nichts gemein mit dem Toni Langegger, der bisher nur mit einer unendlichen Geduld ihre Launen ertragen hat, und der Wachs gewesen ist in ihren Händen.

Wie kleine Funken springt es aus seinen Augen auf sie über.

„Du bist bezaubernd, wenn du so bist", sagt sie mit einer Stimme, die dunkel ist vor Zärtlichkeit und Glück.

Ein kurzes Rauschen geht über die Baumwipfel, ganz kurz nur, dann ist es wieder traumstill, bis die Glocke im Dorf den Abendsegen zu läuten beginnt.

Ob er vielleicht nachts ans Fenster klopft, fragt sie dicht an seinem Ohr. Und dann steht sie auf, nimmt Hut und Sonnenschirm zur Hand und wendet sich zum Gehen.

„Begleiten kann ich dich net“, sagt er ein wenig traurig. „Es darf uns ja niemand sehen.“

„Mir wäre es ja gleich. Aber wenn der Vater was in die Nase kriegt, dann ist der Teufel los. Und ein Glück ist doch immer am schönsten, wenn nur zwei Menschen darum wissen. Also, Toni, auf Wiedersehen!“

„Gute Nacht, Cilli.“

„Gute Nacht, Toni“, sagt sie und sieht ihn mit einem Blick an, der ihn erschauern macht. Dann geht sie von ihm weg, und bald ist ihre Gestalt in der wachsenden Dämmerung verschwunden.

Als Toni zwei Stunden später nach dem Wieshof geht, fährt von Zeit zu Zeit ein grelles Licht über die Kette der Berge. Mitunter ist auch ein fernes Grollen hörbar.

Hinter den Wirtschaftsgebäuden des Wieshofes bleibt er stehen. Wenn ein Wetter käme, Hannerl fürchtet sich zu Tode, fährt es ihm durch den Sinn, und er überlegt schon, ob er nicht wieder umkehren solle.

Vorsichtig schleicht er eng an die Wand gedrückt am Haus entlang. Alle Fenster sind dunkel. Immer noch überlegt er, ob er hinaufklettern und an Cillis Fenster klopfen soll, denn das Donnerrollen kommt näher. Er will Cilli nur gute Nacht wünschen und dann heimgehen. Mit beiden Händen faßt er den Balken der Altane und zieht sich empor.

Er braucht gar nicht ans Fenster zu klopfen. Cilli wartet schon und läßt ihn nicht mehr fort. Die Sommernacht umschlingt die beiden mit ihrem geheimnisvollen Zauber.

Eine halbe Stunde mag vergangen sein, da fährt ein scharfer Strahl durch die Nacht, und während es für Sekunden blendend über die beiden hinzuckt, geht über das Hausdach ein dröhnendes Rollen hin. Gleich darauf fällt ein gewaltiges Rauschen hernieder, ein scharfer Windstoß treibt die stürzenden Wasser unter das weitvorspringende Dach.

Immer wieder brennt es weiß und blau um die Fenster des Hofes. In den Lüften ein Hall, als wären die Berge ins Stürzen geraten.

Toni will heim. Aber es ist unmöglich bei solchem Wetter. Im Haus wird es lebendig. In der Stube unten versammeln sich alle und zünden die Wetterkerzen an. Die Stimmen der Betenden klingen ganz gedämpft, kaum hörbar bei den Donnerschlägen, die das Haus erzittern machen. Im Kirchturm wimmert die Wetterglocke. Aber auch ihr Klang erstickt in dem brausenden Sturm.

Unter den wuchtigen Donnerschlägen erwacht im Geiertal das blinde Hannerl in ihrem Bett.

Von dem weißen Flimmern, das durch die Kammer huscht, weiß sie nichts. Nur das furchtbare Krachen macht das einsame Kind erzittern.

„Toni . . .!" schreit sie gellend auf.

Nur ein neues Bersten und Krachen wird ihr zur Antwort.

Weil der Toni noch immer nicht helfen und kommen will, klettert Hannerl in ihrer Angst aus dem Bett. Schluchzend tastet sie sich nach Tonis Kammer und wird von einem Regenguß überschüttet, den der Sturm durch das offene Fenster hereinpeitscht.

Schreiend wirft sie sich über das leere Bett und stammelt mit erwürgten Lauten:

„Lieber Himmelvater, laß bloß dem Tonele nix geschehen."

Schluchzend zieht sie sich die Decke über den Kopf, um nichts mehr zu hören. Aber ein neuer Schlag läßt sie auffahren. Taumelnd tastet sie sich hinaus in den Flur. Dort steht sie zitternd und frierend und zieht das leichte Hemdchen enger um die schlotternden Glieder, um sich ein wenig zu wärmen. In ihrer Angst betet sie, bis der Schlaf sie übermannt und sie auf den kalten Fliesen einschläft.

So findet Toni sie, als er heimkommt. Erschrocken nimmt er sie auf den Arm und trägt sie zu Bett. Am Morgen muß er den Doktor holen, der bei Hannerl eine beginnende Lungenentzündung feststellt.

8

Ein schöner Sommertag geht zur Neige. Die Berge leuchten im Feuer des Abends und tragen in den Tiefen ihrer steinernen Brüste schon die Ahnung der kommenden Nacht. Nur der Wendelstein hat in seiner ragenden Höhe noch den letzten Glanz des Tages.

In diese Gedanken versunken, pirscht Toni zur Höhe empor. Es hat sich vieles verändert in den letzten Wochen. Hannerl war lange Zeit krank, und er hat in aufopfernder Pflege bei ihr gesessen, Tag um Tag. Aber wenn er bei Cilli ist, so kommt es ihm vor, als würde sie immer kälter und fremder zu ihm.

Einmal hat er sie gefragt, ob sie ohne ihn noch leben könne.

„Warum nicht?“ hat sie gemeint. „So ist es nun nicht, daß, wenn dir — nehmen wir an — etwas passieren würde, ich nicht mehr weiterleben möchte.“

Sie könnte also ohne ihn leben. Und er? Er kommt sich vor wie ein Licht, das ausgebrannt ist. Nichts mehr ist er als ein willenloses Werkzeug in ihrer Hand. Er steigt in die Höhen und sinkt in die Abgründe, gerade wie Cilli es haben will. Sie besitzt ihn mit jeder Fiber, ihr gehören seine schlaflosen Nächte und all seine Gedanken. Je kühler sie wird, desto mehr hängt er an ihr.

Er fühlt wohl die Notwendigkeit, daß etwas geschehen muß. Aber was, das weiß er nicht. Mehr denn je geht er den verbotenen Weg in den Wald. Die Gefahr ist das einzige, was ihn ablenkt. Und wenn ein Stück unter dem

Feuer seiner Büchse zusammenbricht, so ist er ganz ruhig und still, und er hat in diesen Minuten keine Sehnsucht nach Cilli.

Auch heute geht er wieder einen solchen Weg. Im Luigerwald weiß er einen Bock, den will er heute holen. Über eine Stunde wartet er ihm auf. Dann kracht der Schuß, und rollend zieht das Echo über die Bergkette hin.

Im Tal hört man nur einen schwachen Knall davon. Der Grafenjäger Hans Wellhofer sitzt im Wirtsgarten und verspricht der Kellnerin das Blaue vom Himmel, als der Schuß in den Bergen fällt.

„Teufelslumpen, verfluchte", knirscht er und greift nach Gewehr und Rucksack.

„Den kriegst ja heut nie mehr", meint die Wally.

Aber er rennt fort und ist schon bei den letzten Häusern des Dorfes, als ihm einfällt, daß es eigentlich unnütz sei, heute noch nach dem Schützen zu fahnden.

Während er noch überlegt, sieht er plötzlich die hübsche Cilli vom Wieshof herunterkommen. Mit schmunzelndem Blick umfaßt er die schlanke Gestalt und spitzt die Lippen. Mit einem Schwerenöterlächeln, auf nette Art das Hütlein mit dem wippenden Gemsbart lüftend, grüßt er das herankommende Mädchen.

„Wohin heute noch?" fragt er.

Cilli versucht ein verschämtes Lächeln, was ihr aber nicht recht gelingen will.

„Einkaufen muß ich noch", sagt sie und tut, als ob sie weiter wolle.

Mit gespreizten Beinen vertritt er ihr den Weg. „Warum pressiert es denn gar so?" will er wissen.

„Weil ich wieder daheim sein will, bevor es ganz dunkel wird."

„Fürchten Sie sich?"

Cilli nickt lebhaft.

„Wenn ich aber auf Sie warten würde?" fragt er lauernd.

Cilli legt eine Kunstpause ein, bis sie mit graziösem

Lächeln sagt: „Wenn es dem Herrn Jäger nicht zu lange dauert?"

„Mir dauert es nicht zu lange. Auf Sie würde ich solange warten, wie Löns auf seine Rosemarie."

„Sooo?" Cilli lacht belustigt auf. „Wie lang hat denn der gewartet, wenn man fragen darf?"

„Sieben Jahre, schönes Kind."

„Das ist aber ein Wunder. Die Mannsbilder von heutzutage könnten keine sieben Wochen warten."

Kichernd springt sie davon.

Daß der warten wird, weiß sie bestimmt. Lange genug hat es übrigens gedauert, bis der Zufall ihr günstig war und ihr den Jäger in den Weg führte. Endlich einmal eine Abwechslung!

Sie weiß selber nicht, wie es gekommen ist, daß der Toni ihr nicht mehr das geringste sein kann. Sie empfand ihn als Fessel, denn ihre Leidenschaft ist verraucht. Stets hat sie so gelebt, wie es ihr paßte. Unumschränkte Freiheit ist ihr Lebensbedürfnis. Sie hat nur bisher den Mut nicht gefunden, es ihm zu sagen. Aber nun winkt ein neues Abenteuer, und das, glaubt sie, wird ihr Mut geben, den Toni von sich abzuschieben.

Die Locken schüttelnd, tritt sie in den kleinen Laden des Kramers ein.

Wellhofer guckt unterdessen gelangweilt zu den Bergen auf, an denen die letzte Glut schon längst erloschen ist.

Endlich einmal was anderes, denkt er schmunzelnd. Die Wally, das dumme Ding, wird sich doch nicht einbilden —

Er macht eine wegwerfende Geste mit der Hand. Erledigt.

In der Dämmerung tönt plötzlich von irgendwoher eine feine Musik. Aus dem Lehrerhaus kommt sie. Ein Adagio schwingt mit tiefen, lang gehaltenen Tönen sehnsuchtsvoll in die lauwarme Sommernacht.

Der da spielt, hat was los, denkt Wellhofer, und es

wird ihm bei diesen sanften, schmeichelnden Tönen froh und heiter, fast glücklich zumute.

Er lacht plötzlich vor sich hin.

Glück? Was ist eigentlich Glück?

Er muß sich eingestehen, daß er dieses kurze, alles bedeutende Wörtchen noch nie in seiner ganzen Größe ermessen hat. Wohl hat er bisher Glück gehabt in seiner Karriere als Forstmann, hat Glück gehabt bei den Frauen. Aber glücklich, so recht von Herzen froh und glücklich — nein, das war er noch nie.

Wie ein Erwachender hebt er plötzlich den Kopf. Wie seltsam das ist. Er, der noch nie über den eigentlichen Sinn des Lebens nachgedacht hat, grübelt nun in sich hinein und denkt, daß es doch einen viel tieferen Wert haben müsse, einen Wert, den der Mensch empfinden muß, um glücklich zu sein.

Ein leichter Schritt auf der Straße schreckt ihn aus seinen Gedanken. In weitem Bogen wirft er die eben angebrannte Zigarette ins Gras und tritt der Ankommenden entgegen.

„Bin ich erschrocken", stammelt Cilli mit gut gespieltem Schrecken.

Und trotzdem Wellhofer vor wenigen Minuten noch den höheren Wert des Lebens ergründen wollte, fährt ihm beim Anblick dieser blühenden Jugend gleich wieder das verteufelte Zittern in alle Sinne.

Mit einem sichtlich geübten Griff hascht er ihren Arm.

„Was für schöne Augen du hast", sagt er schwärmerisch.

„Ach, geh", lacht Cilli. „Es ist doch Nacht, da sieht man ja so was gar net."

Ein bißchen ziert sie sich noch, als er den Arm unter den ihren schiebt und langsam weitergeht.

„Es ist doch komisch", meint er. „Sechs Wochen bin ich jetzt schon da, und heut erst ist es mir vergönnt, dich zu treffen. Wo steckst denn du allweil, weil man dich nie sieht."

„Ich bin allweil daheim", antwortet sie.

Des Jägers forsches Draufgängertum macht Eindruck auf sie. Aber sie gefällt sich in der Rolle der unschuldigen Maid. Und als er sie küssen will, windet sie sich schnell aus seinen Armen und droht ihm lächelnd.

„Aber warten Sie, Sie Schlimmer."

Da hat er sie schon wieder gehascht und zieht sie an sich.

„Warum denn nicht? Komm, sei lieb, Mädel."

„Wer wird denn gleich so ausg'schamt sein? Oder meint der Herr vielleicht, ich bin auch so eine? Sie, da täuschen Sie sich aber ganz gewaltig."

Daß sie sich nach solch ernsthaften Worten von dem Aufdringlichen abwenden und wirklich beleidigt hätte sein müssen, das vergißt die liebeshungrige Cilli allerdings. Sie lauscht vielmehr ganz hingegeben seinen schwärmerischen Worten, und nach dem Verlauf einer halben Stunde küßt er sie halt doch und sie ihn wieder.

Sie sitzen auf einer Bank und plaudern.

Ob er schon wieder einen Wildschützen gefangen habe, fragte Cilli.

Nein, das sei nicht der Fall. Aber es sei noch einer im Revier, ein ganz Verwegener müsse das sein. Einmal jedoch wird er ihm schon eingehen.

„Hat man denn gar keine Ahnung, wer es ist?" fragt Cilli klopfenden Herzens.

Der Jäger schüttelt den Kopf.

„Bis jetzt noch net. Aber warte, ganz plötzlich habe ich ihn."

Cilli wird darauf ein wenig nachdenklich. Nein, mit keinem Wort wird sie Toni verraten.

Es schlägt die elfte Stunde vom Kirchturm, da springt sie erschrocken auf.

„Elf Uhr ist es schon? Ich muß ja heim."

„So arg wird es doch nicht pressieren."

„Ja, was glaubst denn du? Morgen früh ist die Nacht herum, und ich hätte net ausgeschlafen."

Er rüttelt sie scherzhaft.

„Das tät ich gern wissen, wo du schläfst."

„Im Bett halt, wo denn sonst?"

„Geh zu, sag mir's doch!"

„Nein, du bist aber einer", kichert sie, streckt sich ein wenig und flüstert ihm ins Ohr: „Das zweite Fenster von links auf der Sonnenseite."

Unter leisem Lachen huscht sie von ihm fort und verschwindet im Gehöft.

9

Der Sommer geht zur Neige, und die Zeit, wo Cilli wieder in die Stadt muß, rückt immer näher. Sie steckt aber noch so sehr in dem neuen Erleben, daß sie der Trennung bangen Herzens entgegensieht. Und doch ist es das beste, wenn sie wieder fortgeht, denn es scheint unausbleiblich, daß es über kurz oder lang zwischen Wellhofer und Toni zu einer Katastrophe kommt. Noch hat zwar Toni keine Ahnung. Aber wenn es das Schicksal fügt, daß alle beide einmal bei ihr zusammentreffen?

Cilli ist in den Jäger so sehr verliebt, daß sie nicht einmal merkt, wie er kälter und immer kälter zu ihr wird. Sie zählt die Stunden, bis es Abend wird, und hat den ganzen Tag keinen anderen Gedanken als ihn.

Auch heute ist es so. Hinter dem Haus, bei der Birkenbank, wartet sie auf ihn.

Eine Viertelstunde später als ausgemacht kommt Wellhofer vom Wald hergeschlendert, mit der Pünktlichkeit nimmt er es überhaupt nicht mehr so genau wie in den ersten Wochen.

Ein wenig verdrossen empfängt sie ihn und meint:

„Dir pressiert's ja scheinbar gar net. Über eine Viertelstund wart ich schon."

„Ja, weißt, zuerst kommt der Dienst. Da muß ich auf einen Rehbock oft länger warten als eine Viertelstund."

„Wenn du mich mit einem Rehbock vergleichst, dann ist's schon weit, du magst mich nimmer so?"

„Geh, was dir net einfällt! Ihr Weiberleut seid komisch in der Beziehung. Wenn man net allweil schmeichelt, dann ist es nix. Man hat doch auch andere Sorgen. Drum sei gescheit, Mädel. Du bist ja doch mein lieber Schatz." Er legt den Arm um ihre Schultern und ist zärtlicher zu ihr als je.

Es dauert ja nimmer lang, denkt er sich. Cilli geht ja in drei Wochen fort, und dann ist alles vorbei.

Da sagt sie plötzlich ganz unvermittelt:

„Ich hab mir's heute überlegt, ob ich net doch dableiben soll."

„Was meinst du?" fragt er verblüfft.

„Ich hab gar nimmer soviel Freud, in die Stadt zu gehen."

„Warum denn net?"

„Geh, wie kannst du denn da fragen. Ja, wenn du auch dort wärst, dann schon."

„Ich besuche dich, sooft ich frei kriege", lügt er.

„Ja, wenn du das tust, ist es etwas anderes."

Als sie sich trennen, fragt sie, wann sie sich wieder treffen. Wellhofer guckt ein Weilchen vor sich hin, dann zuckt er mit den Schultern.

„Weißt, das läßt sich nicht genau sagen. Jetzt ist der Dienst etwas mehr, weil doch im Herbst die Treibjagden kommen. Da kann ich net jeden Abend den weiten Weg herunter laufen. Vor Samstag wird es net gut gehen. Das mußt du verstehen, gelt? Dienst ist Dienst, da kannst net darüber hinaus."

„Ja, das verstehe ich schon."

„Na, also. Ich hab's ja gewußt. Du bist ja ein vernünftiges Madel. So was findet man net alle Tage."

„Na, übertreiben brauchst es grad net. Weißt, ich hab schon gezweifelt an dir."

„Das wär ja noch schöner", meint er in gutgespielter Entrüstung.

„Ja, da kann ich nix dafür, weißt. Du bist den ganzen Tag im Berg, und da sind so viele Almen, und überall ist eine Sennerin. Da könntest du dich doch leicht einmal in eine verschaun."

„Als wenn ich nix anderes zu tun hätt, als in den Almhütten umeinanderzurutschen. Wenn ich am Abend von der Pirsch heimkomm, dann bin ich so müd, daß ich mich gleich in den Kreister leg. Glaubst es vielleicht net?"

„Freilich glaub ich es. Bist mir net bös, gelt, daß ich an dir gezweifelt hab? In Zukunft tu ich's nimmer."

„Das will ich auch hoffen", antwortet er.

Als er sich Stunden später von ihr verabschiedet, denkt er kaum mehr an das Gesprochene und geht, ein lustiges Liedlein vor sich hinpfeifend, nach seiner Behausung.

Es ist zwar nicht mehr der Mühe wert, sich schlafen zu legen, denn ein paar Stunden später muß er doch schon wieder aufbrechen und zu Berge steigen. Er will sich nur etwas Proviant und Wäsche mitnehmen, denn das steht fest bei ihm, daß er frühestens in vierzehn Tagen wieder heruntergeht. Nur einmal noch, zum Abschiednehmen, will er kommen, und wenn die Cilli wieder in der Stadt ist, dann ist er wieder ein freier Mensch.

Am nächsten Morgen, als die Dienstboten schon alle auf den Feldern sind, durchwandert der Wieshofer, die Hände auf dem Rücken, seinen Hof. Mißmutig guckt er in alle Winkel und schimpft vor sich hin.

Es geht ihm aber schon alles in die Quere! Sein bester Knecht hat sich zu Lichtmeß zum Bürgermeister verdingt, und die beiden Mägde gehen auch weg. Die Oberdirn will heiraten, und die andere nimmt in der Stadt eine Stelle an.

„Weil man besser bezahlt wird", meint sie, „und so voll Dreck wird man auch net."

Soeben kommt der Bauer aus den Stallungen, als die

Cilli ihm in den Weg läuft. Und da ergießt sich sein ganzer Zorn auf das Mädel.

„Was ist denn eigentlich los mit dir?" fährt er sie an. „Du läufst ja grad umeinander, als wenn die Hennen dir 's Brot weggenommen hätten!"

„Was soll denn los sein mit mir?" trotzt sie auf.

„Einen Rechen nimm, und geh aufs Feld hinaus! Das Faulenzen verträgt der Hof nimmer!"

Da stemmt Cilli beide Arme in die Hüften und sieht den Vater mit blitzenden Augen an.

„Was soll ich machen? Aufs Feld soll ich hinausgehen wie ein Dienstbote? Hat denn der Vater vergessen, daß er mich das Arbeiten gar net gelehrt hat? Und selbst wenn ich's könnte — ich sag dir's jetzt frei heraus — dann möcht ich net."

Der Wieshofer starrt seinem Dirndl ganz entgeistert ins Gesicht.

„Du widersetzt dich meinem Willen?"

Ein kurzes, gereiztes Lachen.

„Als ob ich schon einmal gemacht hätt', was der Vater mir angeschafft hat."

„Ja, Himmikreuz! Bin ich denn niemand mehr?"

„Doch, du bist mein Vater. Du bist der Wieshofbauer, vor dem sich alle im Dorf ducken, weil er den größten Geldsack hat. Ich aber fürcht mich vorm Vater nicht, das muß er doch schon wissen. Ich will frei sein und tun und lassen, was mir paßt. Und wenn dir etwas über die Leber läuft, dann laß deine Wut net an mir aus, sondern an den Dienstboten. Die werden dafür bezahlt."

Nach diesen Worten dreht Cilli dem verblüfften Vater den Rücken und geht davon.

„Allweil noch schöner kommt es", knurrt der Bauer wütend. „Weil ich den größten Geldsack hab. Oh, du Siebengescheite! Was weißt denn du?" Seufzend fährt er sich mit ausgespreizten Fingern über die schwitzende Stirn. „Wenn's nur wahr wäre, daß ich den größten Geldsack hätt. Das war einmal."

Die Wirtschaft geht seit einem Jahr immer mehr abwärts. Die Klauenseuche hat in seinem Viehbestand schrecklich gewütet; ein Schaden, der Jahre bedarf, um wieder ausgewetzt zu werden. Der Wieshofer, der zeit seines Lebens gewohnt war, immer aus dem Vollen zu schöpfen, findet sich in der veränderten Lage kaum zurecht.

„Es tät fast not, ich finge auf meine alten Tage noch das Arbeiten an", spricht er vor sich hin und starrt trübsinnig in den Wald hinauf. Da droben, ja, da wird er diesen Winter ein großes Stück abholzen. Das bringt Geld ein, und dadurch erhält er selbst wieder einen Halt.

Brummend verzieht er sich ins Haus, schenkt sich im Keller ein Schöpplein Roten ein und geht damit in die Stube.

Als er zufällig einen Blick zum Fenster hinauswirft, sieht er den Bürgermeister auf den Hof zukommen.

Aha, denkt er sich, jetzt treibt es ihn halt doch wieder zu mir. Die können ja doch nix machen in der Gemeinde, wenn sie mich net haben.

Der Bürgermeister kommt in die Stube, und der Bauer nötigt ihn, Platz zu nehmen.

„Was bringst denn du wieder Schönes, hoffentlich nix zum Zahlen?" fragt der Wieshofer.

„Nein", sagt der Bürgermeister. „Zum Zahlen heute nix. Obwohl du ja der einzige bist, dem es net weh tät. Heute hab ich ganz was anderes. Ich weiß net, ob du schon was davon gehört hast, unser Pfarrer soll versetzt werden."

„Ja freilich? Mein erstes Wort!"

„Ja, in Anerkennung seiner vortrefflichen Leistungen als Seelsorger und Prediger soll er in eine Stadtpfarrei versetzt werden."

Ein vergnügtes Schmunzeln umspielt die Mundwinkel des Wieshofers. Der Pfarrer ist ihm schon lange ein Dorn im Auge. Das ist ganz gut, wenn der wegkommt. Er tut einen brunnentiefen Schnaufer und sagt scheinheilig:

„No ja, ich vergönn's ihm, wenn er ein besseres Platzerl kriegt. Er hat sich's ehrlich verdienen müssen."

„Ich meine aber, man sollt einen so guten Herrn net weglassen."

„Warum net, wenn sich einer verbessern kann?"

„Er wird hart fortgehen von uns."

„Gegen eine Versetzung ist ja nie was zu machen."

„Ja, siehst du, deswegen bin ich ja eigentlich zu dir gekommen. Ich denk mir, wenn sich die ganze Gemeinde dafür einsetzt, daß er bleibt, muß es doch an der oberen Stelle ein Einsehen geben. Und da möcht ich jetzt Unterschriften sammeln. Jeder, der für sein Bleiben ist, soll da unterschreiben. Je mehr wir zusammenbringen, desto besser wirkt es."

„Und da meinst du, ich sollt als erster unterschreiben?" fragt der Wieshofer und blinzelt auf den noch leeren Bogen, den der Bürgermeister auf dem Tisch ausgebreitet hat.

„Weißt, Wieshofer, ich habe mir halt gedacht, wenn die ersten von der Gemeinde schon auf dem Zettel stehen, dann machen die andern schon von selber mit."

Der Wieshofer steht auf, geht ein paarmal in der Stube auf und ab und schüttelt dann hartnäckig den Kopf.

„Nein, sag ich. Ich mag net."

„Geh, Wieshofer, sei doch gescheit!"

„Weil ich gescheit bin, drum mag ich net. Geh zum Langegger Toni, der schreibt seinen Namen gleich drunter."

Der Bürgermeister erwidert ein wenig scharf.

„Das kommt ja grad heraus, als wenn du froh wärst, daß der Pfarrer fortkommt."

Der Bauer fährt herum und runzelt die Brauen.

„Du, das hab ich fei net gesagt, Bürgermeister."

„Aber denkt hast dir so was."

„Denken kann ich, was ich will. Und wenn du es durchaus wissen willst, dann sag ich es dir frei heraus, daß es net schön ist von ihm, daß er allweil dem Falschen hilft. Das ist der Dank, daß ich ihm einen neuen

Rauchmantel und vier silberne Ministrantenglöckl geschenkt habe."

Das Gemeindeoberhaupt entgegnet ruhig:

„Was du gekauft hast, Wieshofer, das ist Kirchengut. Das bleibt in der Gemeinde. Und wenn noch zehn neue Pfarrer herkommen, dann vererbt es sich von einem auf den anderen."

Der Wieshofer setzt sich wieder und stützt die Ellenbogen auf die Tischplatte.

„Paß einmal auf, Bürgermeister. Wenn du auf einen guten Posten versetzt werden würdest, und es hieße dann: unseren Bürgermeister, den lassen wir net weg, der soll auf seinem Posten bleiben, den er so viel wie umsonst versieht."

„Das gehört ja gar net da her, Wieshofer. Also, was ist? Unterschreibst jetzt oder net?"

„Na, sag ich. Grad extra mag ich net."

„Dann läßt du es halt bleiben."

„Tu ich schon." Der Bauer lacht belustigt auf, weil er merkt, daß der andere sich ärgert. Dann sagt er: „Er ist überhaupt zu gut, unser Herr Pfarrer. Die jungen Leut waren noch nie so unsittlich wie jetzt. Da gehört ein anderer her. Und ein Scharfer muß es sein, daß er dem jungen Volk die schwarzen Seelen alle Sonntag richtig ausputzt."

Der Bürgermeister steht auf und schiebt den Bogen in die Tasche.

„Recht hast du, Wieshofer", sagt er ruhig. „Aber schließlich kommt es auf dich allein nicht an. Wenn du net willst, dann ist noch lang net gesagt, daß die anderen auch net wollen. Probier ich halt mein Glück woanders."

Der Bauer springt so heftig auf, daß der Stuhl polternd zu Boden stürzt.

„Du — tu net so eigenmächtig handeln, gelt!"

„Ich tu, was ich fürs Gemeindewohl für gut halt. Und merk dir's, Wieshofer. Ich habe es endlich satt, mich von dir bevormunden zu lassen. Von jetzt ab geschieht, was ich haben will. Verstehst du mich?“ Der Bürgermeister will schon zur Tür hinaus, als er sich plötzlich besinnt und vor den verdutzten Bauern hintritt. „Was ich noch sagen will, Wieshofer. Gelt, sag deinen Mägden, sie sollen in Zukunft, wenn sie die Milchkannen auswaschen, darauf achten, daß kein Wasser zurückbleibt. Ich habe da von der Molkereigenossenschaft ein Schreiben gekriegt, in dem es heißt, daß aus unserer Gemeinde schon ein paarmal gewässerte Milch angekommen ist.“

Der Wieshofer wechselt die Farbe. Dann wirft er einen scheuen, verlegenen Blick auf den Bürgermeister.

„Warum sagst du denn das grad mir?“

„Das sag ich jedem, net bloß dir. Und jetzt behüt dich Gott!“

Wie entgeistert schaut der Wieshofer durch das Fenster dem Davoneilenden nach.

„So ein gemeiner Kerl! Da hört sich doch schon alles auf!“

Erregt wandert er die Stube auf und ab, schüttelt ein ums anderemal den Kopf, und meint dann:

„Unsinn, daß ich mir da Gedanken mach. Wer will mir denn das beweisen? Die Milch wird drunten auf der Sammelstelle zusammengeschüttet, da weiß also in der Stadt kein Mensch, wo die wässrige herkommt.“

Kichernd gedenkt er des netten Sümmchens, das ihm sein unsauberes Handwerk im Laufe der Jahre schon eingebracht hat. Und was den Bürgermeister anbelangt, so will er ihm bei nächster Gelegenheit seinen eigenmächtigen Kopf zwiefeln.

„Das wäre ja noch schöner. Unsereins darf Steuern zahlen, daß einem die Rippen krachen, und dürft kein Wörtl reden.“

Draußen vor dem Fenster geht die Cilli vorüber.

Flink huscht er aus der Stube und schreit ihr nach:

„Wo gehst denn hin, Cilli?“

„Auf die Alm“, ruft sie über die Schulter zurück und

eilt raschen Schrittes zu den Viehweiden, die sich mit ihren hohen Planken emporziehen bis zum Bergwald.

„So eine Narretei! Cilli, gehst du her oder net?“

Cilli wählt aber trotzig die letzte dieser beiden Möglichkeiten und übersteigt, ohne sich nach dem schreienden Vater umzusehen, den Bretterzaun. Wenige Minuten später ist sie schon zwischen den ersten Bäumen verschwunden.

Zwei Stunden nach Mittag erreicht Cilli die Lärchenalm, die dem Angermeier gehört.

Linde, schwebende Klänge durchzittern die Luft des schönen Spätsommertages, in dem sich sonst kein Lüftchen rührt. Nur hoch oben hört man ein Klopfen und Hämmern, und Cilli glaubt auch, eine Mannsgestalt zu erkennen, die sich am Zaun zu schaffen macht. Für einen Augenblick erschrickt sie. Sollte es Toni sein? Vor ihm ist sie nach oben geflüchtet, und nun sollte sie ihm hier oben begegnen? Aber nein. Der ist unten im Tal bei seiner kranken Schwester.

Die Tür der Almhütte ist verschlossen.

„Dann will ich halt warten“, sagt Cilli und setzt sich auf die Hüttenbank.

Es ist sonderbar, daß sie sich so plötzlich auf ihre Kindergespielin besonnen hat. In der Schule waren sie und die Angermeier Marile unzertrennbare Freundinnen. Erst als sie in die Stadt kam, verlor sie die Freundin aus dem Sinn. Aber nun will sie einige Wochen bei ihr bleiben. Hier herauf kann der Toni doch nicht kommen. Und die Jägerhütte liegt auch nicht allzu weit von hier. Das ist wohl der Hauptgrund, warum sie hierher gegangen ist. Gleich hinter der Waldspitze, die sich wie ein wuchtiger Keil in die Almfläche schiebt, muß die Jägerhütte sein.

Wie er sich wohl freuen wird, wenn sie ihn plötzlich in seiner Einsamkeit aufsucht? In Gedanken malt sie sich's schon aus. Wenn er fort ist, will sie in die Hütte gehen, will Feuer machen und für ihn kochen. Wenn er am Abend von der Pirsch kommt, wird sie unter der Tür stehen, und er wird das grüne Hütl schwenken und sie dann in die Arme nehmen.

Da kommt Marile, ein lustiges, dralles Mädchen mit roten Backen und lachenden Augen, auf die Hütte zu.

Als sie Cilli gewahrt, stemmt sie beide Arme in die Hüften und guckt verwundert drein.

„Das ist aber ein seltener Besuch! Grüß dich Gott, Cilli."

„Grüß dich Gott, Marile. Freut es dich, daß ich da bin?"

„Und wie! Ja, sag mir grad, was dich da herauftreibt zu mir?"

„Gar nix treibt mich. Ich bin halt herauf zu dir, weil ich dich einmal wieder sehen möchte, und weil — ja, weil mir die Luft da unten net recht gut tut."

„Ja, ein bißl blaß schaust du aus", meint die Sennerin bekümmert.

Cilli zieht die andere zu sich auf die Bank und schlingt den Arm um ihre Schulter.

„Sag einmal, Marile, macht es dir was aus, wenn ich ein paar Wochen bei dir heroben bleib?"

„Im Gegenteil, Cilli. Ich freue mich, wenn ich ein bißl Unterhaltung hab. Es geht einem die Arbeit wirklich schneller vom Fleck."

„Hast du jemanden, der meinem Vater Botschaft geben könnt? Weißt" — Cilli kichert vergnügt — „ich hab gar nix gesagt, wo ich hingehe."

„Da spring ich morgen früh gleich selber hinunter", antwortet Marile, und dann beginnen die beiden Mädchen, ihre Erlebnisse auszutauschen.

Cilli erzählt der staunenden Freundin von den feinen Kavalieren in der Stadt, besonders von einem jungen Kunstmaler, der stockverliebt in sie sei und sie heiraten möchte.

„Da machst du aber ein Glück", meint Marile, die Cillis Lüge als Wahrheit nimmt. Von sich selbst weiß sie nichts zu erzählen als von der vielen Arbeit. Auch ist ihr das Geheimnis ihres Herzens noch zu frisch, als daß sie es preisgeben möchte.

Cilli schüttelt zu dem Glück, das ihr die Freundin vermeinte, den Kopf und erklärt hochdeutsch: „Zum Glück gehört auch Liebe, mein Kind."

„Ja, hast du ihn denn net gern?" fragt Marile perplex.

„Gemeint hab ich schon, daß ich ihn gern hab, bis ich den andern gesehen hab." Cilli neigt ihren Mund an Mariles Ohr. „Du bist die erste, die es wissen darf. Weißt, der neue Jäger — der Wellhofer Hans — was hast du denn, Marile?"

Marile steht auf und streicht sich mit zitternden Händen über die bleichgewordene Stirn.

„Nix hab ich! Gar nix!"

„Das ist aber spaßig", murmelt Cilli, die die plötzliche Veränderung des lebenslustigen Mädels nicht fassen kann. Sie will aufstehen und ihr folgen, da kommt Marile wieder heraus. Jetzt ist ihr Gesicht blaß, und die lachenden Augen haben einen verschleierten Glanz.

Cilli will auf sie zutreten, da fährt es ihr schreckhaft in alle Glieder. Über den Hang kommt langsamen Schrittes Toni herab und führt Hannerl an der Hand.

„Jesses, wer kommt denn dort!" stammelt Cilli erblassend.

„Der Toni ist es", antwortet Marile. „Seit gestern ist er wieder heroben mit seiner Schwester. Ist schwer krank gewesen, das arme Hascherl. Aber bei mir heroben wird's schon wieder gesund, ja. Und jetzt muß ich aber gleich schauen, daß die zwei was zu essen kriegen." Sie geht rasch in die Hütte.

Mit entgeisterten Augen starrt Cilli den Ankommenden entgegen.

Toni bemerkt sie erst, als er schon auf die Hütte zukommt. Ein Glänzen kommt in seine Augen, dann steht er mit ein paar Sprüngen vor ihr.

„Cilli . . ." sagt er, warm und pochend vor Liebe. Er

will sie fassen und liebkosen, da stößt Cilli ihn zurück.

„Bist du verrückt", zischt sie. „Wir sind doch net allein!"

„Ach geh", sagt er traurig. „'s Hannerl sieht ja net."

Mit funkelnden Augen sieht sie in sein Gesicht. Man merkt, wie sie nach Worten sucht.

„Tonele, wer hat dich denn geärgert?" fragt Hannerl, die ihr Körbchen zu Boden gestellt hat und sich an den Bruder klammert.

„Gar niemand hat mich geärgert, Hannerl."

„Aber ich hab doch eine fremde Stimme gehört."

„Ja, Besuch ist gekommen. Und einer, der gut ist." Mit glücklichem Lachen sieht er der Cilli dabei in die funkelnden Augen. Dann nimmt er aus dem Körbchen einen Buschen Almrosen heraus.

„Schau", sagt er. „Grad als ob ich geahnt hätte, daß du heut heraufkommst. Ein ganzes Körbl voll hab ich brockt. Magst einen Buschen?"

„Behalt dein Kraut!" faucht sie ihn an. „Wenn ich Almrosen will, brock ich sie mir selber."

Seine besonnene Ruhe schürt ihren Zorn immer mehr. In dieser Minute fühlt sie, wie stark sie ihn haßt.

Da tritt er wuchtigen Schrittes ganz nahe an sie heran.

„Beleidigen laß ich mich net, Cilli!"

„Mein Ruh will ich haben!"

In seinen Augen glimmt es hart auf. Mit eisernem Griff umklammert er ihr Handgelenk.

Da erscheint Marile unter der Hüttentür und sagt, daß zum Essen hergerichtet sei.

Mit bitterem Lachen läßt Toni los und geht mit Hannerl in die Sennstube. Doch rührt er keinen Bissen an und starrt nur in das leise flackernde Herdfeuer.

„Was hast du denn, Toni?" fragt Marile mitleidig.

Er gibt keine Antwort und tritt hinaus in den Glanz der sinkenden Sonne. Daß Cilli auf der Bank sitzt, merkt er kaum.

Er sieht mit starrem Blick über sie hinweg. Auch als Marile und Hannerl kommen, rührt er sich nicht, sondern setzt sich auf die Hüttenstufen und stützt den Kopf in die Hände.

„Toni, du hast doch g'sagt, du willst mir einen Kranz machen", meldet Hannerl sich nach einer Weile.

Mit zitternden Fingern langt Toni in das Körbchen und bindet die kleinen Blumen zu einem Kranz zusammen. Nicht einmal blickt er zu Cilli hin, die mit Marile auf dem Brunnentrog sitzt.

Immer dunkler wird es, und immer mehr Sterne beginnen aufzuflimmern am dunklen Himmel. Endlich ist er mit dem Kranz fertig und drückt ihn der Schwester auf das Haar. Dann sagt er:

„So, Hannerl, jetzt legst dich schlafen. Morgen früh nehm ich dich wieder mit auf den Berg."

Als er aufsteht, um die Schwester in die Hütte zu führen, bittet Marile ihn, er möchte doch so gut sein und nach der Scheck sehen, die sicher wieder irgendwo im Wald stecke.

Schweigend nimmt Toni die Peitsche von der Hüttenwand und geht über das dunkle Almfeld.

„Ein herzensguter Mensch, der Toni", sagt Marile, als seine Gestalt schon in der Nacht verschwunden ist.

Cilli gibt keine Antwort und läßt nur ein nervöses Lachen hören.

„Wenn ich gewußt hätt, daß der bei dir heroben ist, dann wär ich net gekommen. Mir ist net leicht ein Mensch so zuwider wie der."

„Ich hab aber doch gemeint, ihr zwei hättet euch gern?"

„Was der sich alles einbildet! Weil ich einmal ein bißl freundlich mit ihm war, meint er gleich was. Der soll mir doch meine Ruh lassen. Ich hab den Jäger gern und sonst niemanden!"

Bald darauf trottet die Scheck mit leise bimmelnder Glocke über das Almfeld. Von Toni ist aber nichts zu sehen. Der sitzt zu Füßen des verwitterten Kreuzes, das oben am Hang steht. Soeben zieht der Mond über die Berge herauf und überflutet alles mit seinem silbernen Licht. Die Berge schlafen. Zuweilen ist es, als ginge ein schweres Atmen von ihnen aus. Tief unten liegen in bunter Mannigfaltigkeit Häuser, Gärten, Wiesen und Äcker. Und Menschen sind da unten — viele Menschen, und unter ihnen wohnen Liebe und Haß, Trauer und Freude. Nie wieder möchte man da hinuntersteigen. Aber es ist ja gleich. Das Leid kommt ja auch in diese Einsamkeit hinauf.

Noch kann er dies alles gar nicht fassen. Es kommt zu plötzlich in seine große Ahnungslosigkeit. Und er will auch noch gar nicht an ein Ende glauben. Morgen wird er reden mit ihr.

Oder soll er nicht lieber sich heute gleich Gewißheit verschaffen? Jetzt, gleich? Es wird sicher alles wieder gut werden, und er wird wieder glücklich sein wie in den ersten Sommertagen. Die Nacht ist genauso hell und warm wie damals, als er die Wiese mähte und Cilli zu ihm kam. Und genauso wird es heute wieder werden.

Langsam steht er auf und will zur Hütte hinuntergehen.

„Ah“, sagt er, wie von Zentnerlast befreit. „Ich hab ja gewußt, daß du zu mir kommst. Jetzt wird alles wieder gut.“

Mit häßlichem Lachen antwortet sie:

„Meinst du, daß ich dir nachgelaufen bin?“

„Ja, wo möchst denn sonst hin, Cilli?“

„Zu meinem Schatz in die Jägerhütte. Ja, schau mich nur net so dumm an. Meinst, mir war es jemals ernst mit dir?“

Er tritt auf sie zu. „Das kann doch net möglich sein, Cilli!“

„Narr, dummer!“ Sie lacht verzerrt und gibt ihm einen Stoß vor die Brust.

Wütend hebt Toni die Peitsche, läßt sie wieder sinken und sagt mit wehem Lächeln: „Recht hast du. Jetzt weiß ich selber, daß ich ein Narr war. Und was für einer!“

Diese gleichgültige Ruhe bringt Cilli ganz aus der Fassung. Sie tritt vor ihn hin und reißt ihm die Geißel aus der Hand.

Toni lächelt mit bleichen Lippen und rührt sich auch nicht, als ihm die Schnur ins Gesicht klatscht.

Wie von Sinnen schreit Cilli: „Geh doch! Oder ich schlag noch einmal." Sie will wieder schlagen, wirft aber plötzlich die Peitsche fort, wie im Ekel vor sich selbst. Oder ist es das Grauen vor der unheimlichen Ruhe, mit der der Gezüchtigte aus starren Augen ihr entgegensieht? Sie weiß es nicht. Nur fliehen will sie vor diesem seltsamen Menschen.

Da steht plötzlich der Jäger Wellhofer vor den beiden.

Mit einem erstickten Schrei klammert sich Cilli an ihn.

„Hilf mir, und schaff mir den Menschen vom Leib."

Die Blicke der beiden Männer begegnen sich. Und während in Tonis Augen Haß und Verachtung funkeln, leuchtet in den Augen des Jägers ein lustiger Spott.

„Mir scheint, da komm ich ein bißl ungelegen?" sagt er.

„Nein, zur rechten Zeit bist du gekommen", schreit Cilli. „Gewalt hat er mir antun wollen, der —"

Toni lacht. Aber das klingt so hart wie Stahl. Dann tritt er auf den Jäger zu und sagt, jedes Wort scharf betonend:

„Wie, laß dich einmal anschaun, du. Bist ja ein ganz Feiner. Und nobel paßt ihr z'samm, ihr zwei. Da is eines so schlecht wie das andere."

Mit einem Fluch holt der Jäger zum Schlag aus. Aber da hat Toni ihn schon mit eisernem Griff an der Brust gefaßt und drückt ihn gegen den Stamm des Kreuzes.

„Himmelsakra! Auslassen, sag ich", kreischt Wellhofer und windet sich wie eine Schlange unter dem harten Griff.

„Ja, gleich laß ich dich aus", antwortet Toni. „Aber zuerst muß ich dir noch ein paar Wörtl sagen. Mit der da, da kannst du machen, was du willst. Aber der Marile, der laß ihren Frieden. Nach der streckst du deine dreckigen Pratzen nimmer aus! Und wenn du dich noch einmal auf der Alm sehen läßt, dann hetze ich dich mit der Peitsche fort. Hast du mich verstanden?“ Ein wuchtiger Stoß, und der Jäger taumelt zu Boden.

Noch ehe Wellhofer sich aufraffen kann und die Büchse von der Schulter reißen will, ist Toni verschwunden. Nur noch irgendwo ein Lachen, halb weh und halb spottend, ein paar klappende Schritte im Mondschein — und wieder Stille.

Marile sitzt noch vor der Hütte. Ganz regungslos sitzt sie und wendet nicht einmal den Kopf, als Toni kommt und sich neben sie hinsetzt.

Eine stumme Zeit vergeht, dann faßt Toni die Hand der Sennerin und streichelt sie.

„Kopf hoch, Marile. Der ist es net wert, daß du dir Kummer machst. Du bist zu gut für den Halunken.“

„Und ich hab geglaubt an ihn wie an nix auf der Welt.“ Unter ersticktem Schluchzen birgt sie den Kopf in die Hände.

„Schau“, tröstet Toni, so gut er kann. „Mir ist es mit der Cilli kein bißl anders gegangen. Da hilft nix anderes als vergessen. Und schlechte Menschen kann man leicht vergessen.“

„Du lügst dir selber was vor, Toni, weil du mir helfen willst. Gesagt ist das leicht, aber ob sich so ohne weiteres alles aus dem Herzen herausreißen läßt, das ist eine andere Frage. Etwas wird schon zurückbleiben davon.“

Sie verstummt und blickt zu den Bergen hinauf. Erst nach einer Weile beginnt sie wieder zu sprechen.

„Da hat er mir alles Schöne und Gute versprochen. Daß er mich heiraten will. Und ich habe jede Nacht geträumt von dem Glück. Heute mittag hab ich ihn noch getroffen oben in seiner Hütte, und als ich heimgekommen bin, war Cilli da und hat mir erzählt, wie glücklich sie mit ihm ist.“

„Die Cilli —“

Ein Würgen ist in seiner Stimme. Marile will seine Hände fassen. Doch Toni steht auf und wendet sich schnell ab.

„Wo willst du denn hin, Toni?"

„Ich weiß es net! Nur irgendwohin. Im Haus kann ich jetzt net sein!"

„Mach keinen Unsinn, Toni!"

„Unsinn?" Ein hartes Lachen. „Ah na, jetzt mach ich keinen mehr. Sorg dich nur net, Marile, dem tu ich nix, der is mir zu schlecht."

Marile faßt seinen Arm.

„Sei gescheit, Toni, und lege dich schlafen. Schau, ich weiß ja, wohin du willst, und wenn du schon auf mich net hören willst, dann denk an Hannerl. Was tät denn das arme Hascherl anfangen, wenn es einmal schiefgeht?"

Toni zaudert ein wenig, dann streift er ihre Hand ab.

„Du hast Angst um ihn?"

Sie zuckt die Schultern.

„Ich tu ihm nix, und hab du auch keine Angst, daß er mich heut stellt. Ist ja die Cilli bei ihm." Ein sonderbares Lachen begleitet die letzten Worte. Rasch eilt er fort.

Marile will ihm nachspringen, will ihn zurückhalten. Aber die Schatten, die überall schwarz zwischen der bleichen Mondhelle liegen, verbergen ihn schon.

Langsam, mit müden Schritten geht sie in die Hütte. Hell liegt auch dort das Mondlicht auf den Dielen und allen Geräten. Nur der Kreister, in dem Hannerl schläft, steht im Schatten. Aber das schmale Gesicht des Kindes leuchtet matt aus der Dämmerung heraus. Ganz regelmäßig gehen die Atemzüge, und manchmal öffnet sich der Mund und stammelt ein paar unverständliche Worte.

Marile vertieft sich eine Weile in dieses schlafende Gesicht, und plötzlich muß sie denken, daß doch eigentlich zwischen den Geschwistern gar keine Ähnlichkeit ist.

Während sie in solche Gedanken versunken ist, peitscht oben im Gewänd ein kurzer, scharfer Knall.

Marile springt auf und tritt vor die Hütte. Noch rollt das Echo des Schusses an den Wänden entlang.

Und still ist es wieder in der sternendurchwirkten Unendlichkeit des Weltraumes.

Durch den Schuß werden die beiden in der Jägerhütte aufgeschreckt.

Wellhofer greift nach dem Gewehr und will hinausstürzen. Aber Cilli hält ihn zurück.

„Laß ihn, heut erwischt du ihn doch nicht mehr."

„Wen meinst du?"

„Es wird der Toni sein und kein anderer."

„Weißt du, ob der wildert?"

„Ja, ich weiß es gewiß. Er hat es mir selber einmal anvertraut."

Der Jäger legt das Gewehr wieder weg, geht ein paarmal in der kleinen Stube auf und ab und bleibt dann dicht vor Cilli stehen.

„Und da willst du mir weismachen, daß du nix gehabt hättest mit ihm? Für so dumm schau ich den Langegger nicht an, daß er dem nächstbesten Menschen erzählt, daß er wildert. Gib mir ehrliche Antwort! Was war zwischen dir und dem?"

Cilli windet sich unter dem zwingenden Blick, und dann sagt sie kleinlaut: „Einmal haben wir uns ganz gut verstanden, aber —"

„Und heute bist du so schuftig und verrätst ihn. Am liebsten wär's dir, wenn ich ihn zusammenpulvern tät, daß du deine Ruh hättest vor ihm."

Cilli will sich verteidigen, aber er unterbricht sie barsch: „Weißt du, was ich glaube? Du hast mit mir angebandelt, damit der andere besser wildern kann."

„Das ist ja net wahr!"

„Dir trau ich alles zu. Ich müßt grad hinuntergehen in die Almhütte, dann könnt ich ja sehen, ob er daheim ist. Aber das mag ich net, weil es mir widerstrebt. Einen Wildschützen will ich im offenen Kampf stellen, und kurz über lang wird der Tag da sein."

Cilli hat inzwischen ihre Fassung wiedererlangt. Sie stellt sich herausfordernd vor ihn hin und sagt spöttisch: „Wirst dich halt vor der Marile ein bissel schämen jetzt?“

Mit einer raschen Bewegung hebt er den Kopf.

„Ja, du kannst recht haben. Ich schäm mich vor ihr, denn ich hab net recht an ihr gehandelt. Aber vielleicht kann ich's wieder gutmachen.“

„Solange ich heroben bin, wirst du net zu ihr gehen.“

„Du wirst gar net zu lang heroben sein, denk ich. Oder hab ich vielleicht net deutlich genug geredet?“ Er zündet sich eine Zigarette an, stößt in schnellen Zügen die Rauchwolken vor sich hin und sagt mit veränderter Stimme: „Es ist ja zwecklos, wenn wir uns darüber streiten. Wir passen net zusammen.“

„So, das fällt dir jetzt erst ein. Weißt du nimmer, was du mir alles versprochen hast?“

„Irren ist menschlich. Man muß sich eben ganz genau kennenlernen.“

„Dich kenn ich jetzt.“

„Ich dich schon länger.“

„Meinst du vielleicht, daß ich das gut sein laß?“

„Das steht dir frei. Verklag mich halt, wenn du dir einen Nutzen davon versprichst.“ Er nimmt das Gewehr wieder an sich und geht zur Tür. „Wann ich zurückkomm, weiß ich noch net. Vielleicht morgen oder übermorgen erst.“

Cilli gibt keine Antwort mehr. Sie ballt nur die Fäuste und schwört ihm Rache. Und als sein Schritt im Dunkel verhallt, setzt sie sich auf die Türschwelle und überlegt, wie sie sich an ihm rächen könnte.

Der Jäger irrt indessen im Wald umher. Zu viel ist seit gestern morgen auf ihn eingestürmt, und er macht sich wirklich Gewissensbisse wegen Marile. Wie soll er ihr jetzt gegenübertreten? Und noch dazu diese dumme Geschichte mit dem Langegger Toni. Er ist sich keinen Augenblick im Zweifel darüber, daß Cillis Angaben richtig sind. Er weiß aber auch, daß dieser Langegger ein Kerl ist, der nicht zu unterschätzen ist. Und wenn er mit ihm zusammentrifft, so wird es auf Biegen oder Brechen gehen.

Gegen Morgen kommt er an die Almhütte. Marile ist soeben dabei, auf dem offenen Herd ein Feuer anzufachen. Sie dreht bei seinem Eintritt erschreckt den Kopf nach der Tür und sieht ihn mit einem Blick an, der ihm ans Herz greift.

„Ist der Langegger da?" fragt er.

„Ich weiß net. Such ihn dir!"

Ohne zu antworten, steigt er die schmale Stiege zum Heuboden hinauf und findet Toni schnarchend im Heu.

Lautlos zieht der Jäger sich wieder zurück, betrachtet unten in der Stube die derben Nagelschuh, die über der Herdstange hängen, und sagt: „Dann war er es also doch. Die Schuhe sind noch ganz naß vom Tau. Wird noch net lang daheim sein, der Toni?"

Diese Frage ist an Marile gerichtet. Aber das Mädel antwortet nicht, geht vor die Hütte und nimmt das Milchgeschirr von der Bank.

Wellhofer geht ihr nach, faßt sie um die Hüfte und sagt:

„Sei net bös mit mir, Marile. Schau, du bist mir ja doch die Allerliebste."

Da zieht Marile aus und schlägt ihm klatschend ins Gesicht.

Der Jäger ist so verblüfft, daß er im ersten Schreck losläßt und die brennende Backe befühlt.

„Sakra", sagt er dann lachend. „Die schreibt keine schlechte Handschrift."

Marile ist im Stall verschwunden, und so geht er ans Stallfenster und sagt:

„Die Watschen solltest du mir schon viel eher gegeben haben, dann wär' ich wenigstens früher zur Besinnung gekommen."

„Meine Ruh will ich haben!“ antwortet Marile.

Er aber läßt sich nicht verblüffen und plaudert weiter durch das kleine Fenster, obwohl Marile keine Antwort gibt. Als sie einmal aufsteht und die Milch in den großen Eimer leert, nimmt sie, ohne daß er es sieht, einen Schappfen, mit Wasser gefüllt — und überschüttet ihn damit.

Prustend schüttelt er sich und schimpft: „So ein unguttes Madel. Aber wart nur, ich komm schon wieder.“

Damit stapft er davon, steigt über das Latschenfeld hinauf und läßt sich von der Sonne trocknen.

Von seinem Platz aus hat er die Hütte schön im Auge, und er kann Marile beobachten, wie sie arbeitet. Er sieht auch den Langegger mit seiner blinden Schwester zum Wald hinübergehen, und gegen die neunte Stunde gewahrt er Cilli, wie sie, einen Bogen um die Lärchenalm machend, talabwärts hastet.

Ein befriedigter Atemzug hebt seine Brust. Endlich bin ich die los! Und mit der Marile wird sich die Sache schon wieder regeln lassen. Vorerst werde ich ihr einmal acht Tage fernbleiben und inzwischen versuchen, den Toni auf frischer Tat zu ertappen.

Wenn es Nacht wird, legt er sich in der Nähe der Almhütte auf die Lauer. Aber Toni bleibt daheim. Man hört auch die ganze Woche keinen Schuß mehr fallen, und am Sonntag sieht er ihn mit seiner Schwester ins Dorf gehen.

Am Sonntag geht auch der Jäger hinunter, macht beim Förster seinen Rapport und will dann zum Kramer, um seinen Bedarf an Rauchwaren für die Woche einzudekken. Schon hat er die Tür in der Hand, da sagt der Förster:

„Halt einmal, Wieshofer. Mit dir hab ich noch ein wichtiges Wort zu reden. Da hat jemand Meldung gemacht bei mir, daß du den Langegger Toni hast laufen lassen.“

Der Jäger erschrickt ein wenig.

„Wer hat die Meldung gemacht?“

„Das tut gar nix zur Sache. Im übrigen weißt du das

besser als ich. Ich mache dich darauf aufmerksam, Hans, mit solchen Sachen kommst du net weit."

„Herr Förster, dagegen muß ich mich schon verwahren."

Wellhofer erzählt ehrlich, wie sich die Sache verhalten hat, und gibt auch zu, daß er ein wenig gegen seine Dienstpflicht verfehlt hat, verspricht aber, daß er sich alle erdenkliche Mühe geben will, den Wildschütz zu überführen.

„Ich zweifle auch gar net daran. Aber jedenfalls, die Meldung ist gemacht worden, und ich muß dich darauf aufmerksam machen. Überhaupt — na ja — es geht mich gar nichts an, was du in deiner Freizeit machst, aber ein Jäger soll sich von den Weibern ein wenig fernhalten, zum mindesten soll er sie nicht in die Jagdhütte hinauf bestellen!"

Wellhofer bekommt einen roten Kopf. Ein wenig schämt er sich doch vor seinem Vorgesetzten. Aber der bricht das Thema kurzerhand ab und beginnt ein anderes Gespräch.

„Ein Gutes hat es doch gehabt. Wir haben nun wenigstens eine Spur. Wer in aller Welt hätte an den Langegger gedacht! Du wirst dir aber auch klar sein, Hans, daß du ihn nicht leicht nehmen darfst. Wie gesagt, ich hab alles Vertrauen zu dir und wünsche, wenn der Graf zur Treibjagd kommt, daß gemeldet werden kann: kein Wildschütz im Revier. Jetzt geh, und mach deine Sache richtig."

Wellhofer verläßt das Forsthaus, und als er auf der Straße zum Dorf Cilli begegnet, blickt er über sie hinweg, als ob er sie nicht kenne. So sieht er auch nicht, wie sie spöttisch hinter ihm herlächelt. Allerdings weiß sie nicht, wie gnädig Wellhofer beim Förster davongekommen ist. Ihre Erwartung, daß ihm der Dienst gekündigt würde, hat nicht zugetroffen.

Wellhofer geht auch am Wirtshaus vorbei, obwohl die

Wally recht laut und freundlich grüßt. Er geht durch das Dorf, biegt in einen Feldweg ein und steigt zu Berge.

Gegen Abend kommt er zur Lärchenalm. Von weitem sieht er Marile schon auf der Bank sitzen, und je näher er hinkommt, desto heftiger fühlt er sein Herz schlagen. „Da ging ich jetzt schon gleich lieber einem Wildschützen nach", denkt er sich. „Da könntest dich wenigstens wehren." Aber wenn Marile wieder mit der Hand fuchteln sollte, so könnte man dagegen gar nichts tun. Das fühlt er nun die ganze Woche schon und auf dem ganzen Weg hier herauf.

Marile hat ihn schon lange gesehen, hofft aber, daß er an ihrer Hütte vorbeigehen wird. Als sie aber sieht, daß er wirklich abbiegt und durch das dichte Latschengewirr für kurze Zeit unsichtbar wird, spürt sie, wie sich ihr Herz zusammenkrampft. Einen Augenblick hätte er doch zu ihr herschauen können. Wenn sie ihn nun auch nicht mehr will, so könnte man sich doch wenigstens im Guten miteinander ausreden. Zuschlagen will sie heut nicht mehr, das hat sie sich fest vorgenommen.

Während sie noch diesen Gedanken nachhängt, kommt der Jäger auf die Hütte zu, bleibt erst noch mal stehen, als interessiere ihn der Himmel, der gegen Westen hin zu brennen beginnt. Dann kommt er doch langsam näher und sagt:

„Grüß dich Gott, Marile."

Sie näht plötzlich sehr emsig, hat den Kopf tief gesenkt und sagt, ohne aufzublicken, ganz kurz:

„Grüß Gott!"

Er schnauft ein paarmal, nimmt das Gewehr von der Schulter und fragt kleinlaut:

„Darf man sich ein bissel niedersetzen?"

„Ist ja genug Platz da."

„Aber net wieder zuhaun."

Das ist so drollig gesagt, daß ihr fast ein Lachen auskommt. Freilich, so verstohlen, daß er es gar nicht gewahrt. Nach einer Weile sagt sie spöttisch:

„Hat die Cilli dich heut schon fortgelassen?“

„Ich hab sie gar nicht getroffen.“

„Geh zu, du Lugenschüppel. Meinst du, daß ich das glaub? Für so dumm brauchst mich net zu halten.“

„Ich halt dich auch net für dumm.“

„Freilich net. Hast gemeint, weil ich ein armes Madel bin, kannst mir was vorlügen. Ich hab dir aber schon gleich nix geglaubt. Und mögen hab ich dich auch net. Nein, gar kein bissel net.“

„Jetzt lügst aber du, Marile!“

Es zuckt schon wieder verdächtig in ihrer Rechten, und der Jäger hebt schon schützend den Arm vors Gesicht. Aber da steht sie plötzlich auf und rennt in die Hütte.

Verdutzt sieht er ihr nach. Was hat sie denn jetzt auf einmal?

Er wartet eine Zeitlang, dann geht auch er hinein.

Marile steht am Herd und stochert mit einem Scheit die Glut. Er sieht, daß sie sich bei seinem Eintritt hastig über die Augen wischt, und er spürt etwas Heißes in sich aufsteigen. Selbst auf die Gefahr hin, daß sie ihm wieder eine Ohrfeige verabfolgen könnte, ist er mit ein paar Schritten bei ihr und legt den Arm um ihre Schulter.

„Geh zu, Marile, sei wieder gut. Schau, ich geb's ja zu, daß ich an dir net recht gehandelt hab. Aber jetzt bin ich frei von der Cilli und — überhaupt von allem bin ich frei.“

Sie wischt mit dem Schürzenzipfel die Augen.

„Wenn man dir was glauben darf —“

„Gewiß ist es wahr, Schatzerl. Meinst du, daß ich sonst noch mal zu dir gekommen wäre?“

Marile starrt eine Weile ins Feuer. Dann sagt sie: „Magst was zu essen?“

Da weiß der Jäger, daß er nicht umsonst an das verriegelte Türchen ihrer Mädchenseele gepocht hat.

„Brauchst net extra zu kochen für mich“, sagt er. „Ein Tröpferl Milch, wenn du hast, und ein Butterbrot.“

Sie hebt die Kellertür und verschwindet, um gleich darauf wieder mit einem Weidling Milch und dem Brotlaib zu erscheinen. Und während er sich einbrockt und zu essen beginnt, betrachtet sie ihn heimlich und ängstlich. Dann sagt sie ganz unvermittelt:

„Aber wenn du mich wieder anlügst, dann hast dich aber gewaschen.“

„Geh, Marile, mach dir doch keine so dummen Gedanken.“ Er putzt den Löffel am Tischtuch ab, steckt das Messer in die Scheide, geht um den Tisch herum, und faßt sie um die Hüfte.

„Glaub mir, Marile, ich hab dich gern. Vielleicht hab ich dich erst richtig gern seit der Watschen. Ich geb's schon zu, daß ich kein Heiliger gewesen bin. Aber einmal hat doch alles ein End. Da denkt man an nix anderes mehr, als daß man ein richtiges Weiberl findet, das fest in der Welt steht und stark genug ist, so ein leichtsinniges Bürscherl, wie ich bisher war, am Schnürchen zu halten. Da bist du die richtige.“ Er streichelt ihre sonnverbrannte Hand. „Das mit der Cilli, weißt, das war ein Rausch, von dem weiter nichts übrig geblieben ist, als die Erkenntnis, daß ich net zu ihr und sie net zu mir gepaßt hätte. Und das hab ich ihr auch schön genug gesagt an dem Morgen, wie ich zu dir gekommen bin. Die Ohrfeigen hast du mir also zu Unrecht gegeben.“

„Geh, ist es wahr? Das tut mir aber leid! Aber gelt, die einschichtige Dachtel, die tust mir net verübeln?“

„Aber gewiß net. Ich muß ja froh sein, daß es net mehr waren.“

„Dafür kriegst jetzt als Ersatz ein Bußl.“

Sie halten sich umklammert und werden nicht satt von ihren Küssen.

Kleiner und kleiner wird das Feuer auf dem Herd. Bevor es in Glut versinkt, belebt sich knisternd noch eine Flamme und leuchtet rot.

Endlich beginnt Wellhofer wieder zu sprechen.

„Und damit du weißt, daß ich's ehrlich mein, sag ich

dir, daß im Herbst geheiratet wird. Jetzt mag ich nimmer anders. Das Ledigsein hab ich satt bis daherauf." Er macht mit der Hand einen Strich um den Hals.

„Ja freilich", sagt sie. „Das glaub ich dir gern. Ein Mannsbild hat schon viel mehr Ordnung, wenn ein Weib auf ihn schaut."

„Ja, und da bist du grad die Richtige. Wenn der Herr Graf im nächsten Monat kommt, will ich mit ihm reden. Und eine Wohnung, die kriegen wir dann schon. Vorderhand zieh'n wir halt in Logis, und vielleicht können wir uns in ein paar Jahren selber ein kleines Häusl bauen."

Sie sitzt auf seinem Schoß und hat das Gesicht an seinem Hals vergraben.

„Etliche hundert Mark hab ich mir auch schon gespart" sagt sie. „Soviel ist es freilich net, wie die Wieshofer Cilli es hätte."

„Nimm den Namen nimmer in den Mund! Ich mag nix mehr hören von der. Und heut hab ich über sie weggeschaut, wie sie mir begegnet ist. Kannst es glauben oder net."

„Ist es wahr?" Dieses Bekenntnis rührt sie. Besser hätte er ihr seine Liebe nicht beweisen können, und sie küßt ihn dafür. Aber plötzlich werden sie merkwürdig still. Der Name Langegger ist gefallen. Marile hat ihn ausgesprochen, weil sie meinte, nun müsse er bald kommen. Es könne aber auch sein, daß er erst am anderen Morgen heraufkommt.

„Ja, Marile", sagt Wellhofer ganz ernst. „Das ist ein hartes Kapitel. Ich wollte, ich wüßte nichts. Aber Cilli hat mich beim Förster verklagt, und ich muß meine Pflicht tun, da hilft alles nichts."

„Vielleicht läßt er es, wenn ich ihm recht ins Gewissen rede", meint Marile nach langem Nachdenken.

„Ich möcht es wünschen und hoffen. Denn nachdem wir nun wissen, daß er es ist, muß ich ihm nachgehen auf Schritt und Tritt."

„Das wär ja schrecklich. Was soll denn dann aus dem Hannerl werden? Und überhaupt der Gedanke, daß ihr zwei euch gegenübersteht, jeder mit dem Gewehr in der Hand, auf Leben und Tod."

„Geh, da brauchst du jetzt noch gar keine Angst zu haben", tröstet er. „Mir ist so was nix Neues. Ich gehe schon sicher, weißt. Und dann, eine jede Kugel trifft ja nicht."

„Da muß ich unbedingt mit dem Toni reden. Weißt, überhaupt muß ich reden mit ihm, weil er doch eine Wut hat auf dich, wegen der Cilli."

„Meiner Seel, ich hab nie gewußt, wie der Langegger zu der Cilli steht, und es tut mir heut wirklich leid, wenn er in dem Glauben ist, ich hätte sie ihm weggenommen."

10

An einem schönen Samstagnachmittag, Ende September, herrscht im Dorf ein emsiges Regen und Treiben.

Am Ortseingang steht ein mächtiger Triumphbogen, und die Häuser sind mit Girlanden und Fahnen geschmückt.

Es ist nun doch so weit gekommen, daß der Pfarrer fortging, und heute soll der neue seinen Einzug halten.

Es ist um die vierte Nachmittagsstunde, als alle Glokken im Turm zu läuten beginnen. Auf dem freien Platz vor dem Schulhaus hat sich die ganze Gemeinde versammelt und stellt sich nun zu einem Festzug auf.

In der Ferne sieht man schon den Staub eines Gefährtes aufwirbeln, als sich der stattliche Zug in Bewegung setzt. An der Spitze gehen der Bürgermeister und die Gemeinderatsmitglieder, die Beamten von Bahn und Post, die Jäger in voller Uniform. Dann kommen die Schulkinder, anschließend die Vereine mit ihren Fahnen und die übrigen Ortsbewohner.

Die Kramerdirndln haben Hannerl in die Mitte genommen und zum Toni gesagt, er brauche sich nicht um sie zu kümmern. Am Abend brächten sie sie schon ins Geiertal.

Toni geht mit dem Trachtenverein, und als sich der Zug beim Wirtshaus vorbeibewegt, steht Cilli im Garten und betrachtet gelangweilt das Geschehen.

Wie eine Hexe kommt sie ihm plötzlich vor, mit ihren grünlich schimmernden Augen. Er spürt ein unbändiges Verlangen, aus der Reihe zu treten und mit geballter Faust in dieses weiße, hochmütige Gesicht zu schlagen. Aber was wäre es schon! Es würde ihm doch nur ein Hundertstel von all dem dünken, was er in den wenigen Tagen an seelischer Folter durchgemacht hat.

Im selben Augenblick hat die Kutsche die Spitze des Zuges erreicht, und seine Aufmerksamkeit richtet sich nach vorne. Er sieht ein junges, blasses Gesicht in den Polstern ruhen. Neben ihm sitzt der alte Pfarrer. Und nun steht der Jüngere auf und nimmt mit ruhigem Ernst die Begrüßungsansprache des Bürgermeisters entgegen. Anschließend singen die Kinder unter Leitung ihres Lehrers das Lied: „Gesegnet sei, der da kommt."

Dann hält der neue Pfarrer eine Ansprache an die Versammelten, in der er in bewegten Worten seinen Dank für den herzlichen Empfang ausspricht und mit der Bitte schließt, die Pfarrgemeinde möge ihm das gleiche Vertrauen entgegenbringen wie seinem Vorgänger.

Hierauf bewegt sich der Zug zur Kirche. In dem Durcheinander merkt niemand, daß der Toni Langegger sich entfernt.

Ganz gemächlich spaziert er durch das Dorf. Erst als er die Häuser hinter sich hat, verdoppelt er seine Schritte und eilt dem Wald zu.

Unter der Kirchentür raunt der Förster seinem Jagdgehilfen zu:

„Wenn der Toni die ganze Zeit nimmer hinausgegangen sein sollte, so geht er heute, wo er gesehen hat, daß keiner von uns im Revier ist. Komm, wir gehen heim und ziehen uns um."

Eine Viertelstunde später steigen auch die Jäger zu Berg.

Toni hat seinen Stutzen aus dem Versteck geholt. Als er die Patrone in den Lauf schiebt, zittern seine Finger ein wenig. Lächelnd schüttelt er den Kopf. Was soll denn das heute auf einmal sein? Heute ist doch jede Sorge unnötig. Die Jäger sind im Dorf und haben keine Ahnung. Es kann sein, daß sie den Schuß hören. Aber dann ist es bereits zu spät. Und es soll das letzte Mal sein, daß er die Waffe zu verbotenem Zweck führt. Er hat es der Marile hoch und heilig versprochen, abzulassen von seiner Leidenschaft. Nur den Kapitalbock im Luchsengewänd will er noch haben, und wenn er rasch ausgreift, kann er zum letzten Büchsenlicht noch oben sein. Er muß zwar einen kleinen Umweg machen, um an keiner Sennhütte vorbeizukommen. Dafür nimmt er dann die schwierige Kletterpartie von der Westseite und stößt dabei direkt auf den Wechsel des Gemsbocks.

Als er in die Wand einsteigt, sind die beiden Jäger, die keinen Umweg zu machen brauchten, schon im schräg gegenüberliegenden Latschenfeld.

Der Förster nimmt das Zeissglas vor die Augen und verfolgt jede Bewegung des Kletternden. Einmal nimmt er es ab und schüttelt den Kopf.

„Der klettert wie eine Gemse. Schad für so einen Prachtkerl. Wir müssen uns nun trennen, Hans. Du steigst rechts hinauf und ich links. Gib acht auf deine Deckung. Und wenn es zum Schuß kommen sollte, halt auf die Füße."

Man sieht Toni an der Wand hängen, mit dem bloßen Auge kaum zu unterscheiden von dem grauen Gestein. Jetzt hat er bald den Grat erreicht und wird dann in der Senkung verschwinden.

Lautlos pirschen sich die beiden Jäger aufwärts. Als sie auf halber Höhe sind, kracht ein Schuß.

Wellhofer hat als erster die Stelle erreicht. Aber während er nach einer geeigneten Deckung sich umschaut, kommt von der anderen Seite auch der Förster her.

Toni scheint von allem keine Ahnung zu haben. In aller Ruhe weidet er den Bock aus, säubert soeben das blutige Messer an einem Moosbüschel und steckt es in die Scheide.

Im selben Augenblick ruft der Förster ihn an.

Mit Blitzgeschwindigkeit hat Toni seinen Stutzen an sich gerissen. Zwei Schüsse krachen unmittelbar hintereinander.

Des Försters Hand war schneller. Tonis Hand aber sicherer.

Dies alles hat sich so schnell abgespielt, daß Wellhofer kaum richtig zur Besinnung kommt. Er sieht nur, daß der Förster zusammenbricht, und krümmt den Finger um den Drücker. Aber der Wildschütz macht ja gar keine Anstalten, zu flüchten.

Als er sieht, was er mit seinem Schuß angerichtet hat, läßt er die rauchende Büchse sinken und wankt auf den Getroffenen zu. Und als Wellhofer ihn grob anfährt: „Nun schau, was du angerichtet hast!“ da schüttelt er verzweifelt den Kopf und antwortet dumpf:

„Das hab ich net wollen.“

„Ja, so sagt man hintnach. Leg dein Gewehr weg, du bist verhaftet.“

„Hab nur keine Angst. Ich lauf dir net davon.“

Sie beugen sich beide über den Getroffenen, und Toni öffnet ihm das Hemd. Die Kugel ist bei der rechten Achsel eingedrungen und zum Schulterblatt hinaus. Der Schuß ist nicht lebensgefährlich. Gefährlich ist nur der Abtransport und die Gefahr des Verblutens.

Jetzt regt sich der Bewußtlose, öffnet für einen Moment die Augen. Sein Blick gleitet langsam in der engen Schlucht umher und bleibt am Gesicht des Wildschützen hängen.

„Verzeihen Sie mir, Herr Förster“, stammelt Toni.

Da schließt der Verwundete wieder die Augen, ohne zu antworten.

„Wir müssen schauen, daß wir ihn hinunterschaffen, wenigstens zur Almhütte“, sagt Wellhofer.

Da faßt Toni behutsam an, nimmt den schweren Körper auf die Arme und beginnt den Abstieg. Als Wellhofer ihn ablösen will, schüttelt er nur den Kopf und geht weiter.

In der Almhütte betten sie den Förster auf Mariles Kreister. Mit ein paar kurzen Worten unterrichtet Wellhofer die Sennerin und bittet sie, auf den Verwundeten zu achten, bis der Arzt eintreffe.

Toni sitzt auf dem Brunnenrand und starrt in dumpfer Resignation vor sich hin. Wellhofer tritt auf ihn zu, berührt ihn an der Schulter und sagt:

„Auf geht's Langegger. Es tut mir leid, aber ich muß dich abführen.“

Toni erhebt sich schweigend, reicht der Sennerin die Hand und antwortet auf ihr Gejammer nur:

„Wenn du mir noch gut sein kannst, dann hilf mir beten, daß der da drinnen nicht stirbt. Was mich betrifft, so nehme ich die Strafe gern auf mich, die ich verdient hab. Also, in Gottes Namen, gehen wir.“

Sie sind schon eine gute Stunde gegangen, als Wellhofer sagt:

„Hast du dir denn nie Gedanken gemacht, daß du einmal erwischt wirst?“

Toni zuckt die Schultern.

„Daran denkt unsereiner weniger. Ich hab schon gewildert, als ich noch in der Feiertagsschule war. Das steckt im Blut. Mein Vater hat es auch getan. Es ist net so einfach, wenn man mitten im Wald wohnt wie ich. Die Reh und Hasen kommen oft bis zur Haustür. Und dann war es oft auch so, daß die Not mich dazu getrieben hat. In letzter Zeit freilich nimmer so. Und ich bin auch bloß hinausgegangen, wenn die Leidenschaft mich gepackt hat. Aber glaub mir, Jäger, heute wär es das letzte Mal gewesen.

Marile hat mir so ins Gewissen geredet, daß ich hoch und heilig geschworen hab, keine Büchse mehr anzurühren. Grad den Bock da oben wollt ich noch."

Wellhofer schüttelt sich in leisem Unbehagen, denn er denkt daran, daß ohne Cillis Verrat Langegger heute nicht hätte überführt werden können. Aber das muß er ihm verschweigen.

„Ist es dir grad auf den noch angekommen?"

Da antwortete Toni:

„Wenn ich net verraten worden wäre, hättet ihr mich net erwischt. Ihr seid ja alle zwei beim Festzug gewesen."

„Wir haben dich weggehen sehen."

„Also muß mich jemand verraten haben, denn wenn ihr mich auch habt weggehen sehen, so könnt ihr doch allweil noch net wissen, wohin ich geh. Ich hätte grad so gut auch heimgehen können."

Wellhofer gibt keine Antwort.

Toni fragt plötzlich unvermittelt:

„Die Marile war es net?"

„Nein!"

„Dann weiß ich es schon, wer es war. Brauchst mir nix mehr zu sagen."

Man kann jetzt durch eine Lichtung den Wieshof sehen. In Tonis Augen lodert es dunkel auf, und er ballt die Fäuste.

„Wenn du mir einen Gefallen tun willst, Jäger, dann laß uns einen anderen Weg nehmen. Am Wieshof möcht ich net gern vorbei, denn es könnt sein, daß ein Unglück geschähe."

Sie gelangen dann von der Westseite her ins Dorf, und weil fast alle Einwohner beim Wirt versammelt sind, wo das Fest seinen Ausgang nimmt, gelangen die beiden, nur von ganz wenigen gesehen, zum Gendarmeriegebäude, wo Toni einstweilen in den Keller gesperrt wird.

Wellhofer sucht nun gleich den Arzt auf und holt einige Burschen, die sich mit einer Bahre auf die Alm begeben.

Es ist schon längst Nacht, als man den Förster herunterbringt. Aber doch steht fast die ganze Gemeinde vor dem Forsthaus, und wie ein Lauffeuer verbreitet es sich, daß der Langegger Toni beim Wildern erwischt worden sei.

Wie üblich wird natürlich ein Haufen dabei gelogen. Man weiß von einem erbitterten Kampf zu berichten. Für den Toni müsse es aber peinlich sein, daß er den Förster getroffen habe. Sicher hätte er es auf den Wellhofer abgesehen gehabt. Wegen der Cilli. Aber das flüstert man nur verstohlen.

Es erweist sich im Laufe der Nacht, daß der Langegger Toni auch gute Freunde hat. Die Gitterstäbe am Kellerfenster des Wachtmeisters waren nämlich schon zur Hälfte durchsägt, als der Hund Alarm schlug und der Wachtmeister mit ein paar blinden Schüssen die Burschen forttrieb.

Am Montag vormittag wird Toni vom Wachtmeister zur Bahnstation geführt. Mit dem Neunuhrzug soll er fortgebracht werden in das Gefängnis in der Stadt.

Da will es der Zufall, daß die Wieshofer Cilli mit demselben Zug in die Stadt zurückfährt.

Toni sitzt im Büro des Stationsvorstehers auf einer Bank, und als er einmal zufällig zum Fenster hinausschaut, sieht er den Wieshofer mit seinen Apfelschimmeln vorbeifahren und neben dem Bahnsteig halten. Cilli sitzt neben ihm, schlank und schön. Sie schließt jetzt den roten Sonnenschirm und steigt vom Wagen.

Plötzlich springt Toni auf, und ehe der Wachtmeister ihn hindern kann, ist er draußen, reißt dem verdutzten Bauern die Peitsche aus der Hand und schlägt mitten hinein in dieses weiße Gesicht. Er sieht nur noch, wie sich ein blutroter Striemen über Wange und Hals zieht, hört den Schrei, und dann wird er von harten Fäusten zurückgebracht.

Auf alle Fragen gibt er keine Antwort. Ihm ist alles so

grenzenlos gleichgültig, und er fühlt nur noch eine große Befriedigung, all dem, was in ihm gebrannt hat an Haß und Wut, ein Ventil verschafft zu haben.

Als der Zug einläuft, geht er ganz geduldig vor dem Beamten her und steigt ein.

Der Wieshofer schreit:

„Wart nur, das kommt dir teuer! Dafür hauen sie dir noch extra ein Jahr rauf."

Toni lächelt dazu. Jetzt ist es gleich, was es wird. Wenn er herauskommt, ist er doch nichts anderes als ein Zuchthäusler, der sich am besten in der Einsamkeit verkriecht oder mit der blinden Schwester fortwandert in die weite Welt, dorthin, wo ihn niemand kennt.

Vorerst weiß er die Schwester bei den Kramersleuten in guter Hut. Bis er herauskommt, wird sie vielleicht auch schon begreifen, daß es eine Schande ist, einen Bruder zu haben, der im Zuchthaus gesessen hat. Und sie wird vielleicht gar nichts mehr von ihm wissen und bei den Kramersleuten bleiben wollen.

Als der Wieshofer dem Zug nachschaut und mit seinem blaugetupften Taschentuch seiner Tochter nachwinkt, fällt ihm auf einmal die blinde Johanna ein. Daß er da nicht gleich darangedacht hat! Wird wohl einen Haken haben jetzt mit dem Kramer. Aber da hat der Wieshofer plötzlich einen blitzgescheiten Gedanken: Der neue Pfarrer muß helfen. Jawohl, sofort wird er jetzt zu ihm fahren.

Er wendet das Gefährt, knallt mit der Peitsche, und in scharfem Trab geht es zurück in das Dorf.

Vor dem Pfarrhaus hält er, bindet die Zügel am Gartenzaun fest und zieht die Glocke.

Die neue Köchin, die ihn noch nicht kennt, fragt nach seinem Begehr, und als er sagt, daß er den Herrn Pfarrer in einer sehr dringenden Angelegenheit zu sprechen wünsche, geht sie ihm durch den Gang voran, die Stiege hinauf und klopft an eine Tür.

„Herr Pfarrer, da ist ein Herr, der Sie in einer dringenden Sache zu sprechen wünscht."

„Jawohl, ganz was Wichtiges", sagt der Wieshofer, der sich gleich hinter der Köchin ins Zimmer drängt.

Der Geistliche glaubt, es handelt sich um einen Versehgang und sagt: „Ich werde gleich fertig sein. Warten Sie bitte unten."

„Wie beliebt?" fragt der Wieshofer, der nicht ganz versteht.

„Ach so, es handelt sich um etwas anderes. Das war nun ein kleiner Irrtum", lächelt der Pfarrer. „Bitte, nehmen Sie Platz. Also, womit kann ich dienen?"

Der Wieshofer setzt sich sehr umständlich, schlingt die Hände ineinander und dreht die Daumen, setzt eine feierliche Miene auf und räuspert sich.

„Der Herr Pfarrer wird ja schon gehört haben von der Geschichte. Die Geschichte meine ich mit dem Förster und dem Langegger Toni."

„Ach ja. Und es ist sehr bedauerlich, daß dies gerade geschehen mußte am Tage meiner Ankunft. Soviel ich gehört habe, soll dieser Langegger sonst ein sehr anständiger Bursche gewesen sein."

„Gewiß, Herr Pfarrer. Man kann ihm gar nix nachsagen. Er ist halt leider ein Opfer seiner Leidenschaft geworden. Dafür muß er jetzt büßen. Hoffentlich fällt die Strafe net gar zu hart aus vor dem Gericht. Unser Herrgott wird ihm dann schon verzeihen."

„Das hat mit dem Herrgott weniger zu tun", meinte der Pfarrer. „Das Reh im Wald und alle Dinge hat er für alle Menschen geschaffen."

„Freilich, so denk ich halt auch. Und wenn die Leut sagen, er hätt' gestohlen, so denk ich darüber schon grad so wie der Herr Pfarrer. Ich weiß net, ob Sie mich schon kennen. Ich bin der Wieshofer. Mein Hof steht oben am Berg. Und im Gemeinderat bin ich auch. Aber, daß wir zur Sache kommen. Der Toni Langegger hat nämlich eine blinde Schwester. Die ist erst dreizehn Jahr und steht ganz allein da."

Der Pfarrer hatte aufmerksam zugehört, denkt eine

Weile darüber nach und sagt dann: „Sie sind vermutlich wegen dieser Blinden gekommen."

„Ja. Das ist nämlich so, Herr Pfarrer. Damals, als die Langeggerin gestorben ist, ist im Gemeindeausschuß beschlossen worden, daß ich die Johanna Langegger zu mir nehmen soll auf meinen Hof. Aber der Toni hat sich mit mir ausgesprochen und hat gemeint, vorerst könnte sie auch bei ihm bleiben. Und weil über Pflege und Erziehung nix Nachteiliges gesagt werden kann, ist es auch so geblieben bis zum heutigen Tag. Jetzt natürlich, wo der Toni hat ins Gefängnis müssen, gehört das Madel in eine sichere Obhut. Ich bin heut genau so wieder bereit, die Blinde aufzunehmen, und ich bin deshalb gekommen, um mit Ihnen darüber zu reden."

„Dafür bin ich Ihnen herzlich dankbar, lieber Wieshofer. Ich habe natürlich gar keine Bedenken, wenn Sie sich des Kindes annehmen. Ich glaube, bei Ihnen ist sie am besten aufgehoben."

„Da brauchen Sie gar keine Angst zu haben. Abgehen wird ihr schon nix. Da bin ich einmal so ein Mensch. Und meine Bäuerin erst, die ist die gute Stund selber. Wenn also nix mehr im Weg steht, vielleicht dürfte ich den Herrn Pfarrer bitten, daß er mit mir zum Kramer hinübergeht, dort ist das Mädel nämlich."

Als die beiden zum Kramer kommen, ist Hannerl gerade in der Stube und zaust den Angorakater am Fell. Als sie hört, daß man sie fortbringen will, fängt sie an, nach dem Toni zu rufen.

Die Kramerin sagt, daß Toni bald wieder kommen werde. Er habe wegen einer Arbeit in die Stadt müssen.

Der Wieshofer sagt mit süßer Stimme:

„Geh, Kramerin, hole dem Dirndl ein paar Tafeln Schokolade vom Laden herein. Aber von der besten."

Nun macht sich der Pfarrer mit dem Kind zu schaffen. Er redet warm und gemütlich mit ihm, verspricht, es oft zu besuchen und Sorge dafür zu tragen, daß ihm die Zeit nicht lang werde, bis der Bruder wiederkommt.

Bei diesen Worten spielt ein kaum merkliches Lächeln um die Mundwinkel des Wieshofer. Daß ihr die Zeit nicht lang wird, dafür wird er schon sorgen.

Die Kramerin kommt mit der Schokolade und fragt: „Wieviel kriegst denn?"

„Gib ihr nur alle drei, die du in der Hand hast." Er zieht den Geldbeutel und zahlt.

„Vergelt's Gott", sagt Hannerl, legt die Schokolade in ihr Schürzchen und meint: „Eine heb ich für den Toni auf, daß er auch was hat, wenn er kommt."

Die Kramerin weint, als der Wieshofer mit der Blinden fortfährt, und der Kramer, als er mit seinen Töchtern vom Feld heimkommt, schlägt einen Mordskrach, weil sie das Kind fortgegeben hat.

„Wenn ich daheim gewesen wäre, wäre sie mir net aus dem Haus gekommen. Aber du natürlich. Ich sag's ja allweil: Es gibt nix Dümmeres als ein Weibsbild. Als wenn die Johanna bei uns net grad so gut hätt' bleiben können. Nein, zu dem Blutsauger muß sie hinauf!"

„Aber wenn doch der Pfarrer selber dabei gewesen ist", verteidigt sich die Kramerin.

„Natürlich! Da hat er sich geschwind hinter den neuen Pfarrer gesteckt, der scheinheilige Bruder. Aber da wird das letzte Wort noch nicht gesprochen sein."

Zwei Tage später bekommt der Pfarrer von seinem Vorgänger einen Brief und liest:

„In der Eile meiner Abreise habe ich vergessen, Ihnen etwas ganz besonders ans Herz zu legen, nämlich die blinde Johanna Langegger vom Geiertal. Ich wurde erst heute an sie erinnert, als ich in der Zeitung von der Verhaftung des Toni Langegger gelesen habe. Es kann möglich sein, daß der Wieshofer die Blinde zu sich auf seinen Hof nehmen will, und da bitte ich, wenn möglich, dies zu verhindern. Das ist nämlich ein Wolf im Schafspelz, eine Ausnahme von den anderen Pfarrkindern, die alle herzensgute Menschen sind und die ich gern im guten Andenken behalte. Was also die Johanna Langegger betrifft, so ist sie bei den Kramersleuten ganz gut aufgehoben, bis ihr Bruder wiederkommt. Im übrigen wünsche ich Ihnen und meiner im Laufe der Jahre so liebgewordenen Gemeinde viel Glück und Segen für alle Zeit."

Der junge Pfarrer blickt sinnend zum Fenster seines Studierzimmers hinaus. Hätte dieser Brief nicht ein paar Tage früher kommen können? Wie sollte er nun das rückgängig machen? Vielleicht ist es auch so, daß sein Vorgänger und der Wieshofer persönliche Feinde waren, wo einer dem anderen gern eins auswischte. Jedenfalls ist vorerst nichts zu machen. Aber er will fleißig auf dem Wieshof nachschauen und, wenn nötig, das Kind dort wieder fortnehmen.

Die erste Woche wird Hannerl auf dem Wieshof wirklich gut gehalten. Aber dann beginnt ihr Martyrium. Es ist eines Mittags, als der Postbote einen Brief von der Cilli bringt, worin sie mitteilt, daß die Narbe von dem Peitschenhieb immer noch nicht verheilt sei. Der Vater solle ja nicht vergessen, den Toni anzuzeigen wegen der Körperverletzung. Und die Unkosten müsse er auch bezahlen. Auf diese Weise käme der Vater dann auch zu dem Acker, den er schon lange gern hätte, denn Geld wäre beim Langegger wohl nicht zu haben.

„Der Misthackl, der dreckige", schimpft der Wieshofer. „Wenn ich ihn da hätte, würde ich ihm den Schlag zurückzahlen."

„Sei doch still", mahnt die Bäuerin, einen Blick auf Hannerl werfend.

„Ja, freilich, da werde ich jedes Wort auf die Waage legen. Was meinst du denn, was das ist, wenn unserer Cilli die Narbe bleibt? Und dafür futtert man den Fratz auch noch umsonst. Wenn du ihr net bald eine Arbeit beibringst, dann tue ich es."

„Versündige dich net an dem armen Kind."

„Wird schon genug sein, wenn ich sie dabehalte. Wer weiß, wie lange der Lump eingesperrt wird."

Hannerl, die die ganze Zeit über still dagesessen ist, bekommt ein blasses, eingezogenes Gesicht und überwölkte Augen. Sie fragt mit banger Stimme:

„Wer wird eingesperrt?"

„Ach, niemand", antwortet die Bäuerin schnell, nimmt das Kind bei der Hand und führt es hinaus.

Ein paar Tage später aber führt der Bauer Hannerl in den Stall hinaus, setzt sie unter eine Kuh und versucht, ihr das Melken beizubringen. Als sie sich etwas ungeschickt anstellt, zieht der Wieshofer grob an ihren Zöpfen. Da schreit sie auf und sagt:

„Das sag ich aber dem Tonele."

Der Bauer lacht häßlich und meint:

„Da kannst du lang warten, bis der herauskommt aus dem Zuchthaus."

Nun weiß sie es, was sie aus mancherlei Gesprächen schon oftmals herauszuhören geglaubt hatte. Oft war es, wenn sie in die Stube kam, so gewesen, daß das Gespräch mit einem Male verstummte.

In diesem Augenblick ist ihr so weh zumute, wie damals in jener Sommernacht, als sie die fremde Frau bei ihrem Toni wußte. Aber sie gibt keinen Laut von sich und nimmt sich auch vor, alles stillschweigend zu ertragen, bis der Bruder wiederkommt.

Am Abend, als sie schon im Bett liegt, fragt sie eine der Mägde, die bei ihr in der Kammer schläft:

„Sag mir doch — du — wie lange mein Tonele eingesperrt wird."

Das könne man noch nicht sagen, weil die Verhandlung noch nicht gewesen sei.

„Weißt du auch nicht, warum er eingesperrt wird?"

Er habe gewildert und den Förster angeschossen.

Hannerl sagt nichts darauf. Ganz still wird sie. Sie schläft aber die ganze Nacht nicht. Erst in der Früh, als die Mägde schon wieder aufstehen, fallen ihr die Augen zu. Da weckt sie aber der Wieshofer mit rauher Hand und kreischt:

„Ja, freilich! Liegenbleiben bis in den hellen Tag hinein, das tät dir grad schön passen. Nur heraus da und in den Stall hinunter."

Er zerrt sie aus dem Bett, geht dann in seine Kammer und zieht sich die Decke nochmals über die Ohren.

So ist nun das Leben der kleinen Blinden auf dem Wieshof. Ihre Welt, obwohl sie nichts sieht, ist dennoch sehr vielfältig. Sie empfängt eben alles auf eine andere, innerliche Weise als die Sehenden. Sie weint nicht mehr, wenn der Bauer sie grob anschreit oder, was nicht selten ist, Hand an sie legt. Sie erträgt es stillschweigend und gibt nicht den kleinsten Laut von sich. Unter all diesem Leid aber fühlt sie sich wachsen und stark werden.

Es ist ja auch nur der Wieshofer, der sie quält und peinigt. Das Gesinde und die Bäuerin sind wirklich gut zu ihr und geben ihr kein böses Wort. Im Gegenteil, sie gehen mit seltsamem Bewundern um das blinde Kind herum, als handle es sich da um ein Wesen, das nicht auf dieser Erde heimisch ist.

Manchmal stellt Hannerl Fragen, die keiner beantworten kann. Die Menschen kennt sie am Klang der Stimme, und jeder, sagt sie, hat seinen eigenen Gang. Der Thomas, der Oberknecht, müsse mit einem Fuß etwas stärker auftreten, das merkt sie ganz genau, wenn er über den Hof kommt oder am späten Abend über die Stiege steigt. — Durch die stärkere Entwicklung eines geheimen Sinnes fühlt sie sich in die Menschen hinein. So sagt sie einmal zur Küchenmagd:

„Willst du mir nicht sagen, was du für ein Leid hast seit gestern?" Und ein paar Tage später: „Nun bist du wieder froh. Ja, ja, das fühl ich wohl."

Hannerl hat auch längst das Leid der Wieshoferin erfühlt, und manchmal, wenn sie sich ganz allein weiß mit der Frau, tritt sie zu ihr und streichelt sie.

Den Wieshofer erkennt sie als bösen Dämon. Aber sie hat verlernt, in wenigen Tagen schon, ihn zu fürchten. Und als er sie einmal rasch vom Stall herein in die Stube holt, ihr die Harfe in die Hand drückt und befiehlt, daß sie spielen und lächeln solle, weil der Pfarrer den Anger heraufkäme und sich wahrscheinlich nach ihr erkundigen werde, da lächelt sie auch wirklich. Aber nicht, weil er es befiehlt, sondern weil er ihr in diesem Augenblick so klein und erbärmlich vorkommt, daß man fast Mitleid mit ihm haben könnte.

Der Wieshofer sagt auch noch:

„Wenn er dich fragt, der Pfarrer, wie es dir geht, und wie es dir gefällt bei mir, dann sagst du: gut. Unterstehe dich ja net und sage was anderes."

Gleich darauf tritt der Pfarrer in die Stube.

„Oh", sagt er, „Hannerl kann ja auch spielen. Nun, da spiele mir was Schönes vor."

„Spiele dem Pfarrer etwas vor", sagt der Wieshofer geschäftig. Und zum Pfarrer gewendet: „Wissen Sie, Herr Pfarrer, mit dem Spielen nimmt sie es schon gar net ernst. Allweil muß man sie drängen, wenn sie spielen soll."

„Ich habe ja nie Zeit", antwortet Hannerl offen.

Der Bauer lacht. Er lacht sehr herzhaft.

„Geh, du Patscherl. Zu jeder Zeit kannst du spielen. Da redet dir doch kein Mensch was darein. Wir hören Musik sogar sehr gern."

Hannerl spielt. Und als sie geendet hat, sagt der Pfarrer:

„Bravo! Du spielst ja wunderschön. Na, und wie gefällt es dir da heroben?"

„Ich bin zufrieden", ist die Antwort.

„Es geht dir doch gut?"

„Ich bin zufrieden", antwortet sie wieder.

Der Bauer rührt in Unbehagen die Schultern. Verfluchte Fragerei, denkt er sich. Und dann steht er hastig auf und ruft in die Küche hinaus: „Geh zu, Frau, richt a kleine Brotzeit her. Net wahr, Herr Pfarrer, die Ehr erweisen Sie mir schon?"

Der Pfarrer kann sich nur schwer zurückhalten, dem

Bauern seine Meinung ins Gesicht zu sagen in Gegenwart der Blinden. Er wendet sich wieder ihr zu und sagt:

„Wenn dein Bruder aus der Stadt zurückkommt, wird er dich schon wieder zu sich nehmen.“

„Weiß man jetzt schon, wie lang er eingesperrt wird?“

„Eingesperrt?“ Der Pfarrer sieht den Wieshofer vorwurfsvoll an.

„Da muß von den Mägden eine geplaudert haben“, sagt er verlegen und ist wirklich froh, daß die Bäuerin mit der Brotzeit kommt.

Der Geistliche bekommt im Laufe des folgenden Gespräches von der Bäuerin einen viel besseren Eindruck als von dem Bauern. Und er ist froh für die kleine Johanna, daß er sie wenigstens bei der Bäuerin in guten Händen weiß.

Als er sich verabschiedet, gibt der Bauer ihm das Geleit bis zum Obstgarten hinunter. Wohlweislich nimmt er dabei Johanna mit, damit der Pfarrer nicht etwa mit peinlichen Fragen käme.

Als er wieder mit Hannerl allein ist, schreit er sie an:

„Habe ich dir net gesagt, du sollst sagen, daß es dir gut geht, du Fratz, du lausiger! Marsch, schau, daß du in den Stall hinauskommst und deine Arbeit schaffst.“

Die Folge des ersten Besuches ist, daß der Pfarrer nunmehr in der Woche zweimal auf dem Wieshof erscheint. Und auf einmal meldet sich noch einer, der sich nach der blinden Johanna erkundigt. Der Jäger Wellhofer.

Das erste Mal kommt er schüchtern, bringt ihr ein paar Blumen und Pralinen. Der Wieshofer verbittet sich das Einmischen in seine Erziehungsweise. Aber der Jäger antwortet keck, daß er sich das Recht nicht nehmen lasse, sich um Hannerl zu kümmern, weil er sich gewissermaßen ein wenig schuldig fühlt, ihr den Bruder entzogen zu haben.

Er kommt dann regelmäßig jeden Samstag und Sonntag. Ein paarmal ist auch Marile dabei. Und so sehr sich der Wieshofer auch ärgert, der Jäger lacht nur darüber und läßt sich nicht abschrecken.

11

Im November findet die Verhandlung gegen Toni Langegger statt.

Bleich und abgemagert, aber ruhig und gefaßt betritt er den Gerichtssaal. Als Zeugen sind geladen der Förster, der Jäger Wellhofer und — Toni traut seinen Augen kaum — die Wieshofer Cilli.

Als er sie in der Zeugenbank sitzen sieht, wundert er sich selber, daß nicht mehr das Geringste in ihm ist, was ihn einst zu diesem Mädchen zog. Er weiß nichts mehr von den Nächten, in denen er von ihr geträumt, weiß nichts mehr von den heißen Küssen einer Sommernacht. Selbst das kleine Lied von den drei roten Rosen ist aus seinem Sinn geschwunden.

Cilli betrachtet ihn mit schläfriger Aufmerksamkeit und gräbt vor Wut die Zähne in die Unterlippe, als sie sieht, wie gleichgültig er sie betrachtet.

Sie erwartet nämlich von der Verhandlung eine Sensation. Sie hat ihre Pensionsfreundinnen schon Wochen vorher darauf vorbereitet und ihnen — freilich ohne es mit der Wahrheit genau zu nehmen — gesagt, wie verliebt der Wildschütz und der Jäger in sie gewesen seien.

Sie hat sich freiwillig als Zeugin gemeldet, um zu bekunden, daß sie den Langegger Toni einmal im Wald mit der Büchse angetroffen hat, sie ahnt nicht, daß sie in diesem Prozeß um ihre Sensation kommt. Das Verfahren wegen Körperverletzung an ihr ist für einen anderen Termin festgesetzt.

Der Vorsitzende verliest zuerst das Protokoll über den verhängnisvollen Septembertag, und dann fragt er den Angeklagten:

„Sie geben also zu, schon öfter gewildert zu haben?"

„Ich kann es nicht leugnen."

„Wie viel Stück dürften es denn gewesen sein, die Ihrem verbrecherischen Handwerk zum Opfer fielen?"

Toni, der bisher teilnahmslos dagestanden hat, hebt nun mit scharfem Ruck den Kopf.

„Dann ist es für den Jäger genausogut ein Verbrechen, wenn er einen Rehbock schießt."

„Es ist doch merkwürdig, daß jeder diese Ausrede daherbringt."

Der Verteidiger wendet hier ein:

„Ich muß ersuchen, die Verhandlung in einem anderen Ton zu führen. Der Angeklagte hat in den Voruntersuchungen ruhig und anständig gestanden, und ich verwahre mich dagegen, daß er als Verbrecher schlimmster Sorte hingestellt wird."

Der Richter senkt für einen Augenblick den Kopf. Er hat wohl selber das Gefühl, daß hier einer vor ihm steht, der nichts gemein hat mit jenem arbeitsscheuen Gesindel, das schon oft wegen Wilderei vor dem Richtertisch stand. Seine Stimme ist nun weniger hart, als er fortfährt:

„Wollen Sie uns bitte sagen, wie Sie dazu kamen, die Flinte zu verbotenem Weidwerk zu ergreifen. Es war Ihnen doch bekannt, daß Strafe darauf steht."

Toni reckt seine hohe Gestalt, zuckt mit den Schultern, erzählt aber dann fließend, wie man das eigentlich nicht so einfach erklären könne. Man wisse wohl, daß es verboten sei, aber man betrachte das Gebot sozusagen nicht als in der Bibel stehend. Das erste Mal, da sei es wohl so, daß man ein eigentümliches Gefühl hat, nicht Angst oder Furcht vor dem Erwischtwerden, sondern vor dem Töten. Wenn es auch nur ein Tier ist, immerhin — man tötet. Aber dann gehe das so in Fleisch und Blut über, daß man sich nicht mehr dagegen wehren kann. Daß man erwischt werde, daran denke man freilich, aber man traue in solchen Sachen auf seinen guten Stern.

„Und an dem besagten Samstag? Da haben Sie also auch auf den sogenannten guten Stern gerechnet?"

„Nein, da war es Berechnung. Ich wußte die Jäger bei dem Fest.“

„Sie haben also nicht damit gerechnet, daß man sie an diesem Tage stellen könnte?“

„Man hätte mich an dem Tag auch net erwischt, wenn ich net verraten gewesen wäre.“

„Es scheint, Sie wissen sogar, wer Sie verraten hat?“

„Ja, das weiß ich. Aber ich möchte den Namen nicht mehr in den Mund nehmen, Herr Richter.“

„Das ist ja auch im Augenblick gar nicht so wesentlich. Nun sagen Sie einmal, haben Sie denn in dem Augenblick gar nichts gedacht, als Sie auf den Förster schossen?“

„Das kann ich wieder net so genau erklären. Ich habe es ja net einmal gesehen, wer es ist. Ich habe mich nur anrufen hören, und da hab ich einfach aufgezogen, und gekracht hat es auch schon.“

„Ein gütiges Schicksal hat Sie davor bewahrt, daß Sie zum Mörder geworden sind. Immerhin fällt beim Strafausmaß sehr ins Gewicht, daß es sich um keine Affekthandlung handelt, auch nicht um Notwehr im eigentlichen Sinne, sondern es bestand die vorsätzliche Absicht, zu töten. Mildernde Umstände können Ihnen eventuell zugestanden werden auf Grund Ihrer freien und ungezwungenen Aussage. Wann haben Sie denn eigentlich das erste Mal gewildert?“

„Mit vierzehn Jahren habe ich den ersten Rehbock geschossen.“

„Und wieviel können es im ganzen gewesen sein?“

„Es waren sechszehn Gemsböcke und achtundzwanzig Rehböcke.“

„Und das Fleisch haben Sie verkauft? An wen?“

„Das haben wir selber gegessen.“

Der Vorsitzende lächelt ungläubig.

„Wollen Sie nicht auch noch bekennen, wem Sie das Fleisch verkauft haben?“

„Ich habe Ihnen auf diese Frage schon Antwort gegeben.“

„Also, gut. Der Zeuge Rudolf Harteis."

Der Förster bedient sich noch eines Stockes, als er an den Richtertisch und an Toni vorbeigeht, ruhen seine Augen eine kurze Weile auf ihm. Ein leiser Vorwurf liegt in diesem Blick. Nichts aber von Haß oder Verachtung.

„Nun schildern Sie uns bitte, wie das an jenem Tage war."

Der Förster gibt seine Erklärung in kurzem, fast dienstlichem Ton, verschweigt nichts und setzt nichts hinzu.

Dann fragt der Vorsitzende:

„Halten Sie es für möglich, daß der Angeklagte das Fleisch für sich allein behalten haben kann?"

Das sei wohl möglich. Mit vierzehn Jahren habe er den ersten Bock geschossen und jetzt sei er sechsundzwanzig. In zwölf Jahren könne man schon damit fertig werden, zumal die Familie vor wenigen Jahren noch aus vier Personen bestanden habe.

„Und können Sie uns sonst noch etwas über den Angeklagten berichten?"

„Ich kann nur sagen, daß er ein anständiger Bursche ist. Wir hatten bis vor wenigen Monaten überhaupt keine Ahnung, daß er wildert."

„Ist gut, der nächste Zeuge, Hans Wellhofer."

Wellhofer wirft Toni einen aufmunternden, freundlichen Blick zu. Dann gibt auch er in kurzen Umrissen die bereits bekannten Tatsachen kund.

„Wie war das nun in dem Augenblick, als die beiden Schüsse fielen?" fragt der Richter.

„Zuerst muß ich da schon sagen, daß der Langegger im Unterbewußtsein gehandelt hat, vielleicht hat er durch den jähen Schrecken des gänzlich unerwarteten Anrufs die Büchse hochgerissen."

„Wäre es möglich gewesen, daß er nach dem Schuß geflüchtet wäre?"

„Nein, ich stand hinter seinem Rücken und hatte schon den Finger um den Abzugsbügel gekrümmt. Bei der geringsten Bewegung hätte ich geschossen."

Wellhofer schildert dann, wie Toni sich in geradezu aufopfernder Weise um den Verletzten gekümmert habe. Er erzählt weiter, daß er während des Weges ins Dorf mit Leichtigkeit hätte einen Fluchtversuch unternehmen können. Aber er habe sich bereitwillig in sein Schicksal ergeben, in dem Bewußtsein, ein Unrecht verübt zu haben.

Nach Beantwortung noch einiger weiterer Fragen sagt der Vorsitzende, da die ganze Lage bereits einwandfrei geklärt sei, könne auf die Zeugin Cäcilie Wieshofer verzichtet werden.

Jetzt zuckt es um die Mundwinkel des Angeklagten wie in grenzenloser Verachtung.

Auch im Zuschauerraum, der fast durchwegs von ländlichem Publikum besetzt ist, hebt ein Raunen und Wispern an. Man findet es geradezu empörend, daß eine aus ihrem Dorf aus Rache Zeugnis gegen einen ablegen will, weil er ihrem Vater getrotzt hat. Von der Liebschaft, die einmal zwischen den beiden bestanden hat, weiß niemand etwas, und von dem Peitschenhieb am Bahnhof glaubte man, daß er nicht der Cilli, sondern dem Wieshofer gegolten hätte.

Cilli ist tief beleidigt, daß man ihre Zeugenaussage nicht braucht. Und sie hat sich alles so schön zurechtgelegt gehabt. Ganz gehörig wollte sie ihn eintunken. Sie war in ihrem Haß gegen ihn schon so weit gesunken, daß sie nicht einmal vor einem Meineid zurückgeschreckt wäre.

Nun nimmt der Staatsanwalt das Wort und geißelt das Vergehen wider das Jagdgesetz auf das allerschärfste. Viele Forstbeamte seien im letzten Jahr den Kugeln der Wildschützen zum Opfer gefallen. Daß es im vorliegenden Fall noch so günstig abgelaufen ist, sei nur besonders glücklichen Umständen zuzuschreiben. Auf den Fall aber liege Tötungsabsicht vor, und es müsse nun endlich darangegangen werden, ein Exempel zu statuieren als abschreckendes Beispiel für das Wildern. „Ich beantrage deshalb eine Zuchthausstrafe von dreieinhalb Jahren und drei Jahre Ehrverlust."

Atemlose Stille herrscht im Raum. Toni zuckt mit keiner Wimper, denn er fühlt Cillis schadenfrohen Blick an seinem Gesicht haften. Er verspricht sich nicht einmal eine Milderung des Urteils, obwohl sein Verteidiger sofort mit seiner großangelegten Verteidigungsrede beginnt.

In bewegten Worten entrollt er die Geschichte des Angeklagten von seiner Kindheit an und zeichnet von ihm ein lebendiges, getreues Charakterbild.

„Meine Herren Geschworenen", wendet er sich nach einer halbstündigen Rede an sie. „Betrachten Sie das makellose Leben des Angeklagten. Was tat er denn? Viele vor ihm taten schon dasselbe und werden es nach ihm wieder tun. Er schoß nicht das Wild, um sich materielle Vorteile zu verschaffen, sondern um den Hunger zu stillen. Die beiden Hauptzeugen haben nur Günstiges über ihn ausgesagt, und auch sonst spricht alles für mildernde Umstände. Ich bitte daher um weitestgehende Milderung des Urteils."

Das Gericht zieht sich hierauf zur Beratung zurück, um nach zwanzig Minuten das Urteil zu verkünden.

Toni Langegger wird wegen Wilderns und wegen schwerer Körperverletzung zu zwei Jahren Zuchthaus verurteilt, zwei Monate Untersuchungshaft werden angerechnet.

Toni nimmt das Urteil ruhig entgegen. Niemand weiß, wie viele Mühe es ihn kostet, sich nichts anmerken zu lassen, wie es in seinem Innern aussieht. Da ist alles ein einziger Schrei. Zwei Beamte treten an ihn heran, um ihn abzuführen. Hoch aufgerichtet geht er in ihrer Mitte aus dem Saal. Vor dem großen Fenster auf dem Gang bleibt er einen Augenblick stehen und trinkt in tiefen Zügen die frische Luft ein. Dann läßt er sich in die Zelle führen, ganz gehorsam und geduldig.

Das harte Urteil hat Empörung bei den Ortsbewohnern hervorgerufen. Besonders dem Wieshofer streichen sie es bei jeder Gelegenheit unter die Nase.

„Was kann denn ich dafür?“ hat er stets zur Antwort. „Gar nix kann ich dafür.“

Dabei spekuliert er nebenbei auf den Acker im Geiertal. Das Gericht hat die Klage der Wieshofer Cilli abgewiesen, so daß Toni nur die Arztkosten aufgebürdet bekommt, die aber so geringfügig sind, daß der besagte Acker dafür gar nicht gepfändet werden kann. Im übrigen erklären sich sofort einige Bürger bereit, die Summe einstweilen für den Toni zu bezahlen.

Der Wieshofer schäumt vor Wut und schwört, in der nächsten Gemeinderatssitzung einmal ganz gehörig auszumisten. Dabei kommt er aber kaum zu Wort. Die Bürger schienen wie verschworen und stellen sich gegen ihn.

„Ja, Himmikreuz!“ brüllt der Wieshofer. „Wie haben wir es denn eigentlich? Bin ich der Garniemand? Wer zahlt denn die meisten Steuern in der Gemeinde? Und dann darf man net einmal sein Maul aufmachen? Ihr kommt mir ja grad recht!“

„Wir haben jetzt lang genug nach deiner Pfeif'n getanzt“, antwortete der Kramer. „Jetzt geht's einmal umgekehrt.“

Als der Wieshofer sieht, daß er nicht mehr aufkommen kann, wird er weich.

„Geh, seid doch gescheit, Männer. Was hab ich euch denn getan, daß ihr alle gegen mich seid? Hab ich net alleweil das Beste wollen fürs Gemeindewohl. Hab ich euch net das Holz geschenkt für die Bachbrücke?“

„Das hast schon lang wieder hereingebracht. Den Kies, den wir gebraucht haben von deiner Kiesgrube, für die Ausbesserung der Friedhofmauer, den hast dir teuer genug bezahlen lassen.“

„Den hättet ihr woanders auch net billiger gekriegt. Alles kann man ja doch net verschenken. Ich krieg ja auch nix geschenkt. Aber wie es halt ist, wenn man einen net leiden kann, dann drückt man ihn halt überall. In Gottesnamen, kann ich halt nix anders tun, als abzuwarten, bis ihr einseht, wie unrecht ihr mir tut.“

Auf dem Heimweg aber schimpft er vor sich hin und sinnt auf Rache. Er hat noch keine Ahnung, daß sich ein finsteres Gewitter über ihm zusammenzieht.

Am nächsten Tag läßt er seine ganze Wut an der Blinden aus. Obwohl es bitter kalt ist und der Schnee bis zu den Fenstern reicht, muß das Hannerl hinaus in den Hof und Reisigbündel binden.

Er selbst steht im warmen Stall hinter dem Fenster und schaut ihr zu. Dann kann sich die Unterdirn nicht mehr halten und schreit ihm ins Gesicht, ob er denn überhaupt noch ein Mensch sei mit Herz und Gefühl.

Das ist denn doch zu viel für ihn. So weit ist es schon, daß seine Dienstboten offen gegen ihn meutern.

Die Unterdirn muß auf der Stelle gehen.

„Ich möcht auch gar keine Stunde mehr auf dem Hof bleiben", sagt sie. „Aber was nachkommt, wirst du schon sehen."

Der Wieshofer lacht hämisch zu dieser versteckten Drohung. Was will man ihm denn anhaben? Gar nichts!

Drei Tage später aber weiß es das ganze Dorf, daß der Wieshofer seit Jahren die Milch pantscht.

Das ist ein vernichtender Schlag für ihn. Trotzdem aber rafft er sich noch mal auf und zeigt die entlassene Magd an wegen unwahrer Aussagen.

Den Prozeß verliert er. Das Beweismaterial gegen ihn ist erdrückend, und er wird zu einer empfindlichen Geldstrafe verurteilt.

Damit ist das Schicksal des Wieshofs besiegelt. Im Dorf kann der Bauer sich nicht mehr sehen lassen. Ganz offen zeigt man mit den Fingern auf ihn, und im Gemeinderat wird sofort sein Ausschluß aus der Gemeindeverwaltung beschlossen.

Am ärgsten leidet die Bäuerin unter allem. Eines Tages legt sie sich hin. Das ist an einem stürmischen Märztag, und im Mai trägt man sie hinunter auf den Friedhof.

Während der Zeit ihrer schweren Krankheit ist Johanna beständig um sie gewesen. Der Bürgermeister hätte sie geholt und dem Angermeier zur Pflege gegeben. Aber das Mädchen bat selbst, bei der kranken Frau bleiben zu dürfen. Und dann war es so, daß die Dienstboten Johanna nicht von sich lassen wollten.

Nach dem Tod der Wieshoferin muß Cilli heim. Und von dieser Zeit an beginnt für Johanna ein neues Martyrium, zudem nun auch der Wellhofer nicht mehr auf den Hof kommt. Aber sie hält tapfer aus und erduldet stillschweigend Schläge und Püffe. Nur wenn Cilli recht wüst über den Toni schimpft, da bäumt sich alles in ihr auf.

Einmal sagt Johanna in ihrer Erregung:

„Ich kenne deine Stimme ganz genau. Du warst es, die damals meinem Tonele das Herz genommen hat."

„Untersteh dich und sag das nochmals!" braust Cilli auf.

„Ich weiß es doch ganz genau", behauptet Johanna.

„Wirst du gleich sagen, daß es nicht wahr ist?"

„Jawohl, es ist wahr."

„Ich schlag dich, wenn du es nochmals sagst."

„Schlag mich doch. Einmal kommt der Toni schon wieder, und dann sag ich ihm alles."

„Sag's ihm doch! Was geb ich um den Lappen."

Da senkt Johanna den Kopf und geht leise hinaus. Sie geht über den Hof, fühlt unter den Füßen die Wiese und geht immer zu. Sie weiß eigentlich nicht, was sie will. Nur immerzu gehen, weit fort, damit sie diese verhaßte Stimme nicht mehr hören muß.

Auf einmal befand sie sich mitten unter den Leuten, die beim Heuen sind.

„Jetzt mag ich nimmer auf dem Wieshof bleiben", sagt sie traurig. Aber am Abend geht sie doch wieder mit heim. Da geschieht es aber, daß der Oberknecht vor den Bauern hintritt und im Namen aller erklärt, daß sie dagegen protestieren, wenn die Blinde weiterhin so unwürdig behandelt wird.

Der Bauer macht seiner Tochter Vorwürfe und sie dem Vater. Das Endergebnis ist, daß sich für Johanna das Leben nun doch etwas besser gestaltet. Der Oberknecht wacht über sie wie ein Luchs, und wenn es irgend möglich ist, dann nimmt er sie mit sich.

Ja, die beiden sind beinahe unzertrennlich geworden. Auch Johanna sucht den Knecht überall. Sie ist bei ihm im Stall, wenn er die Pferde striegelt, sie stiehlt sich sogar mutterseelenallein aufs Feld zu ihm hinaus, wenn er ackert.

So gehen der Sommer und Herbst dahin, und Johanna ist nun im vierzehnten Jahre.

Einmal sitzt sie am Ackerrand und spielt mit ein paar halbverwelkten Blumen, während der Knecht hinter dem Pflug hergeht. Ab und zu hält er bei ihr an, und dann plaudern sie zusammen.

Sie fragt ihn: „Warum nimmst du mich denn eigentlich immer mit, hast du mich gern?“

„Freilich habe ich dich gern. Und du mich auch?“

„Ja, ich habe dich auch gern, weil du gerade so eine Stimme hast wie der Toni.“ Sie hebt plötzlich den Kopf und zieht die Stirn in Falten. „Meinst du, daß es ihm schlecht geht, dem Toni?“

„Da drinnen geht es keinem schlecht. Man hat sein Essen und alles.“

„Alles? Hat er auch Sonne und Wald und Blumen?“

Thomas bringt es nicht übers Herz, sie anzulügen.

12

Der Pfarrer macht seinen Abendspaziergang über die Felder und Wiesen seines Pfarrdorfes hinaus, bis zu den drei einsamen Birken an der Gemeindegemarkung.

Dort steht eine Bank, auf der es sich ruhen läßt. Man kann dort den Feierabend still genießen und eine lange Weile in den Himmelsbrand blicken, bis sich alle Farben dämpfen und vom Bergwald herunter vereinzelt die Rufe der Nachtvögel kommen.

Hier sitzt nun der Pfarrer und läßt Vergangenes und Gegenwärtiges an sich vorüberziehen. Es ist nicht leicht gewesen, diese Menschen hier verstehen zu lernen, denn seine Wiege stand weit von hier. Aber nun liebt er diese harten Menschen mit all ihren Fehlern und Leidenschaften, und es ist ein beglückendes Gefühl für ihn zu wissen, daß sie für ihn durchs Feuer gingen.

In Gedanken läßt er all die Menschen an sich vorüberziehen, die in den beiden Jahren seines Hierseins in seinem Leben Bedeutung gewonnen haben. Zu denen gehört auch der Wieshofer, der in letzter Zeit gar wunderlich geworden ist.

Ich muß doch wieder einmal zu meiner Blinden schauen, denkt er sich und will sich erheben, um auf dem Heimweg im Wieshof vorzusprechen.

Da kommt ein Mann aus dem Wald. Er geht ganz langsam, den Blick zu Boden gesenkt, und sieht den Pfarrer unter den schützenden Birken erst, als er vor ihm steht. Da geht ein Erschrecken durch ihn hin, und er macht eine Bewegung, als wolle er zurückspringen in den Wald, aus dem er gekommen.

Der Pfarrer grüßt freundlich. Doch der späte Wanderer brummt nur etwas Unverständliches. Nichts als Abweisung ist in seinem Gesicht, und seine dunklen, unruhigen Augen sehen am Pfarrer vorbei auf den Weg, den er weitergehen will.

Der Pfarrer aber steht auf und bleibt an der Seite des Fremden. Ob er ins Dorf wolle? fragt er. Dann hätten sie den Weg gemeinsam.

„Es kann schon sein“, antwortet der Fremde. „Aber das muß wieder gelernt sein, zu zweien nebeneinanderher gehen. Da wo ich herkomme, ist es Brauch, daß man hintereinander geht und allweil im gleichen Abstand.“

Das müsse ein seltsamer Ort sein, meint der Pfarrer, und wo er denn herkomme?

Jetzt lacht der Fremde auf sonderbare Art.

Ja, das könne er dem Pfarrer nicht so ohne weiteres sagen, denn er sei ja eigentlich noch nicht ganz los von dort, wo er nun zwei Jahre gewesen sei. Er könne es noch gar nicht begreifen, daß er nun durch den schönen Abend gehe und keine Mauern mehr um sich sehe. In zwei Jahren hat man sich daran so gewöhnt, daß man sich kaum zurechtfindet, wenn sie nun auf einmal weg sind.

Der Pfarrer bleibt stehen, der Fremde geht noch ein paar Schritte, dann verhält er auch. Ein leichter Wind streicht von den Bergen herab und bringt den Duft blühender Brunellen mit sich.

„Wenn ich recht gehört habe", sagt der Pfarrer, „kommen Sie — haben Sie eine Strafe verbüßt."

„Wenn Sie der Pfarrer sind, werden Sie auch wissen, wer ich bin", antwortet der andere nicht eben höflich.

„Ich habe Sie noch nie gesehen."

„Aber gehört haben Sie sicher schon von mir."

„Nicht, daß ich wüßte."

„Aber den Wieshofer kennen Sie."

„Ja, den kenne ich."

„Ein braver Mann, net wahr? Geht fleißig in die Kirche und war noch nie im Zuchthaus."

„Mann — wer Sie auch sein mögen — Sie sind verbittert. Und ich meine es gut mit Ihnen. Reden Sie ein offenes Wort. Wer sind Sie denn?"

„Sie können mich freilich nicht kennen, denn an dem Tag, an dem Sie hergekommen sind, hat man mich verhaftet."

„Jetzt weiß ich es. Sie sind der Toni Langegger?"

„Ja, der bin ich. Meine zwei Jahr sind um. Jetzt bin ich wieder in der Heimat, und doch kommt mir alles so fremd vor, als hätte ich hier nix mehr verloren. Vielleicht bleib ich auch gar net da. Es wird mir niemand eine Arbeit geben wollen. Das ganze Leben ist verpfuscht."

Ein Leuchtkäferchen schwirrt um die beiden herum und taucht dann in der Dämmerung unter.

„Hören Sie, Langegger. Ich möchte Ihnen ein Wort sagen, das Ihnen den Lebensmut wieder aufrichtet. Ich kann verstehen, daß zwei Jahre an einem solchen Ort den Menschen verbittern. Doch läßt sich der Rückweg ins Leben leicht wieder finden. Ich will Ihnen gern helfen dazu. Für heute abend bitte ich Sie jedenfalls, mein Gast zu sein."

Toni wehrt sich dagegen. Er könne nicht, vom Zuchthaus kommend, nun mit einem Mal an einem sauberen Tisch sitzen unter Menschen, die guten Herzens sind. Ein andermal wolle er gern kommen, vorausgesetzt, daß er wieder zurückfände in diese Welt der Freiheit.

Inzwischen haben sie die ersten Häuser des Dorfes erreicht, und ehe der Pfarrer noch etwas erwidern kann, ist Toni von ihm weggesprungen und hinter einem Schuppen verschwunden.

Der Pfarrer ruft noch, aber er bekommt keine Antwort. Nur fortschleichende Schritte hört er und dann nichts mehr.

Kopfschüttelnd wendet er sich zum Gehen und denkt sich: Es wird sehr schwer sein, diesen Menschen wieder zum Eingewöhnen zu bringen.

Toni macht einen weiten Bogen um das Dorf und erreicht auch glücklich, von niemandem gesehen, das kleine Haus im Geiertal.

Es ist verschlossen, und der Schlüssel wird wohl beim Bürgermeister sein. Da müßte man also nochmals zurück ins Dorf und sich anmelden, daß man nun wieder zurück sei. Aber er hat Scheu bekommen vor den Menschen. Und deshalb wirft er sich mit der Wucht seines Körpers gegen die Tür, die aufspringt, geht dann über die Schwelle und schließt die Tür, als hätte er Angst, man würde ihn wieder zurückholen in das Haus, wo schwere Riegel mit bösem Laut hinter der Tür zuschlagen.

Die Tür zur Stube ist nicht verschlossen, und der Heimgekehrte tappt im Dunkeln zum Tisch vor, macht

Licht und sieht sich dann im Zimmer um. Da erst überfällt ihn seine grenzenlose Einsamkeit, und er stößt die Fensterläden auf, um wenigstens das Rauschen der Bäume zu hören und das Brausen der Wasserfälle. Nach all dem hat er sich zwei Jahre zum Weinen gesehnt, und nun hat er alles wieder, die Freiheit, Wald und Wasser und Berge. Aber es ist nicht gut heimzukehren, wenn keine liebende Hand den Tisch deckt und kein grüner Zweig über der Tür steckt und erinnert, daß man sich freut auf sein Kommen.

Staub liegt ganz dick an allen Ecken und Enden, und er wird nun morgen einmal gründlich putzen müssen. Dann erst wird er die Schwester holen, damit wenigstens etwas Warmes, Lebendes um ihn ist.

Toni kann in dieser Nacht nicht schlafen. Er liegt angekleidet auf dem Bett und starrt zum Fenster hinaus zu den Sternen empor.

Als die Sonne ihr erstes Licht über die Bergspitzen hineinschickt in das Tal, steht er auf, nimmt den Kübel und holt Wasser. Dann beginnt er Tisch und Bänke und Boden zu scheuern.

Er ist fertig damit, als im Dorf die Wandlungsglocke läutet. Und nun macht er sich auf den Weg nach dem Wieshof. In Gedanken stellt er sich die Schwester vor, so wie er sie zum letzten Male gesehen an jenem Samstag, als der neue Pfarrer einzog.

Sie wird vielleicht ein wenig gewachsen sein, denkt er. Wird ihn wahrscheinlich fragen, wo er so lange gewesen, und wird dann weinen, wenn er ihr von dem Leben der letzten zwei Jahre erzählt.

Er geht den schmalen Weg durch die Wiesen. Seine Augen können die Schönheit dieses Sommermorgens kaum fassen. Sie sind noch nicht so viel Helles gewöhnt, und es wird vielleicht Tage dauern, bis er zu allen Dingen, zu Wald und Flur und den Bergen wieder ein inneres Verhältnis findet.

Er kommt dem Hof näher, und sein Herz klopft schneller. Was wird die nächste Stunde bringen? Angst hat er plötzlich — schreckliche Angst vor irgendeinem bösen Wort, das man ihm geben könnte. Denn er wird zuschlagen dann, er weiß es, daß er zuschlagen wird, und man wird ihn wieder zurückbringen, von wo er gestern gekommen.

Der Hof liegt still in der Morgensonne. Nur die Hühner scharren mit leisem Gegacker auf dem Mist. Niemand sonst ist zu sehen.

Toni tritt in den Flur und klopft an eine Tür.

Jemand sagt „Herein", und Toni schrickt zusammen beim Klang dieser Stimme, die er aus tausend anderen herauskennt.

Cilli kommt aus der Küche und trocknet sich die Hände an der Schürze. Da erkennt sie ihn, und ein jähes Erschrecken geht über ihr Gesicht.

„Ach, du bist es", sagt sie und streckt etwas zögernd die Hand.

Toni übersieht die Hand geflissentlich und sagt sachlich:

„Ja, ich bin's. Und ich bin gekommen —"

„Hast du noch immer einen Haß auf mich?" unterbricht sie ihn.

„Die Schwester will ich holen", antwortet er.

Cilli tritt näher an ihn heran.

„Sag halt, ob du mich allweil noch haßt. Schau, ich gebe schon zu, daß ich an dir net recht gehandelt hab. Wie man halt ist, wenn man jung ist. Der Wellhofer ist nun ja auch verheiratet mit der Marile. Ja, so ist es halt. Ganz allein stehe ich jetzt da."

„Wo ist denn die Schwester?" fragt er.

„Ich trage dir gar nix mehr nach", sagt Cilli wieder. „Und du?"

„Ich weiß gar net, wovon du redest", antwortete er kalt. „Was einmal war, das weiß ich nimmer. Also, wo ist die Schwester?"

„In der Stube drin wird sie sein."

Toni öffnet die Tür und bleibt einen Augenblick wie angewurzelt stehen.

Eine Mädchengestalt in blauem Kleid, groß und schlank, die blonden Zöpfe wie eine Krone um die Stirn gelegt, steht am Fenster und ist damit beschäftigt, sich Blumen ins Haar zu stecken.

Sie steht der Sonne zugewandt, und es ist wunderschön, wie der warme, goldene Glanz den jungen Körper schmeichelnd umhüllt.

Der Anblick dieses wundersamen Bildes wirkt ganz tief auf den Schauenden, und er getraut sich kaum, ihren Namen auszusprechen.

Da wendet das Mädchen den Kopf. Hannerls lichtlose Augen sind fest nach der Tür gerichtet. Dann verzieht sich ihr Gesicht, man weiß nicht, ob sie lacht oder weint. Sie preßt beide Hände ans Herz, macht ein paar Schritte vor und schreit dann plötzlich und trunken vor Glück: „Tonele . . .“

Schluchzend halten sie sich in den Armen, und es dauert lange, bis Toni sagen kann:

„Du bist groß geworden und schön, Hannerl.“

Ihre Finger tasten über sein Gesicht.

„Ich hab mich schön gemacht für dich“, sagt sie leise. „Seit acht Tagen habe ich mich schön gemacht, weil ich gewußt habe, daß du kommst.“

„Wie hast du denn das wissen können? Es hat's ja kein Mensch gewußt.“

„Deine Seele hat es die meine wissen lassen“, haucht sie und zieht von neuem die Linien seines Gesichtes nach. „Da“, sagt sie, „ist eine Falte, die früher nicht war. Und deine Augen liegen tiefer.“

„Komm, gehen wir“, sagt er. „Die Luft in dem Haus kann ich net vertragen. Waren sie gut zu dir?“ setzt er hinzu.

„Ja, sie waren gut zu mir“, antwortet sie zögernd, denn sie hat das Drohen in seiner Stimme gemerkt. „Besonders der Thomas, der Oberknecht. Der hat eine Stimme wie du. Warte ein wenig, Tonele. Ich muß meine Sachen noch schnell zusammensuchen."

Sie huscht zur Tür hinaus, und man hört sie singend die Stiege hinaufgehen.

Bald darauf kommt sie wieder mit ihren wenigen Habseligkeiten, die sie über dem Arm hängen hat, und sagt: „Jetzt bin ich fertig, Toni."

Cilli läßt sich nicht mehr sehen. Auch der Bauer nicht, obwohl Cilli zu ihm in die Kammer gerannt war mit der Botschaft, der Zuchthäusler sei da, um Johanna zu holen.

„Laß ihn nur gehen", antwortet der Bauer gleichgültig, und dann lehnt er sich ans Fenster, um die beiden zu beobachten, wenn sie den Hof verlassen.

Knechte und Mägde sind alle auf dem Feld, so daß Johanna sich von niemand mehr verabschieden kann.

Als sie aber am Mittag in den Hof zurückkommen und hören, daß ihr Hannerl fort sei, herrscht für Minuten ein betretenes Schweigen. Sie können es nicht fassen, daß ihre kleine Heilige, wie sie in letzter Zeit Johanna immer nannten, für immer fortgegangen sein soll.

Als die beiden Geschwister in ihr kleines Haus zurückkehren, sieht Toni erst, wie viel Arbeit seiner wartet. Die Fensterläden hängen schief in den Angeln, der Mörtel über der Tür bröckelt ab, und die Schindeln auf dem Dach sind zur Hälfte morsch und faul. Und im Garten erst. Wie eine Wildnis schaut er aus. Die Brombeersträucher und Johannisbeerstauden recken sich hoch über den Zaun, der auf der einen Seite zusammengebrochen ist.

„Da gibt's Arbeit in Hülle und Fülle", sagt Toni, und er will auch gleich darangehen. Aber Johanna bettelt, daß er heute noch nichts tun, sondern den Tag mit ihr feiern möge, ganz still, ohne an Arbeit zu denken und noch viel weniger an das, was nun zurückliege.

Es gibt so schrecklich viel zu erzählen für die beiden, daß Stunde um Stunde verrinnt. Am Abend sind sie immer noch nicht damit fertig, und es ist sonderbar, wie jedes vermeidet, etwas zu sagen.

So sagt Toni zum Beispiel, es sei ganz schön gewesen im Gefängnis — ja er sagt Gefängnis — um ihr keinen Schrecken einzujagen mit dem Wort Zuchthaus — ja, recht schön sei es gewesen und still. Ein sehr geordnetes Leben, abgestimmt auf die Minute. Man hat sehr viel Zeit gehabt, über das Leben nachzudenken, und wie man es machen wird, wenn man wieder heraußen ist. Und da habe er nun gedacht, daß er eine Ziege kaufen müsse oder vielleicht eine Kuh, die Milch gibt und den Pflug durch den Acker ziehen kann.

„Ich werde wieder im Wald arbeiten“, meint er.

„Ist das auch nicht gefährlich“, fragt sie, und er weiß wohl, wie es gemeint ist.

„Nein, jetzt ist es nimmer gefährlich“, antwortet er. „Ich rühre kein Gewehr mehr an.“

Im Laufe des Tages hat er es schon gespürt. Und jetzt, in der wachsenden Dämmerung, fühlt er es mehr und immer mehr — es ist etwas anders geworden. Es ist etwas Fremdes da, etwas ganz Großes und zugleich Erschreckendes. Er fühlt eine brennende Unruhe in seinem Blut und weiß sich dies alles nicht zu deuten.

Toni schaut die Schwester lange an. Ganz matt leuchtet ihr Gesicht in der Dunkelheit. Es geht etwas Helles von ihr aus, das ihn berührt und bedrängt und ihn mit einer nie gekannten Seligkeit erfüllt.

„Wir gehen ins Haus“, sagt er kurz und steht auf.

Als er die Petroleumlampe anzündet und aus seinem Rucksack einen Leckerbissen nimmt und ihn auf dem Tisch ausbreitet, ist für kurze Zeit dieses Unruhige von ihm abgefallen. Erst als sie sich am Tische gegenübersitzen, schleicht es ihn wieder an, heimtückisch und bös.

Immer wieder irren seine Augen über das schöne Gesicht der Schwester, jede ihrer Bewegung trinkt er in sich ein. Und dann wird er sehr traurig, nicht aus Freude, weil er nun wieder daheim ist, sondern weil da nun plötzlich etwas in seinem Leben ist, das er nicht versteht, obwohl er sehr viel gelernt hat in den zwei Jahren.

„Wir gehen schlafen“, sagt er dann und geht hinaus, um die Haustür abzuschließen. Als er wieder hereinkommt, hat Johanna bereits die Haare gelöst und ihr Kleid abgestreift. Die Blumen, die sie im Haar ihm zu Ehren getragen hatte, lagen nun zerstreut am Boden um sie herum.

Toni steht wie angewurzelt. Sein ganzer Körper will zu ihr hin, sein Geist, seine Sinne. Nur die Füße wollen nicht gehorchen, sie sind schwer, als wären Ketten daran, Ketten, die nie mehr wieder abzustreifen sind. Er muß die Lider schließen. Ein einziger Schrei ist in seiner Seele.

Ich liebe sie ...

„Ist es dunkel?“ fragt sie. „Es muß dunkel sein, sonst kann ich mich nicht ganz ausziehen.“

Er geht an ihr vorbei, gebeugt wie von einer ungeheuren Last, löscht das Licht und sagt mit seltsamer Stimme:

„Da bist du nun inzwischen richtig ein kleines Weiblein geworden.“

Da lacht sie, ein richtiges, silberhelles Lachen.

„Schad, daß ich net dein Weiblein werden kann.“

Dem Mann ist zumute, als müsse er aufschreien. Aber er meint ganz ruhig, fast heiter: „Das ist nun freilich so, weil Bruder und Schwester einander nicht heiraten dürfen.“ Aber einen anderen heiraten, das darf sie auch nicht, weil ich dann ganz allein bin bis ans Ende meiner Tage, denkt er.

„Mich mag schon keiner. Ich bin ja blind“, antwortet sie lachend und streift dabei ihre Unterkleider ab.

Toni wendet sich um und geht in seine Kammer. Dort sitzt er dann in der Dunkelheit am Bettrand und preßt die Fäuste an die hämmernden Schläfen.

Wenn er den Kopf hebt, sieht er draußen das Gesicht des Mädchens in den blaugewürfelten Kissen.

Er horcht angestrengt in sich hinein und erschrickt, weil gar nichts anderes mehr Raum hat in ihm als Johanna. Sein Herz schreit nach ihr, seine Seele, seine Gedanken.

Plötzlich steht er auf und schließt die Tür. Er lehnt sie nur an, aber doch ist ihm dabei, als habe er etwas aus seinem Leben gestoßen. Langsam beginnt er sich auszuziehen. Stück für Stück hängt er behutsam über den Stuhl, legt sich zu Bett, wühlt den Kopf in die Kissen und hält sich die Ohren zu, um den Atem nicht mehr zu hören, der aus der Dunkelheit zu ihm hereindringt.

Da berührt plötzlich jemand seine Schulter, und als er erschreckt hochfährt, steht Johanna vor ihm und sagt leise:

„Da hab ich heut ganz vergessen, dich zu busseln. Jetzt wirst du dir wohl gedacht haben, ich hätt dich nimmer so lieb. Ach, Tonele, welche Sehnsucht hab ich nach dir gehabt.“ Sie legt ihre Arme um seinen Hals und beugt sich zu ihm nieder.

„Nein, nein!“ will er aufschreien. Aber er drängt sich ihrem Kuß entgegen in einer nie gekannten Seligkeit.

Seine Hände umschließen ihr Gesicht.

„Du bist so schön, Hannerl. Und — so jung . . .“

„Sechzehn werd ich im Oktober. Da mußt mir was schenken, Toni, zum Geburtstag.“

„Was willst du denn?“

Johanna denkt eine Weile angestrengt nach, dann sagt sie mit völlig veränderter Stimme: „Ich wünsch mir gar nix. Bloß darf keine andere Frau mehr kommen, wenn du nachts Wiesen mähst.“

„Es kommt keine mehr“, antwortet er schnell.

„Dann ist ja alles gut. Und nun schlaf ohne Sorge. Weißt ja, daß ich dich alleweil noch gern habe. Und morgen kaufst du eine Ziege, net wahr? Also, schlaf gut, Tonele.“

So leise wie sie gekommen, tritt sie wieder zurück in die Dunkelheit und sagt, unter der Tür stehend:

„Die Tür mußt du auflassen, sonst kann ich net über deinen Schlaf wachen. Früher war es doch allweil so. — Lachst du?“

Nein, er lacht nicht. Er hat den Kopf in die Arme gepreßt und weint.

Auch in dieser Nacht findet er keinen Schlaf.

So leben sie nun zusammen, und die Zeit vergeht rasch. Es ist alles wieder in Ordnung: der Garten, das Dach, das Haus. Dies alles liegt jetzt unter der schützenden weißen Decke des Winters.

Es ist eine verwunschene, herrliche Einsamkeit um die beiden Menschen im Geiertal. Der Schnee liegt bis zur Fensterhöhe. Kein Weg und kein Steg führt zu dem Haus, nur die vielen tausend kleinen Fußtritte der Waldtiere sind rund um das Haus zu sehen. Zweimal am Tag wirft Toni ihnen einen Armvoll Heu vor das Schuppentor, und sie werden so zahm wie die Ziege im Stall, die Lona getauft wurde.

Noch ist nichts geschehen, vor dem Toni den Nacken beugen müßte, und er hofft, daß diese seltsame Liebe, die ihn jetzt krank und elend macht, vielleicht einmal untertaucht in eine stille, ruhige Gelassenheit.

Manchen Tag ist er auch etwas freier davon. Dafür fällt es den anderen Tag wieder um so schwerer über ihn her. Er kann dann nichts sprechen, und wenn vielleicht am späten Abend das erste Wort gesprochen wird, fällt es in den Raum wie ein Stein in einen Brunnenschacht.

An Johanna geht dies alles nicht spurlos vorüber. Ihr kommt es vor, als lebe sie in einem Traum. Sie erkennt es nicht als Liebe und fragt sich wohl hundertmal im Tag, was es wohl sein mag, daß sie in Seligkeit zu ertrinken glaubt, wenn Toni sie küßt.

Er tut dies oft ganz unvermittelt, mitten in einem Gespräch. Und manchmal ist ein Tag dazwischen, ohne daß er ihr mehr zu sagen hat als zum Beispiel: „Lona muß gemolken werden“, oder: „Morgen können wir buttern . . .“ Einfach ganz belanglose Dinge spricht er da, die weit entfernt sind von ihren wunderschönen, himmelstürmenden Gedanken.

Sie hält es dann einfach nicht mehr aus, geht zu ihm und küßt ihn, liegt dann ganz still an seiner Brust, während draußen die Flocken fallen, leise und sacht, aber unaufhörlich.

So geht der Winter vorüber. Die Tiere ziehen wieder tiefer in den Wald, und Toni schärft Axt und Säge und geht auch in den Wald. Er arbeitet wie irrsinnig, um diesen gräßlichen Gedanken zu entrinnen. Aber er kommt nicht davon los. Johanna ist sein Schicksal geworden, an dem er vielleicht zugrunde gehen wird, denn es wird nicht immer so bleiben können, daß er die Hände gewaltsam hinter dem Rücken verkrampft, nur um sie nicht anzurühren, wenn sie ihn küßt.

Manchmal denkt er sogar, jetzt nehme ich sie in den Arm, so wie einmal die Cilli. Sie wird es geschehen lassen, wird glücklich sein dabei, unendlich glücklich.

Ihre große Liebe, ihre unberührte Seele, das alles gehört ihm. Und wenn er nun vergißt, daß sie seine Schwester ist, dann wird man ihn wieder in das graue Haus bringen, vielleicht länger als zwei Jahre. Und wenn er dann wieder herauskommt, darf er nicht einmal mehr den Kopf gerade tragen, denn dann lastet Schande auf ihm.

Einmal fällt ihn mitten in der Arbeit Angst an.

Johanna ist ganz allein zu Hause. Kann es nicht sein, daß einmal einer vorbeikommt, durch Zufall vielleicht — oder auch aus Absicht, denn man spricht sehr viel im Dorf von der engelhaften Schönheit des blinden Mädchens —. Ein anderer braucht keine Rücksicht zu nehmen wie er, braucht nicht zurückschrecken wie er, der Bruder.

Die Axt in den Händen, rennt er den Wald herunter.

Johanna sitzt auf dem Anger, und die Ziege steht neben ihr im Gras.

„War jemand da?“ fragt er hastig. Angst und Eifersucht schreien aus ihm.

„Nein, Toni, es war niemand da. Ist denn schon Feierabend heute, ich mein, weil die Sonne noch so warm scheint.“

Nein, Feierabend sei noch nicht. Er sei nur so gekommen, ja manchmal sei es eben so, daß er Angst um sie bekäme, und da müsse er dann nachschauen.

Zwei Tage später aber sagt Johanna:

„Heut war jemand da, Tonele."

Toni erschreckt so sehr, daß er es kaum in seiner Stimme verbergen kann.

„Wer war es?"

„Ein Herr und eine Dame aus der Stadt. Sie wollten nach den Wasserfällen. Und auf dem Rückweg haben sie lange mit mir geplaudert. Weißt, was er g'meint hat, der Herr? Ich könnt vielleicht sehen, wenn ich in die Klinik ginge."

Toni kann im Augenblick gar keine Antwort geben. Wenn das wäre — nein, das kann man sich gar nicht vorstellen — wenn Hannerl nun auf einmal sehen könnte.

„Er will wiederkommen", sagt Johanna nach einer Weile. „Er will mit dir reden."

„Eine Frau, sagst du, hat er dabei gehabt? Seine Frau?"

Das wisse sie nun nicht, antwortet sie, ob es seine Frau gewesen sei. Aber man müsse sich das einmal genau überlegen. Wenn der Mann, der vorgibt, Arzt zu sein, etwa helfen könnte.

„Ich könnte dann alles sehen, Tonele. Dich könnt ich sehen, die Blumen, den Wald, die Berge."

„Und die Burschen", gibt er finster zur Antwort. „Jetzt weißt du nicht, wie sie ausschauen, aber dann gefällt dir vielleicht der eine oder der andere, wie das halt so geht."

„Dann bleib ich halt blind", sagt sie traurig. „Und ich hab mich schon so g'freut, daß ich dich einmal sehen könnte. Das war gleich mein erster Gedanke."

Und da geschieht es nun, was er länger als ein Jahr in sich hineingedrückt hat. Er nimmt das Mädchen in die Arme und überschüttet es mit Küssen wie noch nie.

„Hannerl", sagt er bettelnd. „Wenn der Doktor dir helfen kann und du siehst, wie ich ausschaue, dann wirst du mich nimmer mögen."

Sie schüttelt nur den Kopf. Sprechen kann sie nicht, so überrascht und tief beglückt ist sie von dem blütengleichen Aufbrechen seiner Seele. Selige Schauer gehen durch sie hin, sie ist überflammt von seinem schweren Blut. Es ist ihr all dies plötzlich nichts Fremdes mehr. Ihr ist, als hätte sie immer schon darauf gewartet. Und dann ergeht es auch ihr so wie ihm am ersten Abend, als sie schlafen gingen, sie wird von demselben jähen Entsetzen erfaßt, und es hat kein anderer Gedanke mehr Raum in ihr als nur: wir sind Bruder und Schwester und dürfen einander niemals ganz angehören. Es ist schon Sünde, sich so in den Armen zu liegen und zu küssen, daß die Welt versinkt unter der Seligkeit des Augenblicks.

Sie schreit ganz laut auf.

„Wie wird das werden, Toni?"

„Ich weiß net."

„Toni, was haben wir getan, daß uns so schweres Schicksal auferlegt wird? Die Tiere dürfen sich lieben, der Baum seine Äst, die Blume ihre Blätter. Nur wir zwei net."

„Es ist vielleicht ganz gut, wenn du fortgehst in die Klinik", nimmt Toni nach einer Weile das Wort. „Das beste wird sein, wenn wir uns ein paar Monate nimmer sehen. Und dann müssen wir halt abwarten, was geschieht. Vielleicht finden wir in der Zwischenzeit so viel Kraft, daß wir uns lossagen können voneinander."

Er glaubt zwar selbst nicht an die Wahrheit dieser Worte. Aber er mußte einfach etwas sagen, denn dieses Schweigen hatte etwas Gefährliches an sich.

Am folgenden Tag kommt auch wirklich der fremde Arzt in Begleitung seiner Frau wieder und verhandelt mit Toni wegen Johanna. Er sagt, daß er einen Professor kenne, der auf diesem Gebiet ganz Hervorragendes leiste. Er selbst sei Assistenzarzt bei ihm, und er glaube mit Bestimmtheit sagen zu können, daß Johanna geholfen werden könnte.

Toni hat einige Bedenken.

„Wenn's aber nix hilft?"

„Ich rechne mit neunzig Prozent Sicherheit, daß es gelingt."

„Und wenn es wirklich nicht sein sollte“, mischt sich nun auch die Frau ins Gespräch, „so haben Sie als Bruder sich keinen Vorwurf zu machen, etwas unterlassen zu haben. Nehmen Sie es als eine Fügung des Himmels an, daß wir gestern zufällig vorbeikamen und Ihre Schwester gesehen haben.“

„Das ist ja alles ganz recht und schön“, antwortet Toni schon etwas umgestimmt. „Aber ich hab wirklich net die Mittel, um das alles zahlen zu können.“

„An dem soll es nun nicht scheitern“, erwidert der Arzt. „Nachdem wir uns einmal des Falles angenommen haben, lassen Sie uns getrost für das weitere sorgen. Ich strecke Ihnen, wenn es sein muß, die Summe vor, die Sie mir ratenweise zurückzahlen können. Und wenn nun, wie ich ohne weiteres annehme, Ihre Schwester das Augenlicht bekommt, so ist das ja eigentlich mit Geld gar nicht zu bezahlen. Ich kann gar nicht verstehen, warum Sie Bedenken haben. Jeder andere würde mit Freuden zugreifen.“

„Freilich, natürlich“, antwortet Toni geistesabwesend. „Mir ist ja alles recht. Was meinst denn du, Hannerl?“

„Ach, Tonele! Denk dir doch, wie schön das wär, wenn ich sehen könnt.“

Toni ist ganz verwirrt. Dann fragt er:

„Wenn es doch sein soll, dann am liebsten gleich.“

„Wir können heute noch abreisen, wenn es sein muß“, sagt nun wieder die Frau. „Und Sie brauchen keine Sorge zu haben. Wir kümmern uns schon um Ihre Schwester. Rudolf, gib dem Herrn unsere Adresse.“

Toni nimmt die Visitenkarte und liest:

„Dr. Rudolf Heyden, München, Zenettistraße.“

„Ja, dann müssen wir halt deine Sachen zusammenpakken, Hannerl“, sagt er, sich zu einem Lächeln zwingend.

Am selben Abend fährt Johanna noch mit Doktor Heyden und dessen Frau in die Stadt.

In den ersten Tagen des Alleinseins kann Toni es kaum fassen, daß Johanna nicht mehr da ist. So sehr ist sie in seinem Leben verankert, daß es ihm vorkommt, als sei ein Stück von ihm selbst verloren worden. Er macht sich zuweilen Vorwürfe, sie fortgelassen zu haben.

Aber ist es nicht besser so? Wäre es nicht am besten, wenn sie überhaupt nicht mehr käme? Dann hätte seine Seele vielleicht wieder Frieden.

In diesen Tagen geht auch das Gerücht um, daß der Wieshofer verkaufen wolle.

Toni hört es das erstemal, als er zum Kramer kommt, um sich seinen Bedarf an Rauchtabak und Lebensmitteln für die Woche zu holen. Ein paar Tage später erzählt es ihm auch der Wellhofer, dem er zufällig im Wald begegnet. Man sitzt dabei auf einem Baumstumpf und raucht gemütlich eine Pfeife, so, als sei überhaupt nie etwas Trennendes zwischen ihnen gewesen.

„Meine Frau“, erzählt der Jäger, „hat schon ein paarmal gesagt, du möchtest doch mit deiner Schwester uns mal besuchen. Vielleicht an einem Sonntagnachmittag.“

Toni schaut gelassen den kleinen Wolken seiner Pfeife nach und meint dann, daß es sich doch nicht recht schicke, wenn er zum Jäger zum Kaffeetrinken komme, nach dem, was vor zwei Jahren geschehen sei. Und die Leute — was könnten die nicht alles sagen!

Um die Leute brauche man sich nicht zu kümmern, meint der Jäger freundlich. Er möge nur kommen, und er würde dann staunen, welch ein Glück nun bei ihm zu Hause sei. Marile sei frisch und gesund und resolut, und zu Weihnachten käme, wenn Gott will, ein Stammhalter. Ja, und was die Cilli beträfe, so will sie den Hof nicht nehmen, weil sie in die Stadt möchte. Dem Wieshofer wäre das ganz recht, denn seit jener Milchgeschichte sei ihm das Bleiben im Dorf nur verleidet. Bisher habe sich aber noch kein rechter Käufer gefunden.

„Ja, ja“, sagt Toni wie aus tiefen Gedanken heraus. Und dann nach einer Weile: „So, so.“

Diese Neuigkeiten lassen ihn völlig unberührt. Und als der Jäger wieder fortgeht, nimmt er seine Axt, arbeitet weiter und denkt an Johanna.

Am späten Abend wandert er heim, zündet ein Feuer an und kocht sein einfaches Mahl. Und während es brodelt und zischt, blickt er hinaus in die Nacht, in den Wald, über dem die Sterne stehen. Sehnsüchtig und lange blickt er hinaus, als erwarte er jemand. Aber es wird niemand kommen. Er weiß es. Nur wenn ein Wunder geschieht, wird Johanna einmal den Weg daherkommen, ganz allein, ohne Führung. Sie wird ihn lange, sehr lange wahrscheinlich, ansehen, wird aber von ihrer Enttäuschung nichts sagen.

Oh, er wird es schon merken, an ihrem Kuß vielleicht, an hundert anderen Kleinigkeiten wird er es merken, wie enttäuscht sie von ihm ist.

Einmal — bald vielleicht — wird sie dann sagen: „Nun ist es nicht mehr nötig, daß du für mich sorgst. Ich sehe nun und will mir mein Brot selber verdienen. Am liebsten ging ich in die Stadt, wo ich das Licht meiner Augen bekam."

Und er wird nichts tun, um sie zu halten, denn ein Bleiben wäre zu gefährlich für sie beide. Die Wogen würden einmal über ihnen zusammenschlagen, und sie würden sich in Schuld verstricken und müßten wohl einmal alle beide in die Stadt in jenes graue Haus, an das er heute noch mit Schrecken denkt.

Solche Gedanken hat nun der einsame Mann, während das Feuer unter dem Kochtopf leise prasselt und die Uhr in die Stille tickt. Und diese Geräusche sind gut für ihn und tröstend, weil dann wenigstens das Schlagen seines Herzens nicht das einzige ist in dem stillen Haus.

Acht Tage später bekommt Toni einen Brief.

Johanna, heißt es darin, sei immer noch zur Beobachtung in der Klinik. Aber Professor Erkenbach habe sich sehr zuversichtlich geäußert und würde wahrscheinlich in der kommenden Woche die Operation vornehmen. Grund zur Beunruhigung sei absolut nicht vorhanden, und Johanna lasse ihn tausendmal grüßen.

Toni wird darauf still und immer stiller von Tag zu Tag. Es ist ihm nichts mehr Trost, weder der Wald, noch der Wind, wenn er am Abend von den Bergen streicht. Auch das kleine Feuer daheim ist ihm kein Trost mehr, denn es ist eine so grenzenlose Verlassenheit in seiner Seele wie noch nie. Er verbringt schlaflose Nächte vor Sehnsucht nach Johanna. Er hört den wilden Ruf der Geier zur Nachtzeit, und einmal wird es so schlimm, daß er fast entschlossen ist, wieder zum Stutzen zu greifen, um zu wildern, nur damit sein aufrührerisches Blut still werden möchte.

Am Ende der zweiten Woche kann er es nicht mehr aushalten.

Er sperrt das Haus ab, steckt den Schlüssel unter die Brombeerbüsche und läßt die Ziege frei. Dann geht er zur Bahnstation.

13

Toni haßt die Stadt. Er wohnt deshalb etwas außerhalb in einem kleinen Gasthaus. Aber jeden Morgen geht er zur Klinik. Die Operation ist vorüber. Aber er darf die Schwester nicht besuchen. Man weiß nicht, ob die Operation zum Erfolg geführt hat.

So gab man ihm im Büro Bescheid, und er könnte ja nun wieder fortgehen. Aber er sitzt stundenlang in der Klinik auf einer der Bänke im Gang und hofft, daß er vielleicht in einem unbewachten Augenblick zu Johanna hineinkommen kann.

In einer Klinik ist immer Leben und Betrieb. Ärzte in weißen Kitteln gehen an ihm vorüber. Sie beachten ihn gar nicht. Schwestern kommen lautlos aus den hellackierten Türen. Sie gehen an ihm vorbei mit weißen, kühlen Gesichtern und verschwinden in der Tiefe des Ganges. Einmal faßt er eine Oberschwester ungestüm am Arm: „Jetzt will ich doch wissen, was los ist. Ich lasse mich nimmer länger zum Narren halten. Ich bin der Bruder, verstehn Sie."

Angst und Furcht zittern in seiner Stimme.

Er müsse noch einige Tage Geduld haben, sagt die Schwester und setzt sehr freundlich hinzu, daß es etwas sehr Schönes sei, um eine solche Geschwisterliebe. Wenn man es nicht wüßte, könnte man meinen, er sei ihr Bräutigam, weil er so besorgt ist.

Tonis Gesicht verfärbt sich, und er sieht die Schwester ganz entsetzt an. Dann wendet er sich schweigend ab und verläßt fluchtartig das Haus.

An diesem Abend sucht er zum erstenmal Doktor Heyden in seiner Wohnung auf.

Ganz zufällig sei er in die Stadt gekommen, und da möchte er nun wissen, wie es eigentlich mit Johanna wird.

„Siehst du", sagt der Doktor zu seiner Frau. „Da habe ich mich doch geirrt. Ich habe nämlich geglaubt, Herr Langegger, Sie vorgestern in der Nähe der Klinik gesehen zu haben. Ja, und was Ihre Schwester betrifft, so kann nunmehr angenommen werden, daß die Operation vollständig geglückt ist. Morgen werde ich mit dem Professor reden, daß Sie Ihre Schwester besuchen dürfen."

Sie sind wirklich recht nett, die beiden Leute, zum Toni. Sie laden ihn zum Essen ein, und die Frau sagt zum Mädchen, sie solle das Fremdenzimmer herrichten, weil der Herr über Nacht bleibe.

Toni wehrt erschrocken, fast ängstlich, ab. Er hat Angst, es könne auch ein derartiges Wort fallen, wie die Schwester es am Nachmittag schon gesagt hat. Er empfiehlt sich mit der Ausrede, daß er bei einem Bekannten schon ein Zimmer bestellt habe.

Am nächsten Tag darf er auch wirklich zu Johanna.

Das Zimmer ist in matte Dämmerung gehüllt, und Johanna trägt eine dunkle Brille.

Als er zu ihr ans Bett tritt, sagt sie erst eine Weile gar nichts. Dann lächelt sie ein wenig und streckt die Hände nach ihm aus.

„Tonele", sagt sie leise.

Er wartet klopfenden Herzens auf ein weiteres Wort. Aber sie sagt nichts mehr, sondern zieht seinen Kopf zu sich in die Kissen herunter und weint.

Toni schließt sie vorsichtig in die Arme und sagt voll tiefer Seligkeit: „Hannerl, mein Hannerl. Gott sei Dank."

Die Oberschwester steht hinter den beiden und lächelt unergründlich und mild.

Johanna muß nun noch ein paar Wochen in der Klinik bleiben bis zur vollständigen Heilung. Toni fährt also zurück in die Heimat, und am anderen Morgen klingt seine Axt wieder hell und kriegerisch durch den Wald.

Inzwischen kommt der Tag, wo Johanna die sanfte Dämmerung ihres Zimmers verlassen darf.

Die Schwester führt sie in den Garten, und da taumelt Johannas Gemüt vor der neuen, unbekannten Welt einen Augenblick zurück in die Schatten, von denen sie bisher umgeben war. Zuerst muß sie überhaupt die Augen schließen, aber dann hebt sie immer wieder nach einer Weile in furchtsamer Neugier die Lider und geht mit ihren Blicken überall umher. Alles ist bunt, fremd, und schimmert. Es ist alles anders als in der schaulosen Vorstellung von früher. Und als die Schwester sie freundlich fragt: „Nun, wie ist Ihnen denn jetzt zumute, wo Sie alles sehen?"

Johanna erschrickt, schließt die Augen flüchtig und antwortet: „Ach, natürlich bin ich sehr, sehr glücklich. Wann darf ich denn heim?"

„Am Ende dieser Woche wahrscheinlich."

Da sagt Johanna gar nichts mehr, nähert sich einer dunkelroten Rose und bricht sie.

„Ja", meint sie, „Rosen hab ich schon oft gepflückt, und so ähnlich habe ich sie mir vorgestellt. Dem Duft nach kann sie gar nicht anders sein, nicht wahr, Schwester?"

Und so läßt sie sich durch den Garten führen und sich alle Dinge zeigen, die sie nur dunkel geahnt hat.

Toni hat einen Fichtenkranz über die Tür genagelt, hat alle Rosen im Garten gepflückt und den mächtigen Strauß in der Stube auf den Tisch gestellt.

Johannas Heimkehr aus der Stadt soll anders sein als die seine. Man könnte vielleicht zur Feier des Tages Pfannkuchen backen. Es ist ihre Lieblingsspeise, und sie soll sich gleich freuen, schon beim ersten Schritt ins Haus.

Er steht also in der Küche mit aufgestülpten Hemdsärmeln und schöpft den Teig in das zischende Schmalz. Einen ganzen Berg goldgelber Eierkuchen hat er schon und freut sich unbändig auf den gemeinsamen Schmaus.

Nun ist er fertig und beginnt in wachsender Ungeduld immer wieder den Weg zu nehmen, zwischen seinem Haus und dem ersten Hügel, von dem aus man ins Dorf sehen kann.

Und endlich kommt sie. Aber sie ist nicht allein. Die Oberschwester, die er damals am Arm gefaßt hat, begleitet sie. Und so ist dieses eigentlich schicksalhafte Wiedersehen zwischen Toni und Johanna ganz anders, als er es sich in hundert einsamen Stunden vorgestellt hat.

Und als die Schwester fort ist, um den letzten Zug in die Stadt noch zu erreichen, sitzen sich die beiden stumm und befangen gegenüber.

„Ja", sagt er nach einer Weile unsicher, „da hab ich Pfannkuchen g'macht", und steht auf, um die Schüssel hereinzuholen.

Schweigend essen sie, bis Johanna endlich anfängt zu erzählen, wie das war mit der Operation und mit dem ersten Sehen. Und wie er sie besucht habe, da hätte sie immer noch nichts unterscheiden können, und sie sei nun ganz überrascht, daß er eigentlich ganz anders aussehe, als sie es sich vorgestellt habe.

Aha, da haben wir's schon, denkt er verzweifelt und sagt dann resigniert: „Ja mei, der Mensch muß halt sein, wie er gewachsen ist. Da kannst du gar nix machen."

Er sucht ihre Augen und stellt fest, daß sie ganz dunkel sind. Und ruhig geht zum allerersten Mal ihr Blick in den seinen hinein. Eine leichte Röte fährt ihr dabei in die Wangen, und verwirrt schlägt sie die Lider nieder.

„Wie du einen anschauen kannst", sagt sie dann. „Das geht einem gleich durch und durch."

Es kommt an diesem Abend zu keinem richtigen Gespräch. Eine sonderbare Scheu liegt zwischen ihnen, und als sie schlafen gehen, reichen sie sich nur flüchtig die Hand.

Er schließt die Tür seiner Kammer, und Hannerl sagt nichts, daß er auflassen solle, damit sie seinen Traum bewachen könne. Sie weiß ja nicht, daß er darauf gewartet hat. Sie hat ja auch so viel zu denken an diesem Abend.

Das also ist der Tonele, der für sie immer Knödel gekocht hat und Pfannkuchen, wenn ein Festtag war, der sie behütet hat und beschirmt und geküßt. Nun wird es anders sein. Nun wird sie für ihn kochen. Er soll einen warmen Herd haben, wenn er spät abends heimkommt vom Wald, ein gutes Essen, ein freundliches Licht über dem Tisch und leise, zarte Küsse.

Am anderen Morgen sagt sie: „Stell dich einmal mit mir vor den Spiegel hin, ich möchte sehen, ob wir uns gleichen."

Oh, da fehlt es weit. Nicht die geringste Ähnlichkeit ist vorhanden.

„Gibt's so was auch", staunt Johanna. „Gar net ein bißl sehn wir uns gleich."

„Ich schlage halt dem Vater nach und du der Mutter", meint er.

Und als sie fragt, ob denn gar kein Bild von der Mutter da sei, kramt er aus der Kommode eine Schatulle hervor, in der eine Anzahl verblichener Bilder aufbewahrt sind.

Johanna betrachtet lange und eingehend das Bild der Langeggerin und blickt dann immer wieder in den Spiegel. Kopfschüttelnd meint sie:

„Da ist ja auch keine Ähnlichkeit. Aber das ist nun gleich, die Hauptsache ist, daß ich jetzt sehe."

Sie breitet plötzlich wie in überschäumender Lebenslust beide Arme aus, beginnt durch das Zimmer zu tanzen und wirft sich dann erschöpft an Tonis Brust. Sie umklammert und küßt ihn, bis ihr der Atem vergeht.

Der Bann ist gebrochen. Sie stehen beide wieder auf dem Weg, den das Gesetz für sie gesperrt hat. Sie fühlen beide das schicksalhaft Schwere, das auf ihr Leben gefallen ist, und klammern sich nur noch fester aneinander. Endlich sagt Johanna:

„Komm, Toni, jetzt will ich einmal die Welt sehen."

Es ist ein wunderschöner Spätsommermorgen, voll Duft und Farben. Und Johanna findet sich nicht zurecht. Die Welt, die sie bisher in sich getragen hat, liegt nun als schreiend bunter Tumult um sie. Alles ist verwirrend und dreht sich um sie. Lange dauert es, bis sich Bild um Bild in ihrem Innern zusammenfügt und sich nun als Großes, Gewaltiges in ihr verankert. Da sagt sie staunend:

„So also sind die Berge, der Wald, der Himmel, die Sonne. Schau nur, Toni, wie das brennt, da oben auf der Höh'."

„In die Sonne sollst net schaun", meint er fürsorglich. „Die Schwester hat's extra gesagt, als sie weggegangen ist."

„Ach, was weiß die Schwester, was weißt du, Toni, wie das ist, wenn so lange Nacht um einen gewesen ist, und jetzt ist auf einmal der Tag da, die lachende Sonne — ach, das weiß ja nur ich allein und sonst niemand."

Am anderen Tag geht Toni wieder in den Wald, und Johanna unternimmt das erstemal allein einen Ausflug in das Dorf. Sie staunt über die Kirche und über die Kramerdirndl, denen sie so viel Dank schuldig ist.

Auch auf den Wieshof geht sie. Oh, wie verwandelt doch auf einmal die gutbekannten Menschen sind. Alle, die vor ihr erscheinen und sie mit Bewunderung bestaunen, die Knechte, die Mägde, der Bauer, die Cilli, sie alle betrachtet sie einen Augenblick, schließt dann die Augen und vergleicht die Gestalten mit ihrer Vorstellung von früher.

Bei dem Thomas staunt sie über die gebeugte Gestalt und das bärtige Gesicht. Ihn vor allem hat sie sich ganz anders vorgestellt, denn er hat eine so schöne, klangvolle Stimme wie Toni.

In ihrer Vorstellung hat auch der Wieshofer ganz anders ausgesehen. Sie weiß ja nicht, daß der Bauer sich inzwischen um vieles verändert hat. Seine Gestalt ist zusammengesunken, und die Haare sind weiß geworden. Auch seine Stimme ist leise geworden und hat nichts mehr gemein mit dem harten, brutalen Ton von früher.

Nur die Cilli ist so, wie Johanna es sich gedacht hat.

„So", sagt Cilli schnippisch. „Dann sixt jetzt wenigstens, wo du über zwei Jahre dein Brot gegessen hast. Und fort bist du, ohne Dank zu sagen."

„Deswegen bin ich ja heut gekommen", antwortet Johanna. Und sie geht zum Wieshofer hin, nimmt seine Hand und sagt: „Ich dank dir halt vieltausendmal für alles, und ich trag dir gar nix mehr nach."

Cilli stemmt die Fäuste in die Hüften.

„Das wär ja noch schöner. Was nachtragen auch noch, für das, daß —"

„Sei still, du", fährt der Wieshofer sie an. „'s Madl hat schon recht. Ich war alles andere als gut zu ihr, und ich bin froh, wenn sie das heute vergessen will."

Johanna geht, nachdem sie sich von jedem verabschiedet hat, langsam den Hügel hinunter ins Dorf.

Sie sieht die jungen Burschen an sich vorübergehen. Sie tragen grüne Hütchen, keck, ein wenig schief über der Stirn und mustern das schöne Dirndl mit verlangenden Blicken. Mancher erlaubt sich auch ein anzügliches Wort. So zum Beispiel der Brandner Girgl, indem er sagt:

„Ja, da schau her, das Hannerl. Teufi, du werst aber sauber jetzt. Da komm ich einmal ans Kammerfenster."

Johanna gibt keine Antwort und fängt zu laufen an. Daheim angekommen, wirft sie sich schluchzend über das Bett und schreit:

„Ich mag nix wissen von all denen, Tonele ist ganz anders."

Und als er am Abend heimkommt, ist sie so lieb und zärtlich zu ihm wie noch nie.

So gehen die Tage dahin. Die Geschwister sind unzertrennlich, und Toni führt die Schwester hoch die Berge hinauf, damit sie die Welt auch von oben betrachten kann. Da bricht sie in einen Ausruf des Entzückens aus.

„Ach, so klein ist die Welt? Toni, so schau doch! Grad wie Spielzeug liegt alles drunten!"

„Da heroben sollten wir zwei eigentlich wohnen", meint er.

„Weil wir dann dem Himmel näher sind, gelt?"

„Nein, weil wir dann von den Menschen weit, weit weg wären. Das mußt dir nämlich merken, Hannerl: Alles Böse kommt von den Menschen. Kein Tier tut einem was, kein Berg und kein Wald. Nur die Menschen sind's allweil."

„Da muß ich das Leben erst noch anders kennenlernen. Bis jetzt ist alles schön und gut. Wenn ich bei dir bin, Tonele, ist überhaupt alles gut."

Er blickt ihr lange in die Augen und dann über sie hinweg in die Ferne. Er bringt es nicht fertig, ihr zu sagen, daß über ihrer Liebe ein Gesetz steht von unerbittlicher Schärfe. Sie ist aus ihrer verdunkelten Seeleneinsamkeit herausgetreten in die helle Sonne, und es soll hell um sie bleiben.

Am späten Abend wandern sie heim, jedes einen Arm voll Alpenrosen, mit denen sie das Haus schmücken wollen. Toni geht hinter ihr her, und es ist ein Fest für seine Augen, wie sie so federnd dahingeht. Sie singt dabei ein

Lied, das er nicht kennt. Nur die Melodie schwingt über ihn hin.

Ja, sie hat sich sehr verändert in den wenigen Wochen. Sonst ist immer eine tiefe Melancholie in ihrer Stimme gewesen, und nun klingt es nur so in der Luft von ihrem Singen und Lachen. Ihre Hände, die früher nur sanft und tastend alles angegriffen haben, wissen nun keck zuzupacken. Ihre Augen sind aus dem starren Weißgrau der blicklosen Zeit zu lodernder Tiefe erwacht.

Und so bleibt es auch, als der Winter sich meldet. Sie geht im Haus umher und singt und lacht, daß die Wände hallen.

Zu lernen braucht sie kaum etwas, denn in jener Zeit, als sie mit blinden Augen verwunschen umhergesessen ist, hat sie sich vieles angeeignet. Es lag ja damals schon jeder Handgriff fertig in ihren Händen und wartete nur darauf, vollendet zu werden.

Wenn der Bruder zur Winterszeit etwas früher heimkommt, da steht alles fertig auf dem Tisch. Boden und Tisch und Bänke sind blank gescheuert. An den langen Abenden lehrt er sie lesen und schreiben und erzählt ihr manch keckes Stück aus seiner Wildschützenzeit. Ihre Augen leuchten dabei, und sie kann es oft gar nicht fassen, daß diese Hände, die einst die Büchse umklammert hielten, so weich und gut sein konnten.

Und immer mehr wächst Johanna aus ihrer einstmaligen Einsamkeit heraus. Im Frühjahr geht Toni auf ihr Drängen einmal mit ihr auf einen Maskenball in eines der umliegenden Dörfer. Von dieser Zeit an ist sie voll unersättlichem Lebenshunger, wirbelt und tanzt im Haus umher und will keine Feier und keinen Tanz versäumen. Es ist, als hätte der Frühling sie mit tausend Flammen erfüllt.

Toni steht oft beiseite mit blassem, zuckendem Gesicht. Wenn einer der Burschen sie zum Tanze holt, läßt er sie nicht aus den Augen, und wenn sie zurückkommt, fragt er sogleich:

„Was hat er denn gesagt, der Glachl?"

Johanna ist noch nicht Weib genug, um in seinen Worten die Eifersucht zu erkennen. Ja, mitunter ist es sogar so, als hätte sie die Verbindung mit dem schattenlosen Licht ihrer Mädchenjahre noch nicht ganz verloren und meint, es komme einmal eine Zeit, in der sich alles ihren Augen wieder verschließe. Und deshalb muß sie Lust und Tanz mit demselben Rausch erleben, wie ein Käfer, dem nur ein einziger Frühling und Sommer beschieden ist.

Toni will nicht, daß sie die Welt zu sehr kennenlernt, und er nimmt sie deshalb an einem Sonntag, als sie wieder zum Tanz will, mit auf eine Bergtour.

Johanna ist begeistert davon. Aber als sie auf dem Gipfel stehen, breitet sie in dürstender Sehnsucht die Arme aus und jubelt:

„Da draußen ist die Welt und das Leben. Da möcht ich einmal hinein und mich berauschen an allem und dann wieder zurückkehren zu dir in die Einsamkeit."

Toni antwortet nichts. Aber er denkt, daß es gut wäre, wenn sie nicht mehr bei ihm wäre, denn er wird immer kleiner und schwächer unter der Wucht dieser seltsamen Liebe. Er ist ja schon so schwach geworden, daß er überhaupt nicht mehr den Mut finden würde, sie fortzulassen.

Als dann der Frühling in den Sommer hinüberwechselt, wird Johanna von selbst wieder ruhiger. Als habe sie nun satt von allem, findet sie ganz von selbst wieder zurück in eine ruhige Gelassenheit. Sie spielt die Hausfrau, als hätte sie nie im Leben etwas anderes getan.

Früher sah man im Geiertal ganz selten einen Menschen. Und nun werden es immer mehr, die diese wildromantische Gegend anschauen wollen. Und immer müssen sie am Langegger-Haus vorbei. Man verhält sich plaudernd bei dem schönen Mädchen, will Näheres wissen über die schönen Wasserfälle, und man würde auch gern ein Glas Milch trinken. Aber Ziegenmilch! Brrr!

„Können wir noch keine Kuh kaufen?" fragt Johanna den Bruder, als er abends heimkommt.

„Doch, das könnte man schon." Am Sonntag wird er einmal Umschau halten.

„Ja, und die Herrschaften, die heute da waren, die möchten gern einmal auf den Ruiger. Ich hätte sie führen sollen. Aber das ist doch eher ein Geschäft für dich, Toni. Ich glaube, als Bergführer, wenn es einmal bekannt ist, verdienst du ebensoviel Geld wie als Holzknecht."

Toni betrachtet sie lächelnd und wundert sich über so viel gesunden Menschenverstand.

Am anderen Tag führt er auch wirklich die Herrschaften auf den Ruigerstein, und damit ist der Anfang für einen neuen Beruf gemacht.

Nun ist auch eine Kuh da. Und wenn Toni von einer Tour zurückkommt, wird fröhliche Einkehr und Rast bei ihm gehalten. Die Touristen zahlen gut, und schon nach wenigen Wochen merkt Toni, daß Johanna recht gehabt hat. Er verdient als Bergführer genausoviel wie im Holzschlag, eigentlich sogar noch mehr.

Einmal kommt eine Herrschaft aus Stuttgart, die an Johanna einen solchen Gefallen findet, daß sie den Wunsch ausspricht, sie mitzunehmen nach Stuttgart. Wenn sie Heimweh bekäme, dann könnte sie ruhig wieder heim.

„Ein Jahr halt ich's schon aus", antwortet Johanna lachend, schaut dann den Bruder an und setzt hinzu: „Aber dann möcht ich schon wieder bei meinem Toni sein."

Und nun sagt der Herr dasselbe, wie damals die Oberschwester in der Klinik. Er schüttelt sogar den Kopf und meint:

„Man möchte es kaum für möglich halten, daß ihr Geschwister seid."

Heute erschrickt Toni nicht mehr so sehr. Er sagt, und das wundert Johanna eigentlich sehr:

„Ein halbes Jahr, den Winter über, kann sie schon fort. Dann sieht sie wenigstens etwas von der Welt. Aber im Sommer brauch ich sie wieder."

An diesem Abend wird es ausgemacht, daß Johanna mitgehen soll. Toni tritt dafür sogar auffallend eifrig ein, so daß Johanna ihn immer wieder verwundert betrachtet. Sie weiß ja nicht, wie ganz anders es in seinem Innern aussieht.

Die Herrschaften wollen noch drei Wochen im Dorf bleiben, ehe sie abreisen.

„Immer noch drei Wochen", denkt Toni, als er sich in dieser Nacht unruhig in den Kissen wälzt.

Gut, soll sie ruhig einmal fortgehen. Und wenn sie im Frühling heimkommt — vielleicht kommt sie gar nicht mehr allein, sondern in Begleitung eines Herrn, eines feinen Herrn, der Bügelfalten in der Hose hat, Stehkragen und Handschuhe. Johanna wird ihm zu wissen tun, daß dies ihr Bräutigam sei. Ja, und der Herr wird dann sagen: „Sie sind also der Bruder meiner Johanna. Johanna hat mir sehr viel von Ihnen erzählt."

Und Johanna wird ihm Kaffee kochen, und sie wird bei ihrem Bräutigam sitzen den ganzen Tag, während er die Fremden auf die Berge führt.

Ärgerlich wälzt er sich auf die andere Seite.

Dummheit, sich solche Gedanken zu machen. Noch ist Johanna nicht fort. Wer weiß, was bis in drei Wochen alles sein wird. Vielleicht will sie dann selber nicht mehr fort, und alles wäre gut.

Am Abend ist ein heftiges Gewitter niedergegangen. Die ganze Nacht bleibt es im Kessel hängen, und auch am Morgen ist der Himmel noch grau.

Einige Touristen kommen, die auf die Dreierspitze wollen. Toni steht unter der Tür und schaut prüfend nach dem Wetter aus. Dann schüttelt er den Kopf.

„Es geht heut net, Herrschaften. Wir werden Nebel kriegen. Warten Sie lieber bis morgen."

Sie kehren wieder ins Dorf zurück, und Toni geht in die Scheune. Ihm ist es recht, daß es regnet, denn er hat einen ganzen Tag Arbeit unter Dach. In den Eispickel will er einen neuen Stil machen, die Kletterhaken müssen ausgebessert und die Seile müssen nachgesehen werden. Außerdem kann er nun einmal wieder einen ganzen lieben, langen Tag bei Johanna sein. Er hört ihre helle Stimme und summt die Melodie des Liedes mit, während der Regen auf das Dach tropft, mit schönem schwerem Ton.

Am Nachmittag sieht Toni, wie vom Dorf herüber zwei Herren kommen, die er vorerst nicht erkennen kann, weil die obere Hälfte durch den Schirm verdeckt ist. Erst beim Näherkommen erkennt er den Pfarrer. Der andere ist ihm fremd.

Was werden denn die wollen? denkt sich Toni und schnitzelt hurtig weiter. Die sollen nur in die Stube gehen, Johanna wird sie schon bewirten. Was ihn betrifft, so wüßte er nicht, wie und über was er sich mit dem Pfarrer unterhalten könnte.

Aber die beiden Herren kommen schnurstracks zu ihm in die Scheune.

„Der Langegger ist halt schon wieder fleißig", sagt der Pfarrer und klappt seinen Schirm zu.

„Weil es halt sein muß", antwortet Toni und wirft einen Blick auf den Fremden.

Es ist ein Mann in den Vierzigern, äußerst fein gepflegt und mit vornehmer Eleganz gekleidet. Er richtet ein paar dunkle, feurige Augen auf Toni und gibt ihm dann die Hand.

„Mein Name ist Alberti. Der Herr Pfarrer war so liebenswürdig —"

„Heut geht's leider net", unterbricht ihn Toni, der der Meinung ist, der Fremde möchte eine Bergpartie machen. „Und überhaupt —" setzt er mit etwas spöttischem Lächeln hinzu, „in dem Aufzug können S' schon gar net dran denken, eine Kletterpartie zu machen."

„Ich habe auch gar nicht die Absicht, lieber Langegger."

„Nein, wir sind wegen etwas ganz anderem hier", sagt der Pfarrer, setzt sich neben Toni auf die Schnitzelbank und verschränkt die Hände über dem Schirmknauf. „Sie werden ganz überrascht sein, wenn Sie alles wissen.“ Er holt tief Atem und fährt mit gehobener Stimme fort: „Die Wege der Menschen sind oft sehr sonderbar —“

„Na, na, warum denn gar so feierlich“, lacht Toni. „Reden Sie nur frei heraus, um was es sich handelt.“

„Es handelt sich um Johanna.“

Toni zuckt zusammen. Ein schrecklicher Gedanke ist ihm ins Herz geflogen. Man wird ihn verhören wollen! Und der andere ist sicher ein Kriminaler.

„Sagen Sie einmal, Langegger“, nimmt der Pfarrer wieder das Wort. „Haben Sie denn noch nie in den alten Papieren nachgesucht, ob vielleicht über Johanna etwas Näheres enthalten wäre. Oder haben Ihre Eltern nie darüber gesprochen?“

„Mir ist nix bekannt. Warum, was soll denn da sein?“

„Johanna ist nämlich nicht Ihre Schwester.“

Toni starrt den Pfarrer mit schreckgeweiteten Augen an. „Net meine Schwester?“

„Nein! Johanna ist als ganz kleines Mädchen von Ihren Eltern adoptiert worden. Professor Alberti hat in Ihrer Geburtsgemeinde Nachforschungen angestellt und im Pfarrhaus diesen Bescheid erhalten.“

Toni denkt keinen Augenblick darüber nach, warum dieser fremde Professor diese Nachforschungen angestellt hat. In ihm ist nur ein einziger Jubelschrei: Johanna ist nicht meine Schwester. Wir dürfen uns lieben und behalten für das ganze Leben.

„Daß aber da die Mutter oder der Vater nie ein Wort davon g’sagt haben?“ meint er nach einer Weile kopfschüttelnd.

„Johanna hat eben nie erfahren sollen, daß sie kein eigenes Kind ist.“

„Ja, weiß man denn überhaupt net, wo sie her ist?“

„Ich bin ihr Vater“, sagt da Professor Alberti.

Jetzt erst sieht Toni, daß der Fremde schon ganz weiße Haare hat, die in zwei schönen Wellen nach hinten gekämmt sind. Unter einer hohen Stirn liegen zwei dunkle Augen. Und plötzlich weiß es Toni: Das sind Johannas Augen. Das ist auch ihr Mund, und selbst das Grübchen am Kinn ist da.

„Sie sind der Vater?“ fragt er unfreundlich, fast feindlich. „Das ist Ihnen aber spät eingefallen. Zwanzig Jahre ist Johanna schon bald alt.“

„Sie müssen zuerst die Geschichte meines Lebens kennenlernen, junger Freund. Dann erst können Sie urteilen.“

Toni steht auf.

„Ja, da müssen wir aber gleich zum Hannerl gehen. Die wird Augen machen. Die wird meinen, sie fällt aus den Wolken.“ Und schon beim Öffnen der Stubentür schreit er in einer Anwandlung von Spott:

„Halt dich fest, Hannerl, daß es dich net niederreißt. Da ist nämlich ein Herr, der will dein Vater sein.“

„Auf dieser Basis kommen wir zu keiner vernünftigen Unterhaltung“, sagt der Pfarrer ein wenig verschnupft.

Johanna schaut von einem zum andern, zuletzt bleibt ihr Blick auf dem Fremden haften. Und so entsteht ein peinliches Schweigen. Dann geht der Professor auf sie zu und faßt ihre Hand.

„So also bist du“, sagt er leise, und es leuchten dabei seine Augen wie zwei stille Sonnen.

Johanna entzieht ihm verwirrt die Hände.

„Ja, aber — ich kenn mich ja gar net aus. Red halt du, Toni.“

Der lacht verkrampft.

„Was soll ich denn wissen? Ich muß halt auch glauben, was mir gesagt wird. Wir sind also net Geschwister.“

Er sieht sie dabei mit einem sonderbaren Blick an, und es geht auch durch sie wie ein Schlag hin: Wir dürfen uns lieben ... Im nächsten Augenblick besinnt sie sich aber ihrer Hausfrauenpflichten.

„Bitt schön, nehmt Platz“, sagte sie freundlich. „Ich koch einen guten Kaffee.“

Sie nimmt einen der kupfernen Kessel und springt zum Brunnen, um Wasser zu holen.

Toni geht in die anstoßende Kammer und wühlt die Kommode von unten bis oben durch.

Professor Alberti betrachtet Johanna mit stiller Freude und Stolz, wie sie mit flinken Händen am Herd hantiert. Ab und zu sagt sie ein paar Worte über das Wetter oder über die vielen Fremden, die heuer ins Geiertal kommen. Sie sagt dies aber ausschließlich immer zum Pfarrer und streift ihn immer nur mit einem flüchtigen Blick, nur dann, wenn sie glaubt, daß er sie nicht beobachtet.

Als der Kaffee auf dem Tisch steht, kommt auch Toni aus der Kammer. Er ist im Sonntagsstaat.

„Wo willst denn hin?" fragt Johanna.

„Ich hab gar nix Schriftliches gefunden, und darum will ich selber ins Tegernseer Tal und mich erkundigen, wie die Sach eigentlich steht. Das muß ich g'wiß wissen, ob du mei Schwester bist oder net. Erst wenn ich's schriftlich in der Hand hab, kann ich's glauben, eher net."

„Ungläubiger Thomas", sagt der Pfarrer lächelnd. „Meinen Sie, ich würde Sie belügen?"

„Das hab ich net g'sagt. Aber es könnt sein, daß da ein Irrtum vorliegt. Und drum will ich selber gehen. Sicher ist sicher. Mir ist das nämlich sehr wichtig, ob Johanna meine Schwester ist oder net. Greifen Sie nur zu, Herr Professor. Und Sie auch, Herr Pfarrer. Nur net genieren." Er selbst langt sich eine Schmalznudel heraus und beißt herzhaft hinein, blickt dabei den Fremden wieder an und sagt:

„Sind Sie heut erst ins Dorf gekommen?"

„Nein, gestern abend schon."

„Kennen S' den Professor Erkenbach net?" fragt Johanna. „Der hat mich nämlich operiert."

Alberti verneint. Den Namen habe er zwar schon einmal gehört, als er vor drei Jahren in München ein Konzert gegeben habe.

„Herr Alberti ist nämlich der große Komponist, von dem die Welt spricht", erklärt der Pfarrer.

„Ich habe noch nie was gehört von ihm", antwortet Johanna und denkt dabei wohl nicht an den Doppelsinn der Worte.

Sie hat noch nie etwas von mir, ihrem Vater, gehört, klingt es in Alberti nach, und seine Augen bekommen einen umflorten Glanz. Aber dann erzählt er von seinen Reisen in alle Länder der Welt, und die anderen lauschen erstaunt, was es dort alles gibt. Bis Toni aufsteht und den Wettermantel über die Schulter wirft.

„Ich geh jetzt. Der Weg ist weit, und vor morgen mittag werd ich kaum zurückkommen. Pfüat dich Gott, Hannerl. Grüß Gott beieinander!"

„Halt, ich geh gleich mit", sagt der Pfarrer. „Bis ins Dorf haben wir den gleichen Weg. Herr Professor, Sie können ja nachkommen. Also, Fräulein Johanna, vielen Dank für Ihre Aufmerksamkeit, und kommen Sie halt auch einmal zu mir, damit man sich revanchieren kann."

Als die beiden fort sind, verbreitet sich eine verheißungsvolle Stille im Raum. Johanna kritzelt verlegen die Blume an ihrer Tasse nach, und Alberti betrachtet sie dabei, still und versonnen. Nach einer Weile langt er über den Tisch und faßt ihre Hand.

„Johanna", sagt er ganz leise. „Verachtest du mich?"

Es zuckt ein wenig um ihren Mund. Man weiß nicht, will sie weinen oder lachen.

„Ich könnte es verstehen", spricht er weiter, „wenn du nichts wissen möchtest von mir. Du weißt vielleicht noch nichts von den Enttäuschungen des Lebens, kannst ja noch nichts wissen, denn du warst ja bis vor wenigen Jahren noch blind, wie man mir sagte. Wenn ich darf, dann will ich dir alles erzählen, wie es kam, daß ich mich niemals um dich kümmerte."

Johanna nickte. „Ja, reden Sie nur."

Durch die offenen Fenster tönt das Rauschen des fallenden Regens, und die ersten Worte, die Alberti spricht, sind kaum hörbar. Aber dann spricht er klar und fließend.

„Ja, sehr jung war ich noch, als ich mit Freunden an den Tegernsee kam. Ich hatte damals schon einen Namen, wenn auch noch nicht so wie heute. Wir waren bei einem Bekannten zur Jagd eingeladen. Da sah ich deine Mutter eines Abends auf dem See. Das war das erstemal. Ich wartete, bis sie das Boot ans Ufer brachte, sagte kein Wort, folgte ihr aber in gemessener Entfernung, bis sie in einem Bauernhof verschwand. Tagelang trieb ich mich um den Hof herum, ohne sie nochmals zu sehen. Ich gab die Hoffnung schon auf und ging mit meinen Freunden zur Treibjagd. In einer Almhütte sah ich sie wieder. Sie hatte einen Ausflug unternommen und wollte soeben wieder ins Tal. Aber dann blieb sie, und es folgten Wochen voll Seligkeit und Glück."

Alberti bedeckte einen Augenblick, in Erinnerung versunken, die Augen.

„Angela hieß deine Mutter. Sehr jung war sie noch und sehr schön. Wir schworen uns ewige Treue. Aber sie hatte keinen Mut und keine Kraft. Sie war aus angesehener Familie und ließ sich überreden, einen anderen zu heiraten. Sie schwieg, obwohl sie hätte sprechen müssen, denn sie trug ja dich, das Pfand unserer Liebe, unterm Herzen. Ich war damals in England auf einer Konzerttournee und konnte nicht ohne weiteres zurück. Meine Briefe kamen ungeöffnet wieder an meine Adresse. Vermutlich ging die ganze Post durch die Hände ihres Vaters, der, wie ich von Angelas Schilderung her wußte, keinen anderen Willen neben sich dulden wollte. Angela hat sich unter seinen Willen geduckt, und ein Jahr später heiratete sie einen bekannten Architekten in München."

Alberti macht eine Pause, und Johanna fragt:

„Aber was hat denn das alles mit mir zu tun? Ich weiß bis heut nix anderes, als daß der Langegger mein Vater und die Langeggerin meine Mutter gewesen sind."

„Du mußt mich erst zu Ende kommen lassen. Ich kann nur aus tiefsten Herzen bedauern, daß diese Leute nicht mehr leben, die in so liebevoller Weise Vater- und Mutterstelle an dir vertreten haben. Aber um zur Sache zu kommen: Angelas Vater hatte Mittel und Wege gefunden, die Sache stillschweigend zu erledigen und den Skandal, wie er es nannte, aus der Welt geschafft. Es haben sich brave Menschen gefunden, die gegen eine angemesse Entschädigung so einen armen Wurm gern an Kindes Statt angenommen haben. Und das war der Holzfäller Michael Langegger. Im Kirchbuch der Pfarrei bist du als Johanna Langegger eingetragen, und es hätte sich in deinem Leben auch nichts geändert, wenn mir das Gewissen Ruhe gelassen hätte. Zwei Jahre wußte ich überhaupt weder über dein noch deiner Mutter Schicksal das mindeste, bis ich ihr zufällig bei der Uraufführung meiner ersten Oper begegnete. Das war im Erfrischungsraum des Opernhauses. Dort beschwor ich sie, mir zu sagen, was aus unserem Kinde geworden sei. Sie wußte nichts von dir, denn man hat dich schon am dritten Tage fortgenommen. Deine Mutter war krank vor Sehnsucht nach dir. Aber sie fand weder Kraft noch Mut, ihrem Mann zu bekennen, was sie ihm vor der Ehe verschwiegen hatte. Sie starb auch ganz jung, und ich bitte dich, keinen Groll gegen sie zu haben. Ich zog einige Jahre später Erkundigungen ein. Die Familie Langegger sei fortgezogen, gab man mir Bescheid. Ein Kind? Ja, mit drei Tagen sei dort eines abgegeben worden. Aber es sei blind. — Mein Beruf nahm mich sehr in Anspruch. Ich war meist im Ausland, dachte aber viel an dich. Es hat mir einfach keine Ruhe gelassen. Ich begann von neuem Nachforschungen anzustellen, und nun bin ich hier ...“

Als er schweigt, hört man wieder die Regentropfen auf das Dach fallen und von dort zur Erde mit hellem, klopfendem Ton.

„Du weißt nicht, wie oft ich mich nach dir gesehnt habe“, beginnt er von neuem und beugt sich ein wenig vor, den Blick ihrer Augen einfangend. „Namenlos habe ich mich gesehnt nach dir, Johanna — du weißt nicht, wie glücklich ich bin, dich gefunden zu haben. Ich will alles gut machen, was deiner Jugend vorenthalten blieb. Du sollst mit mir reisen und alles kennenlernen, was die Welt an Schönheit zu bieten vermag."

„Sie wollen mich mitnehmen?" fragt Johanna und sieht ihm zum erstenmal lange in die Augen.

„Ja", antwortet er bestimmt. „Ich kann nicht hier bleiben, denn ich bin noch zu jung, um schon die Hände müßig in den Schoß zu legen. Aber du sollst mich begleiten, ich will jemanden um mich haben, den ich liebe — mit allem, was ich bin und habe. Ich will nicht mehr länger einsam sein. Nächte hindurch habe ich gespielt und komponiert. Nie habe ich mir selber gehört, immer nur anderen. Tausenden und Abertausenden habe ich frohe und helle Stunden im Leben gebracht, und niemand von den vielen wußte, wie einsam ich war. Niemand hatte ich auf der Welt, für den ich sorgen konnte, den ich behüten, beschützen, mit heißem Herzen hätte umschließen können. Und das soll nun alles ein Ende haben, denn nun hat das Schicksal mich dich finden lassen. Es liegt einzig und allein an dir. Wenn du mich nicht haben willst als — deinen Vater, so sag es ruhig. Ich gehe dann wieder ganz still und klanglos aus deinem Leben und versuche, mich damit abzufinden, daß es für mich kein Glück mehr gibt."

Johanna starrt gedankenverloren zum Fenster hinab. Es ist ein Würgen in ihrer Kehle. Sie weiß nicht, wie sie mit all dem fertig werden soll. Zu viel ist das auf einmal. Bisher hat sich ihr Leben immer nur in engen Grenzen abgespielt. Es ist nun gerade, als wenn mit ihrem Sehendwerden alles in andere Bahnen gelenkt wäre. Plötzlich soll sie nun einen Vater haben, von dem sie bisher nichts wußte, soll keinen Bruder mehr haben, sondern einen Geliebten. Müßte sie nicht um dessentwegen schon diesen Mann, der ihr gegenübersitzt und so still ihre Hände streichelt, lieben? Nicht als Störender, sondern als Glücksbringer tritt er in ihr Leben. Und alles, was Glück bringt, soll man lieben.

Johanna merkt gar nicht, daß der Fremde aufsteht und zur Tür geht. Erst bei seinen Worten schrickt sie zusammen, weniger vor den Worten, als vor der tiefen Traurigkeit, die in ihnen liegt.

„Ich sehe, daß es dir schwerfällt, dich daran zu gewöhnen, daß ich dein Vater bin. Laß nur gut sein. Ich kann um Liebe nicht betteln. Ich habe es seit deiner Mutter bei keiner Frau mehr gekonnt und kann es auch nicht bei meinem Kind. Ein paar Tage bleibe ich noch im Pfarrhaus. Vielleicht gelingt es dir, mich ein wenig zu lieben. Willst du — dann komme zu mir, um es mir zu sagen! Ich warte darauf, und nun leb wohl, Johanna!"

„Nein, nein!" schreit sie auf und macht ein paar Schritte auf ihn zu. Mit einer hilflosen Gebärde streckt sie die Arme ihm entgegen und schlingt sie dann um seinen Hals. „Du sollst nicht mehr einsam sein. Ich will ja dein Kind sein, und ich glaub, daß ich dich gern haben kann — weißt, so, wie ein Kind den Vater gern hat. Freilich kann ich das net von heut auf morgen. Und das verlangst du ja auch gar net, gelt, Vater?"

Alberti streicht ihr leise übers Haar.

„Sag es noch einmal, das Wort."

„Vaterl", flüstert sie scheu und drückt ihr Gesicht errötend an seinen Hals.

Man hört eine Weile nichts als das Ticken der Uhr und das Fallen der Tropfen vom Dach.

„Meine liebe Johanna", spricht Alberti ihr leise ins Ohr. „Bei meinem Schaffen ist viel Bitteres nebenher gelaufen. Aber diese Stunde löscht alles aus, dieses eine Wort läßt alle Schatten klein und unscheinbar werden. Tausendmal habe ich mich gesehnt nach diesem einen Wort, und nun habe ich endlich diese Freude erleben dürfen. Denke dir, Johanna, wie schön das sein wird, wenn du bei mir bist und teil hast an meinem Schaffen und meinen Erfolgen. Nun weiß ich wenigstens, für wen ich schaffe. Ach, es ist ja so schön, für jemand sorgen zu dürfen."

„Ich kann auch ein wenig Musik spielen", meint sie.

„Aber du wirst natürlich mehr können. Freilich — wenn du gleich eine ganze Oper kannst."

Er lächelt belustigt. „Du Kind, du", sagt er unendlich weich, biegt ihren Kopf zurück und blickt ihr lange in die Augen. „Ja, ja, du bist es schon. Ich werde dir morgen ein Bild von mir mitbringen, auf dem ich noch um zwanzig Jahre jünger bin. Du wirst staunen über diese Ähnlichkeit zwischen mir und dir."

Nachdem er sie auf die Stirn geküßt hat, geht er.

Johanna bleibt wie angewurzelt stehen. Sie kommt sich verzaubert vor und glaubt unwillkürlich, wieder in jener lichtlosen, verdunkelten Welt zu wandern. Erst als sie die Haustür ins Schloß fallen hört, wird sie in die Gegenwart zurückgerissen.

Sie eilt ans Fenster und schaut ihm nach.

„Hätt mich doch auch auf den Mund küssen können", sagt sie ein wenig schmollend und wischt sich glücklich die Nase. „Schaut er denn wirklich gar nimmer um?" Sie hat schon die Hand bereit, ihm zu winken.

Doch Alberti blickt nicht mehr zurück. Die Augen zu Boden gerichtet, im Gesicht das erregte Spiel seiner wirbelnden Gedanken, geht er dem Dorf entgegen.

Johanna kann in dieser Nacht lange keinen Schlaf finden. Sie glaubt, im Dunkel des Raumes zwei Gesichter zu erkennen. Groß und zum Greifen nah, stehen sie vor ihr auf: das braune, herbgeschnittene Tonis und das feine, durchgeistigte Albertis.

Endlich fallen ihr die Lider zu, und die beiden Gesichter lösen sich voneinander und versinken in ihren Schlaf.

Am anderen Morgen kommt Toni heim, wirft wortlos Hut und Mantel in den Ofenwinkel, bleibt dann vor Johanna stehen und sagt: „Es ist schon dein Vater, und — wir sind keine Geschwister."

Es schwingt eine Weile im Raum, dieses schicksalhafte, herrliche, von tausend Martern befreite: Wir sind keine Geschwister.

Es hätte eigentlich etwas geschehen müssen jetzt. Etwas Großes, Gigantisches, ähnlich als wenn plötzlich ein Strom vom Eis befreit, kraftvoll und brausend dahinstürzt, bis er sich seiner Freiheit bewußt ist und dann dahinfließt.

Aber nichts geschieht. Jedes steht ganz still mit angehaltenem Atem. Ganz ruhig sieht er sie an, ohne jede Bedrückung, etwa wie man ein kleines Kind ansieht oder einen Rosenstrauß.

Auch Johanna ist nicht mächtig, ein Wort zu sprechen. Aber ihre Augen sind feucht vor Glück.

Er sieht die langen Wimpern, die schnurgeraden Brauen, sieht den Mund, den er geküßt, obwohl das Gesetz zwischen ihnen stand wie ein Schwert. Er sieht ihre Lippen, dunkelrot, dicht vor seinen Augen aufleuchten, und er sieht es nicht, denn es steht plötzlich etwas dazwischen, eine ungeheuere, namenlose Scheu.

Toni stöhnt wider Willen.

Da schreit sie leise auf wie ein Vogel im Traum. Im nächsten Augenblick hat sie ihn umschlungen.

Sonnenstrahlen huschen vorwitzig durch das Fenster herein, hüpfen keck auf jedem Gegenstand herum und verfangen sich zuletzt in Johannas blondem Haar.

„Nun ist alles gut", sagt Johanna selig lächelnd.

„Wie ist es jetzt denn? Willst du bei mir bleiben, oder willst du mit ihm gehen?" fragt Toni.

„Ja, ich werde wohl fortgehen mit ihm, denn die Welt will ich doch gern kennenlernen. Und wenn ich alles gesehen habe, dann komm ich wieder zu dir — für immer. Tonele — als dein Weib."

Er nickt nur, aber er glaubt es nicht. Eine Stimme in ihm sagt ihm: Wenn sie fortgeht, wird sie kaum mehr zurückfinden in diese stille Einsamkeit. Sie wird sich zum Weinen sehnen nach dem Ruf der Geier zur Abendzeit, nach dem würzigen Geruch der Bergkräuter im Frühling. Aber sie wird keine Brücke mehr finden, über die sie zu all dem zurückgehen könnte.

Sosehr der Toni es auch möchte, er kann diese Stimme nicht totschweigen in sich. Er antwortete auf Johannas abermaliges Fragen, ob er glücklich sei, daß er sich nun nichts mehr wünsche. Es konnte ja nun alles seine wundersame Erfüllung finden, weil sie nicht Bruder und Schwester sind.

Im Innern denkt er sich: Jetzt sehe ich es schon. Bleibt sie bei mir, dann weiß ich, daß ich ihr mehr wert bin als alles auf der Welt. Geht sie mit ihm fort, dann hat sie halt ihn lieber, und es wäre schade um jede Minute, die man ihr nachtrauern tät.

Noch ist sie aber bei ihm, er hält sie in den Armen und lebt ganz der glücklichen Gegenwart. Also ist es Dummheit, sich wegen später Gedanken zu machen.

Es schwirrt nur so im Dorf von Gerüchten. Alberti ist der Mittelpunkt allen Geschehens, und er muß oft lachen, was die Leute ihm alles andichten.

Es ist zwar wahr, daß er den Wieshof kauft und noch eine Anzahl Felder und Wiesen, die zum Verkauf stehen, aber es ist nicht wahr, daß er hier bleiben will, um den Hof zu bewirtschaften. Er versteht ja nicht das mindeste davon. Das ist schon Tonis Sache.

Alberti denkt es sich wenigstens so. Toni soll auf dem Hof wirtschaften, als ob es sein eigener wäre. Er kann heiraten und hat nur dafür zu sorgen, daß immer eine Anzahl Zimmer frei sind, wenn er mit Johanna zu Besuch kommt. Daß Toni das ganze Anerbieten abschlagen könnte, daran denkt er nicht im geringsten.

Toni schüttelt also den Kopf zu seinem Vorschlag. Hier in diesem Häuschen haben der Vater und die Mutter gehaust, und hier wolle auch er bleiben. Er wünsche sich gar nichts anderes. Ja, wenn Johanna hierbleiben würde. Mit ihr möchte er gleich auf den Wieshof ziehen. Niemals aber ohne sie.

Es kommt nun für Toni eine schreckliche Zeit. Beinahe krank ist er vor Eifersucht und Liebe. Manchmal glaubt er zwar, daß es mit Johanna wie früher sei. Aber wenn er mit den Fremden in den Wänden umhersteigt und bei jeder kleinen Rast ins Tal hinunterblickt und durch das Feldglas die zwei Menschen als winzig kleine Punkte im Garten oder im Anger sieht, weiß er, daß es nicht mehr so ist.

Johanna lacht zwar wie sonst, küßt ihn wie sonst, aber es ist etwas Fremdes da, etwas, an dem er keinen Anteil mehr hat. Sie entgleitet ihm, ohne daß er etwas dagegen tun kann. Im Gegenteil. Durch sein verändertes Wesen entfernt er sich selbst ganz unbewußt von ihr.

Alberti hat ja auch viel mehr Gelegenheit, um sie zu sein. Alberti hat den ganzen Tag, von früher Morgenstunde bis zur Dämmerung Zeit. Wenn dann Toni spät abends heimkommt, ist ihm die Müdigkeit wie Blei in den Gliedern. Johanna schläft ja auch schon und hört ihn gar nicht, selbst wenn er leise an ihr Bett tritt und sich in ihr schlafendes Gesicht vertieft. Sie schläft so tief, daß sie gar nicht erwacht, als er einmal weint und seine Tränen in ihr Gesicht tropfen.

Ja, es ist schon so, daß er überflüssig geworden ist in ihrem Leben. Er fühlt es an vielem und beginnt deshalb den Mann zu hassen, der sie ihm genommen hat. Der Haß verdunkelt seinen Blick und macht ihn wortkarg und verdrossen. Aber er hat immer noch die Kraft, seinen Haß zu verbergen, wie er seine Liebe auch verbirgt. Diese beiden wohnen in seiner Brust und kämpfen miteinander. Es fragt sich nur, wer Sieger wird.

Der Verkauf des Wieshofes ist nun perfekt geworden, und Alberti sagt zu Toni:

„Du würdest mir einen großen Gefallen tun, wenn du mitfahren möchtest zum Verbriefen."

„Hab keine Zeit", antwortet Toni und prüft in ruhiger Gelassenheit ein Seil nach, das bei der letzten Klettertour ein wenig schadhaft geworden ist.

„Du tust ja gerade, als wenn du gar kein Interesse an dem Hof hättest."

„Habe ich auch nicht."

„Ich kaufe aber doch den Hof für dich, Toni, aus Dankbarkeit für alles, was du Gutes an Johanna getan hast."

„Ich will keinen Dank. Ich bleibe, was ich bin."

Immer noch hantiert er an dem Seil herum, obwohl es längst in Ordnung ist. Er tut es nur, um den anderen nicht ansehen zu müssen.

„Nun höre aber einmal, Toni", sagt Alberti ernst. „Es kommt mir gerade so vor, als ob du etwas gegen mich hättest. Ich habe dir doch nichts genommen. Johanna ist nach wie vor deine Schwester. Und wenn —"

„Das ist doch net wahr", unterbricht Toni ihn, und seine Fäuste krampfen sich um das Seil, daß die Knöchel weit hervortreten. „Kein bißchen sind wir verwandt zusammen."

„Dem Gesetz nach freilich nicht. Aber dem Gefühl nach seid ihr nach wie vor Bruder und Schwester. Ich möchte da nichts geändert wissen, und es tut mir weh, daß du es immer so strikt ablehnst, wenn ich mich dankbar erweisen möchte."

Tonis Gesicht ist ganz blaß. Ein böses Funkeln ist in seinen Augen, so daß Alberti erschrocken einen Schritt zurückweicht. Da löst sich die Spannung in Tonis Gesicht. Er lächelt, greift nach Bergstock und Steigeisen und verläßt, ohne noch ein Wort zu sagen, den Schuppen.

Alberti sieht ihm kopfschüttelnd nach und geht dann zu Johanna in die Küche.

„Sag mir ehrlich, Johanna, was Toni gegen mich hat."

„Toni gegen dich?" Johanna schüttelt lachend den Kopf. „Geh, was dir net einfällt! Was sollte er denn haben? Da hätte er mir schon längst etwas gesagt. Der Toni ist halt so ein Mensch, den muß man verstehen, weißt du."

„Aber warum will er denn den Wieshof nicht übernehmen? Ich bin doch tief in seiner Schuld. Zudem wüßte ich den Hof bei ihm in guten Händen."

„O mei! Der Toni hat net das Zeug in sich zu einem Bauern. Da ist er viel zu unruhig."

„Ja, aber wie könnte ich mich denn erkenntlich zeigen? Weißt du vielleicht, was er am liebsten möchte? An irgend etwas wird er doch seine Freude haben.“

Johanna denkt angestrengt nach.

„Am liebsten, glaube ich, möchte er Jäger sein. Jagen ist seine höchste Freude. Ich habe dir schon einmal erzählt, daß er früher gewildert hat.“

„Und meinst du, wenn du einmal nicht mehr um ihn bist, daß er dann wieder in die alte Leidenschaft zurückfällt?“

„Nein, das glaub ich net. Er hat es mir fest versprochen, und was der Toni verspricht, das hält er auch. Übrigens, mit mir hat das gar nix zu tun. Wenn er die Leidenschaft noch in sich hätte, dann hätte ich ihn auch nicht abhalten können.“

„O doch. Ich habe schon lange gemerkt, daß du sein guter Geist bist. Aber ich habe da noch eine Idee. Wenn Toni mit uns reisen würde?“

Johanna ist ganz begeistert von diesem Plan. Und als Toni spät in der Nacht heimkommt und leise die Tür öffnet, ruft sie ihn an.

„Denk dir nur, Toni“, sagt sie schwärmerisch, „wie schön das ist, wenn wir all das Herrliche zusammen erleben. Tag für Tag sind wir beieinander. Und wenn wir genug haben von allem, dann kehren wir heim auf den Wieshof.“

Bei all ihrer Fröhlichkeit und Begeisterung kann keine Freude in ihm aufkommen. Plötzlich fragt er:

„Weiß er es überhaupt?“

„Was meinst du, was er wissen soll?“

„No, wie es halt steht mit uns zwei, ich mein — wie es vorher schon war, ehe er gekommen ist.“

„Er wird es wohl merken. Gesagt habe ich freilich nix. Man kann das doch net so ohne weiteres sagen, net wahr?“

„Natürlich net“, antwortet er, und es ist gut, daß sie nicht sieht, wie sein Gesicht sich dabei verzieht.

Nach wie vor trägt Toni den Gedanken in sich: Wenn sie mich so lieb hat, wie ich sie, dann bleibt sie bei mir. Wenn sie mit ihm geht, hat alles keinen Wert, und es ist das beste, man macht einen Strich unter alles, was gewesen ist.

Alberti hat nun den Wieshof gekauft, und der Wieshofer ist mit der Cilli bereits in die Stadt übergesiedelt. Neben dem toten und lebenden Inventar hat der neue Besitzer auch sämtliche Ehehalten übernommen. Nachdem eine nochmalige Rücksprache mit Toni erfolglos geblieben ist, hat Alberti einen Verwalter, der bisher nur auf großen Gütern tätig war und über glänzende Zeugnisse verfügt, eingestellt.

Der neue Besitzer läßt das Wohnhaus renovieren, die Stallungen weiter ausbauen und die Stromanlagen verbessern. Maurer und Zimmerleute sind vollauf beschäftigt. Auch soll vom Dorf herauf eine breite, serpentinenartige Straße angelegt werden und eine Mauer um die ganzen Gebäudekomplexe gezogen werden, so daß das Ganze keinem Bauernhof mehr gleichsieht, sondern eher einem herrschaftlichen Gutsbesitz.

Alberti kann nun allerdings nicht mehr hierbleiben, bis alles fertig ist, und will in der nächsten Woche mit Johanna abreisen.

Nun ist der Tag der Abreise da. Toni hat wirklich die Kraft aufgebracht, mit an den Bahnhof zu gehen. Vielleicht hat er auch immer noch gehofft, Johanna könnte sich im letzten Augenblick noch anders besinnen, könnte vielleicht fühlen, daß alles aus und zu Ende ist, wenn sie jetzt fortgeht. Im letzten Augenblick, so glaubt er, könnte sie ihn bei der Hand nehmen und sagen: „Komm, Tonele, wir kehren um. Ich kann dich nicht allein lassen."

Aber nichts von dem geschieht. Als der Zug einfährt, küßt sie ihn zum Abschied und sagt:

„Das verstehst du doch, net wahr, Toni, daß ich ihn net allein lassen kann. Er ist doch mein Vaterl. Und im

Frühling bin ich ja wieder bei dir. Bis dahin bleibe gesund, und vergiß mich nicht."

„Nein, nein", sagt er rasch und weiß kaum, daß er etwas spricht. In seinem Innern ist alles wie erstorben. Er beginnt bereits auszulöschen, was in der furchtlosen Einsamkeit seines Lebens Sinn und Bedeutung gewesen ist.

Alberti reicht ihm die Hand und sagt herzlich:

„Auf Wiedersehen, Toni. Laß ab und zu etwas von dir hören. Wir werden dich immer auf dem laufenden halten."

„Alles einsteigen!" ruft der Schaffner. Die Türen knallen zu, und der Zug setzt sich in Bewegung.

Zwei Tücher flattern aus einem Wagenfenster. Toni winkt mechanisch mit der Hand, und der Zug ist noch gar nicht hinter den Bäumen verschwunden, da kehrt er sich schon ab und geht heimwärts.

Es ist um die Nachmittagszeit, als Toni sich dem Geiertal nähert. Und es ist ein Tag, an dem schwere Wolken grau und fluchtartig unter der Sonne hinziehen. Von weit her ist der Ruf der Geier schon zu hören. Der Wind streift scharf von den Bergen herab, und müde Blätter wirbeln buntfarbig zu Boden.

Als er in die Stube geht, tritt er ganz leise auf, so wie er es tat, wenn er Johanna nicht wecken wollte. Sein Blick streift das Bett, aber es ist leer, und der Herd ist kalt.

Noch fühlt er das Alleinsein gar nicht so schwer, denn es ist noch ein Geruch von Johanna da. Nur an dem großen Schweigen des Hauses merkt er, daß er allein ist. Und so wird es nun immer sein, denn Johanna wird nicht zurückkehren.

Er hält es nicht aus daheim. Und er geht — geht über die Wasserfälle in den Wald. Die Geier schreien über ihm, schreien ihm seine Verlassenheit ins Gesicht. Er hört es nicht, geht weiter in den Wald hinein, wo die stillen Bäume stehen, wo das wundersame Schweigen ist.

Diese Nacht schläft er im Wald unter den düsteren, verschwiegenen Tannen.

Drei Wochen sind vergangen, daß Johanna mit Alberti fort ist. Später Herbst ist nun, und die Wolken hängen schwer und schneegeschwängert über dem Tal.

Toni sitzt in der Stube und wachst seine Schier, denn es kann sein, daß morgen draußen schon alles weiß ist. Und das ist gut. Im Anger und im Garten sind noch immer Spuren von Johanna, zufällig hat er einmal ihren Fuß abgedrückt gesehen, unten, am Anger, bei den Haselnußbüschen. Und dann hat er gesucht nach ihren Fußspuren, ist ihnen nachgegangen, immer und immer wieder. Und drum ist es gut, wenn der Schnee nun alles zudeckt, damit nichts mehr da ist von ihr, gar nichts mehr.

Aber dann müßte er auch noch anderes vernichten. Ein paar Kleider sind noch da, eine rotseidene Schleife, eine blonde Haarlocke, die sich immer wieder zusammenrollt, auch wenn er sie noch so oft durch die Finger gleiten läßt. Ach, und so vieles erinnert noch an sie. Sie ist noch viel zu gegenwärtig in diesem Raum, und manchmal ist ihm, als müßte die Tür aufgehen und Johanna hereintreten, schmal und schön, und ein Blumenbüschel in der Hand, um den Herrgottswinkel damit zu schmücken. Erst wenn wieder ein Brief oder eine Karte von ihr kommt, kommt es ihm zum Bewußtsein, daß er ein armer Narr ist und immer noch Dingen nachträumt, die er vergessen sollte.

Es ist nun eine stille Zeit für ihn. Fremde kommen um diese Zeit kaum mehr. Er hat an ihnen so gut verdient, daß er den Winter über daheim bleiben kann. Es gibt auch hier Arbeit genug. Er wird das Haus zusammenrichten und Holz machen und außerdem sind auch die Kuh und die Ziege noch da, die Pflege erheischen. Im Frühjahr wird er sich dann umsehen müssen nach einer Haushälterin.

So beschäftigt sich Toni nun und horcht plötzlich auf, als jemand sich vor der Tür die Stiefel abputzt. Es wird der Postbote sein, denkt er. Es wird wieder ein Brief kommen von Johanna, oder eine Karte.

Aber es ist nicht der Postbote, sondern der Förster.

„Grüß dich Gott, Langegger! Schier herrichten, ja?"

„Ja, herrichten tu ich's jetzt einmal. Gar zu lang wird der Schnee nimmer ausbleiben, denk ich."

„Erlaubst schon, daß ich mich ein bißl niedersetz." Der Förster setzt sich Toni gegenüber auf die Bank und stopft sich sein Pfeiflein. „Schön warm hast's herinnen. Da kann man's schon aushalten. Geh, sei so gut und leih mir ein Zündhölzl."

Toni füllt auch seine kurze Pfeife, und dann zünden sie zusammen an.

„Wirst dir gar nicht denken können, weswegen ich komm?" fragt der Förster.

„Was ich wissen muß, wirst du mir schon sagen."

„Neugierig bist nicht! Ist auch eine gute Eigenschaft. Eine sehr gute sogar. Also paß auf. Der Wellhofer wird am ersten Dezember versetzt, und du sollst an seine Stelle treten."

„Wer? Ich?"

„Ja, warum denn net? Schau her da. Schwarz auf weiß stehts in dem Brief, den mir der Herr Graf gestern geschrieben hat." Er zerrt einen Briefbogen aus der Tasche und beginnt vorzulesen: „— und ich glaube, daß besagter Langegger auch einen ebenso guten Jäger abgeben wird. Wenn er also gewillt ist, soll er am ersten Dezember seinen Dienst antreten. — Na? Ist das nicht schön genug? Was sagst du jetzt?"

„Ja, mein Gott, das kommt mir überraschend. Wie kommt denn der Herr Graf grad auf mich?"

„Das weiß ich natürlich nicht."

„Ich wär ja ein Esel, wenn ich mich da besinnen tät."

„Das sage ich auch. Also, du kannst den Dienst morgen gleich antreten. Der Wellhofer kann dich dann noch ein bißl einführen in alles. Kommst halt morgen zu mir, dann kriegst dein Jagdzeug. Und wenn du Geld brauchst, gebe ich dir einstweilen einen Vorschuß. Als erstes hast im Monat hundert Mark. Wenn du dich gut machst, gibt's bald mehr. So, dann hätten wir das wieder." Der Förster steht auf und verabschiedet sich. Bei der Tür wendet er sich noch einmal um. „Was machst denn dann mit den Wildschützen?"

Toni lacht.

„Da soll sich grad einer erwischen lassen. Dem helf ich aber."

Schmunzelnd zieht der Förster die Tür hinter sich zu.

Toni bleibt in tiefe Gedanken versunken mitten in der Stube stehen. Da kommt nun also ganz unverhofft eine große Wende in seinem Leben. Eine glückliche Wendung sogar, denn er wüßte sich nichts Lieberes, als Jäger zu werden. Freilich hat er keine Ahnung, daß Alberti dies alles vermittelt und eingefädelt hat.

In einer plötzlichen Anwandlung setzt er sich hin und schreibt an Johanna. Den ganzen Sturm seiner glücklichen Gefühle schüttet er vor ihr aus. Als er den Brief fertig hat, zerreißt er ihn wieder und wirft ihn in den Ofen.

Was braucht die zu wissen, wie es ihm geht, was er treibt und denkt. Nein, gar nichts braucht sie von ihm zu wissen. Die würde sich schließlich noch einbilden, er hätte Sehnsucht nach ihr.

Hier bleiben seine Gedanken plötzlich stehen.

Hat er denn wirklich keine Sehnsucht mehr nach Johanna? Warum kann er denn manchmal nicht anders, als daß er sein Gesicht in ihre Kleider drücken muß, die an der Tür hängen und die er bisher noch nicht wegräumen konnte, weil er sie immer vor Augen haben wollte.

Oh, das wird jetzt alles anders werden. Er wird in der Jägerhütte wohnen, hoch oben am Berg, und dort wird nichts mehr sein von Johanna, keine Kleider, keine Seidenschleife und keine Haarsträhne. Er wird gar keine Sehnsucht mehr haben, und sein Herz wird ganz ruhig werden da oben in der grenzenlosen Einsamkeit des Winters.

Nun muß auch die Kuh verkauft werden und die Ziege. Er will es gleich heute noch tun und zieht sich an, um ins Dorf zu gehen.

Am anderen Morgen sitzt er beim Förster in der Stube und hört sich dessen Ratschläge an. Eine Stunde später wandert er, den Rucksack mit Proviant auf dem Rücken und die funkelnde Büchse.

Er mag schon eine Stunde gestiegen sein, da kehrt er plötzlich um und geht mit raschen Schritten zurück ins Geiertal.

Hat er etwas vergessen?

Ja, die Schier will er mitnehmen und außerdem die rote Seidenschleife und die blonde Haarlocke. Diese beiden legt er in sein Revierbüchlein und birgt sie in der Brusttasche, recht nah an seinem Herzen.

Am Abend sitzt er in der Jagdhütte. Eine Talgkerze brennt in einem hohen Flaschenhals, im Ofen knistert das Feuer, und der Jäger sitzt auf seinem Strohsack und wikkelt abwechselnd einmal die Seidenschleife und dann das Haar um seinen Finger.

Draußen springt der Wind an den Fenstern vorüber, und bei jedem heftigen Stoß flackert die Kerze gespensterhaft.

Der Jäger wird also morgen Moos suchen und die Fenster damit verstopfen. Auch Vorhänge braucht er, damit ihm etwa nicht jemand zusehen kann bei seinem kindlichen Spiel mit der Seidenschleife am späten Abend.

Aber am Morgen beginnt es zu schneien, und es ist nichts mehr mit dem Moos. Es schneit ohne Wind, zwei Tage und zwei Nächte, und dann liegen Berg und alles Land verhüllt unter der weißen Pracht.

An diesem Abend, als Toni zum erstenmal allein in der Jägerhütte sitzt, erlebt Johanna in Berlin den rauschenden Erfolg einer Opernaufführung ihres Vaters. Alberti dirigiert diese erste Aufführung selbst, und als es dunkel wird in dem großen Haus und aus der Tiefe des

Orchesterraumes die Geigen zu singen beginnen, schließt Johanna die Augen.

Aber dann wird ihre Seele emporgerissen. Die Bühne strahlt in hellem Scheinwerferlicht. Die Handlung beginnt. Johanna erlebt alles wie ein Wunder und kann in den Pausen nur immer eines denken: Das alles soll eines einzigen Menschen Geist geschaffen haben? Und dieser eine ist mein Vater?

Und als zum Schluß Alberti auf der Bühne erscheint, von brausendem Beifall umbrandet, kann sie sich nicht anders helfen, als zu weinen.

Man sitzt hernach im Hotel beisammen. Johanna ist noch so erfüllt von dem Gehörten, daß sie auf nichts achtet, was um sie vorgeht. Nur ihren Vater muß sie immerzu ansehen.

Namen klingen an ihr Ohr, die sie im nächsten Moment schon wieder vergessen hat. Ihre Gedanken sind ganz wo anders, sie sind bei Toni, und sie spürt dabei einen kleinen Schmerz im Herzen.

Warum schreibt er nicht? fragt sie sich immer wieder, er muß doch wissen, daß ich mich nach ihm sehne.

„Wo denkst du denn schon wieder hin?" fragt Alberti und berührt ihre Hand. Er ist unendlich stolz auf seine Tochter, und Johanna steht neben ihm auch wirklich im Mittelpunkt des Abends.

Niemand hätte geglaubt, daß dieses bildschöne Mädchen in der kostbaren Gesellschaftstoilette vor wenigen Monaten noch im derben Bauernkleid Kühe gemolken hat.

Johanna hört eine Dame zu ihrem Vater sagen:

„Mein lieber Meister, man müßte Ihnen eigentlich böse sein, weil Sie uns Ihre Tochter so lange vorenthalten haben. In welchem Institut war sie denn, wenn ich fragen darf?"

Alberti wird einen Augenblick unsicher. Da sagt aber Johanna schon:

„Ich bin immer daheim g'wesen, ja. Beim Tonele."

„Ach, wie interessant." Die Dame setzt sich zu Johanna und beginnt ein Gespräch. Schrecklich, was die alles will. Zum Schluß lädt sie Johanna für den anderen Tag zum Nachmittagstee ein. „Auf Ihre Gegenwart rechne ich selbstverständlich auch", wendet sie sich an Alberti.

Allmählich wird der Kreis kleiner. Abschiednehmen, Händeküssen, banale Redensarten, das alles erlebt Johanna wie einen Traum.

Da muß ich noch viel lernen, bis ich mit denen mitkomme, denkt sie sich.

Aber in verhältnismäßig kurzer Zeit findet sie sich in allen Lagen zurecht. Es kommt nun nicht mehr vor, daß sie durch ein unüberlegtes Wort ihren Vater in Verlegenheit bringt. Mit ihm besucht sie alle Veranstaltungen und läßt sich jede Einzelheit auf das genaueste erklären. Ihre Wißbegier ist unerschöpflich, und es ist erstaunlich, wie sie für alle Dinge eine ganz genaue Deutung haben will.

Durch ihre natürliche, ungezwungene Art erwirbt sie sich sehr rasch einen großen Bekanntenkreis, und es ist eine Selbstverständlichkeit, daß sie von den Herren umschwärmt wird.

Doch auch hierin macht sie keine Ausnahme. Sie lacht und plaudert, ist zu allen gleich liebenswürdig und läßt sich nicht das geringste anmerken, daß ihr im Grunde genommen jeder höchst gleichgültig ist.

In ihrem Herzen ist für keinen anderen Platz als für Toni, und es sind Stunden in ihrem Leben, in denen sie grenzenloses Heimweh hat nach dem kleinen Haus im Geiertal, nach dem Bergwald, nach dem Geläut der Herde und dem sanften Frieden der Abendglocke. Heimweh vor allem nach Toni. Manchmal meint sie aufschreien zu müssen vor Sehnsucht nach ihm. Sie sehnt sich nach einem Blick seiner Augen, nach einem Streicheln seiner Hände, nach einem lieben Wort.

Oftmals ist sie nahe daran, ihre Sachen zu packen und heimzufahren. Aber sie kann den Vater nicht allein lassen. Er ist ja so gut zu ihr und erfüllt ihr jeden Wunsch.

Johanna sitzt am Fenster des Hotelzimmers und schaut auf das Gewühl der Straße hinunter. Grau und schmutzig liegen die Straßen, denn der Schnee, der in der Nacht gefallen, ist schon wieder weggeschafft. Wie herrlich müßte es jetzt daheim in den Bergen sein. Jetzt würde sie sicher mit den Schiern durch den verschneiten Tann aufwärts spuren und dann abwärts in sausender Fahrt über Hügel und Steilhänge, als ginge es durch die Lüfte. Und Toni wäre bei ihr, und Schnee wäre da, nichts als Schnee, eine glanzvolle, herrliche Winterwelt.

Sie will heim. Die Sehnsucht ist kaum mehr zu ertragen. Der Vater ist zwar gerade zu seinem Verleger gefahren, um wegen der letzten Oper noch zu verhandeln. Aber wenn er zurückkommt, will sie ihn bitten, daß er sie heimfahren läßt.

Als Alberti ihren Wunsch hört, nimmt er ihn gar nicht ernst und rüttelt sie lachend an den Schultern.

„Aber Kind, wo denkst du denn hin? Du hast ja noch gar nichts gesehen von der Welt. Jetzt habe ich meine Verpflichtungen alle hinter mir und habe eine schöne, herrliche Zeit vor mir. Wir werden verreisen, mein Kind. Ich denke da an Mentone. Dort ist es jetzt warm wie im Frühling. Wir können reiten, baden, Tennis spielen. Alles, was du willst. Alles Vergangene wollen wir einmal weit hinter uns zurücklassen und nur uns beiden ganz allein leben. Wir wollen nachholen, was uns das Schicksal so lange vorenthielt. Also beeile dich. Nach dem Mittagessen reisen wir ab."

Er hat sie richtig angesteckt mit seinem Reisefieber, und sie denkt nun selber nicht mehr ans Heimreisen.

„Aber dem Toni schreib ich noch geschwind", sagt sie. „Sonst weiß er ja nicht, wo wir sind."

„Ja, schreibe ihm nur, bestell auch viele Grüße von mir. Übrigens, Graf Holten hat mir gestern geschrieben, daß er noch nie einen so tüchtigen Jäger gehabt hätte wie den Toni Langegger. Siehst du, das freut mich, daß ich nun doch etwas hab für ihn tun können. Du darfst aber auch weiterhin nichts davon erwähnen. Ja, und auch vom Gutshof sind gute Nachrichten eingetroffen. Ja, Kind, du kannst einmal deine Freude daran haben. Für mich ist es ja nichts, denn ich verstehe von der Landwirtschaft gar nichts. Aber ich komme dann oft auf Besuch zu euch und freue mich dann an deinem Glück. Sieh mich nur nicht so an. Einmal wirst du ja doch heiraten. Es wäre schade, wenn so ein Prachtmädel wie du allein bliebe. So egoistisch bin ich nicht, daß ich dich ganz für mich in Beschlag nehmen möchte. Nur zwei oder drei Jahre sollst du jetzt noch bei mir bleiben. Also, beeile dich, in einer Stunde müssen wir reisefertig sein."

Johanna schreibt also wieder einen Brief an Toni und bittet ihn genauso eindringlich wie in den anderen, daß er ihr doch Antwort geben möchte.

„Wie Du nur so sein kannst", schreibt sie. „Wenn ich es nicht bestimmt wüßte, müßte ich annehmen, Du hättest ein anderes Mädchen gefunden. Aber es wird Dir ja auch so gehen wie mir, daß Du zu einer anderen Liebe gar nicht mehr fähig bist. Ich schreibe Dir von dem nächsten Reiseziel aus meine genaue Adresse, und dann mußt Du mir gleich schreiben. Alles will ich wissen, was Du tust, und wie es der Lona geht und der Kuh. Es grüßt und küßt Dich vielmals Deine Johanna."

Sorgfältig legt sie den Bogen zusammen, legt aber noch ein paar Blumenblätter bei, bevor sie das Kuvert schließt und in den Postkasten wirft.

Zwei Stunden später sind sie schon auf der Fahrt nach dem Süden.

Monte Carlo, Nizza, herrliche Frühlingstage. Zuletzt Mentone mit dem blauen Meer und dem strahlenden Himmel darüber.

Johanna erlebt alles wie im Traum. Die vielen Eindrücke lassen sie sogar ihren Kummer vergessen. Nur nachts weint sie manchmal die Kissen naß.

Eine einzige Karte hat Toni ihr geschrieben. Die trägt

sie immer in ihrer Handtasche wie ein kostbares Kleinod, und jeder Buchstabe steht wie eingemeißelt in ihrem Innern geschrieben.

„Liebe Johanna", heißt es, „jetzt bin ich ein Jäger und hab erst recht keine Zeit zum Schreiben. Die Kuh und Lona hab ich verkauft, und sonst geht es mir sehr gut, was ich auch von Dir hoffe. Viele Grüße sendet Dir Toni."

Sie weiß schon, daß er kein großer Held ist im Schreiben. Aber diese Worte klingen doch gar ein bißchen nüchtern. Und trotzdem sind sie ihr ein wertvoller Besitz, den sie nicht von sich geben möchte. Wenigstens ist es ein Lebenszeichen, und wenn sie heimkommt, wird sie ihm die Leviten schon ein wenig lesen, und alles wird wieder gut sein.

Alberti steckt schon wieder in einer neuen Arbeit. Er sitzt im Zimmer, und man hört die halbe Nacht oft die Klänge des Flügels. Johanna ist deshalb sehr viel allein, das heißt ohne seine Begleitung, denn daß sie nicht allein ausreitet, dafür sorgen schon die jungen Herren. Sie sind wie ein Bienenschwarm hinter ihr her und übertreffen einander an Aufmerksamkeit. Besonders der junge Baron Lobenstein ist immer wie ein Schatten von ihr.

Er ist der einzige, mit dem Johanna engere Freundschaft geschlossen hat, denn er ist nicht aufdringlich wie die anderen und überhäuft sie nicht mit albernen Redensarten. Mit ihm hat sie sich auch schon ein paarmal fotografieren lassen, am Badestrand zum Beispiel und auf dem Tennisplatz. Sie hat die Bilder auch Toni geschickt, damit er sehen könne, wie seine Johanna nun ausschaut.

Sie hat dabei nicht gedacht, daß der Jäger die Bilder mit einem Fluch zerrissen und in den Abgrund geworfen hat. Sie haben auch bewirkt, daß er nun nicht mehr mit der Schleife spielt und nicht mehr mit dem Haar. Diese beiden Dinge hat er tief in seinem Strohsack versteckt und rührt sie nicht mehr an.

Das alles weiß Johanna nicht, denn sie denkt sich ja

auch nichts dabei, wenn sie und Lobenstein auf ihren Pferden stundenweit durch die Wälder sprengen.

Es ist an einem Sonntag, Mitte Mai, als Johanna mit verhängten Zügeln durch den Wald reitet. Walter von Lobenstein ist neben ihr.

„Jetzt ist es in der Heimat auch Frühling“, sagt sie wie aus tiefem Sinnen heraus. „Weißt du, Walter, wenn ich einmal wieder daheim bin, mußt du mich besuchen.“

„Das ist doch selbstverständlich“, antwortet er, als wäre das für ihn schon längst eine beschlossene Sache.

„Es ist schön bei uns. Ich kann dir gar nicht sagen, wie schön es ist.“

„Ja“, sagt er beklommen, pariert sein Pferd und greift der Schimmelstute, die Johanna reitet, in die Zügel.

„Wir haben uns doch sehr befreundet“, spricht er und blickt sie dabei nicht an. „Und das wollen wir auch beibehalten, nicht wahr?“

Sie sieht ihn erstaunt an.

„Natürlich wollen wir immer Freunde bleiben.“

Ein seltsames Lächeln huscht über sein Gesicht.

„Freunde? Können wir uns wirklich nicht mehr sein, Johanna?“

„Wie meinst du das?“ Sie lacht klingend auf.

„Du sollst nicht lachen über mich. Es ist mein Ernst, ich liebe dich.“

„Nein, ich lache dich nicht aus. Ich muß mich nur wundern, wie du das so einfach sagst.“

„Das Ehrliche ist immer einfach, Johanna. Hast du denn wirklich noch nicht gemerkt, daß ich dich liebe? Eine Frau fühlt doch alles so leicht, viel leichter wie wir.“

Johanna gibt keine Antwort. Ganz unbeweglich sitzt sie auf dem Pferd.

„Hast du mir denn gar keine Antwort zu geben?“ fragt er nach einer Weile.

Jetzt hebt sie die Augen voll und klar zu ihm auf.

„Doch, Walter, wir wollen gleich klar und eindeutig

über die Sache sprechen. Wenn du weiter mein Freund bleiben willst, so bin ich dir dankbar. Liebe aber kann ich dir nicht geben, denn mein Herz gehört nicht mehr mir."

„Und du kannst dich auch nicht frei machen?"

„Nein!" Sie blickt ihn ein wenig verwundert an. „Man kann sich doch nicht so einfach freimachen von etwas, das so fest im Innern verankert ist. Etwas Schicksalhaftes läßt sich nicht so leicht abstreifen wie etwas Zufälliges. Wir wollen das Thema nicht mehr berühren. Hier ist meine Hand. Schlag ein, wenn du mein Freund weiterhin sein willst."

„Eines sag mir noch, Johanna, ist es jemand aus der hiesigen Bekanntschaft?"

„Nein, es ist einer aus meiner Heimat. Und das ist eigentlich immer schon, solange ich denken kann."

„Ich danke dir, Johanna."

Mit festem Druck liegen ihre Hände ineinander.

„So, und nun wollen wir einmal ein Tempo vorlegen", lacht Johanna und gibt ihrem Pferd die Sporen.

Es ist eine wahre Pracht, sie reiten zu sehen. Wie angegossen sitzt sie im Sattel, und ihr blondes Haar, das sie beim Reiten immer nur ganz lose mit einer schwarzen Schleife im Nacken zusammengebunden hat, flattert hinter ihr her wie eine Flamme.

Vor dem Hotel angekommen, springt sie aus dem Sattel, noch ehe der Baron ihr den Arm reichen kann.

Sie strahlt ihn an. „Das war wieder mal etwas nach meinem Geschmack. Heidi, wie der Wind muß es gehen!" Sie streift die Handschuhe ab und reicht ihm die Hand. „Auf Wiedersehen, Walter."

„Auf Wiedersehen, Johanna!"

Er sieht ihr nach, wie sie leichtfüßig die Treppe hinaufspringt, und wendet sich dann ab. In seinen Augen ist jeder frohe Schimmer erloschen.

Da ist nun ein wochenlanger Traum zu Ende. Wie hat er sich mit dieser Liebe schon herumgequält! Jeden Tag hat er sich vorgenommen, ihr seine Liebe zu gestehen.

Aber nie hat er den Mut dazu gefunden. Hätte er es doch getan, dann hätte er längst diese Gewißheit, die sie ihm heute so ruhig und klar mit ein paar Worten gegeben hat.

Als Johanna bei ihrem Vater eintritt, wirft sie Handschuhe und Hut auf das Sofa und umschlingt ihn.

„Das war heute ein herrlicher Ritt."

„Ja, schön, ich freue mich, mein Kind, wenn du dich gut amüsierst. Aber in Zukunft mußt du dir merken, wenn ich arbeite, darfst du mich nicht stören. Siehst du, da hatte ich soeben einen wunderbaren Übergang zum Adagio, und nun ist wieder nichts."

Erschreckt sieht sie ihn an und weiß nichts anderes hervorzustammeln, als: „Hab ich dich wirklich gestört?"

„Na ja, so schlimm ist es nun gerade nicht. Und du hast es ja auch nicht gewußt. Aber in Zukunft, nicht wahr? Und jetzt, wenn du dich schön ruhig verhältst, kannst du dich dort aufs Sofa setzen und mir zuhören."

Johanna verhält sich ganz ruhig, sie versucht sogar den Atem anzuhalten, um ja nicht zu stören.

Alberti ist aber nicht mehr ganz bei der Sache. Immer wieder nach ein paar Akkorden blickt er flüchtig zu Johanna hin. Plötzlich steht er auf und geht zu ihr.

„Was ist denn eigentlich los, Johanna? Ist denn irgend etwas vorgefallen? Du bist ein wenig verändert."

„Ach", sagt sie seufzend und macht eine wegwerfende Bewegung mit der Hand, „laß nur gut sein."

„Nein, damit ist uns nicht gedient. Also, erzähle schon. Du weißt doch, daß ich für alles Verständnis habe."

„Ach, weißt du — Lobenstein — bisher war er immer so zurückhaltend, und heut auf einmal gesteht er mir, daß er mich lieb habe."

Alberti setzt sich zu ihr, nimmt ihre Hände und streichelt sie.

„Na, na, Kind. Was ist denn da so Schlimmes dabei? Hast du vielleicht gedacht, ich hätte etwas dagegen? Der Lobenstein ist ein sehr sympathischer Mensch. Also, von mir aus steht dir gar nichts im Weg."

Da schaut ihn Johanna mit großen Augen an.

„Aber das geht doch gar nicht. Mein Herz ist ja längst nicht mehr frei."

„So? Na, davon weiß ich ja gar nichts. Wem gehört es denn, wenn ich fragen darf?" meint er lächelnd.

„Dem Toni gehört es immer noch."

Alberti meint, nicht recht gehört zu haben.

„Meinst du den Langegger Toni?"

„Ja, natürlich mein ich den Tonele."

Alberti steht auf und geht mit langen Schritten durch das Zimmer. Dann sagt er, vor ihr stehenbleibend:

„Na, hör aber einmal, Johanna. Das kann doch nichts Richtiges sein. Ich meine — die paar Wochen, in denen dies zustande kam, genügen doch nicht, daß daraus eine so große Liebe entsteht, die notwendig sein muß, wenn sich zwei Menschen fürs Leben verbinden wollen."

„Das war ja schon vorher. Lang vorher schon. Das war eigentlich schon immer da."

„Da durfte es nicht sein. Ihr galtet vor allen Menschen als Geschwister. Ihr selbst wußtet nichts anderes, bis ich kam."

„Ja, vorher stand das Gesetz zwischen uns. Aber das ändert an der ganzen Sache nichts. Wir hatten uns einfach lieb."

„Das muß ja furchtbar gewesen sein. Das Gesetz, sagst du? Ja! Und ihr warft es um?"

„Nein, es war immer zwischen uns. Wir haben sehr viel gelitten."

„Ja, das glaube ich. Das muß ja wie ein Schwert gewesen sein, das zwischen zwei Menschen liegt."

„Das kann man eigentlich gar nicht sagen, wie das war. Es war sehr schicksalhaft, und deshalb ist diese Liebe auch mit nichts auszulöschen. Schau, Vater, ich hab dich lieb. Aber wenn du sagen würdest, ich müßte von Toni lassen, so würde das uns beide trennen."

„Nein, Johanna. Ich mache dir keine Vorschriften, wen du lieben sollst oder nicht. Du selbst mußt wissen, ob du glücklich wirst. Und nachdem nun einer Verbindung nichts mehr im Wege steht, könnt ihr ja heiraten. Mir soll es recht sein."

„Vielleicht — im Herbst?" fragt Johanna, seine Hand fassend.

„Wie du denkst. Du bist die rechtmäßige Besitzerin vom Wieshof — ich habe das alles notarisch festgelegt — und kannst also zu jeder Zeit heiraten. Siehst du, nun ist es doch so, daß der Toni noch Wieshofbauer wird, wenn er es auch von mir nicht annehmen wollte. Jetzt weiß ich, warum Toni mir gegenüber so kalt und fremd gewesen ist. Mir wäre es in seinem Fall schließlich auch nicht anders gegangen. Wenn du bis zum Herbst noch bei mir bleiben willst, ich würde mich freuen. Ich kann dich aber auch nicht halten, wenn du durchaus heim willst."

„Nein, ich bleibe bei dir, bis du mitfährst. Du gehörst doch auch zu mir und mußt doch bei meiner Hochzeit dabei sein."

„Gut, dann ist es beschlossene Sache. Im Herbst fahren wir heim."

15

Es kommt aber ganz anders. Alberti wird krank und wandert von einem Kurort zum anderen. Die berühmtesten Bäder sucht er auf, und Johanna begleitet ihn und bemüht sich um ihn in aufopfernder Pflege.

So gehen zwei Jahre dahin. Johanna ist still geworden. Sie sieht fast selber kränklich aus. Die Sehnsucht nach Toni zehrt an ihr wie ein schleichendes Gift. Sie glaubt noch immer an ihn, obwohl sie seit jener armseligen Karte keine weitere Nachricht mehr von ihm erhalten hat. Sie hat es aufgegeben, ihm zu schreiben, um sich wenigstens diese qualvollen Tage des Wartens auf eine Antwort zu ersparen.

Alberti siedelt in ein Sanatorium in der Schweiz über. Und wirklich nach einigen Wochen geht es aufwärts mit ihm. Da sagt er zu Johanna:

„Nun ist es nicht mehr nötig, daß du dich aufopferst für mich."

„Aber Vater. Von Opfern kann doch keine Rede sein. Du bist mein Vater, ich bin dein Kind. Es ist also nur Kindespflicht."

„Glaubst du, Mädel, ich sehe nicht, wie du Heimweh hast? Darum packe deine Sachen und fahr heim. In vier Wochen komme ich nach. Bis dahin will ich dich wieder frisch und munter sehen. Ich will dich wieder lachen und singen hören."

Johanna reist aber erst ab, als sie von dem leitenden Professor des Hauses die Versicherung hat, daß ihr Vater bereits vollständig gesund sei und nur noch eine kleine Nachkur zu machen habe. In vier Wochen ist er längst auf der Fahrt in die Heimat.

So reist Johanna nach drei Jahren Abwesenheit zurück ins Geiertal.

Ein märchenhaftes Schweigen liegt über der Hochwelt. Die höchsten Gipfel lodern im Sonnenuntergangsfeuer. Die Wände sind schon dunkel. Auch die Almfelder.

Leiser Glockenklang schwingt durch die Dämmerung. Man kann die Kühe wandern sehen, ganz langsam, hügelauf und hügelab, und einmal klingt von fern der helle Juchzer einer Sennerin.

Das letzte Feuer auf den höchsten Gipfeln erlischt. Sie werden violett und dann schnell schwarz. Die Dunkelheit ist da und wirft ihre Hülle über alle Dinge, indessen am Himmel, strahlend und feuerschön, wie man es niemals in Tiefen schaut, die stumme Sternenpracht sich wölbt.

Toni Langegger sitzt vor seiner Hütte, raucht seine Pfeife und träumt den kleinen Wolken nach, die aus ihr aufsteigen und dann im Wind zu wandern beginnen.

Es bleibt nicht lange dunkel, denn hinter den östlichen

Bergen steigt ein bläulicher, sich nach allen Seiten verteilender Schein rasch empor. Immer stärker wird er, und mit einmal schwimmt grell leuchtend und gewaltig wie eine große Sonne der Vollmond am Himmel.

Alles Land verändert sich in seinem Licht. Scharf und gewaltig treten silberübergossen die Spitzen der Berge aus der Nacht. Das Almfeld bekommt mattgrüne Färbung.

Toni sitzt ganz still. Er hat den Abend auf eine geradezu wunderbar gesegnete Weise empfangen, nimmt nun die Nacht zum Geschenk und ist ganz friedsam und still dabei, wenn auch die Gedanken wach werden und sich mit Dingen befassen, die sonst nicht gut sind für ihn. Sehr böse kann er werden, wenn jemand zum Beispiel nach Johanna fragt. Er weiß nichts von ihr, will nichts wissen.

Er führt ein einsames, königliches Leben hier oben. Nur ganz selten geht er hinunter ins Tal. Im Sommer überhaupt nie, denn was er braucht zu seiner Lebensweise, ist auf den Almen zu kriegen. Es ist nicht viel, Milch, Butter und Käse.

Toni kennt die Sennerinnen im ganzen Umkreis, und manche wundert sich, daß er nichts weiter braucht als diese kleinen Dinge, die er bezahlt. Keine warme Wange braucht er des Abends und keinen Kuß.

Für ihn ist das Leben auch so schön. Schön ist es zum Beispiel, am frühen Morgen zu erwachen, die Büchse zu nehmen und zum Äsungsplatz der Gemsen aufzusteigen. Schön ist es auch, von solcher Höhe herunterzublicken in das Tal und hoch über sich den hellen, kriegerischen Ruf eines Adlers zu hören. Das ist soviel für ihn, daß er gar nicht mehr daran denkt, daß einst ein Mädchen sein gewesen ist mit blonden Zöpfen und zwei dunklen Augen, die einmal lichtlos und ohne Glanz waren.

Nur in solchen Stunden, wo er keine Flinte mehr in den Händen hat, der Nachtwind durch die Latschen raschelt und die Glühkäfer um die Hütte schwirren, denkt er an

Johanna. In einer ganz ruhigen, einfachen Art denkt er an sie, so wie man an einen Toten denkt in späten Jahren, den man einmal sehr geliebt hat.

Aber Johanna ist nicht tot. Er weiß das, denn er hat kürzlich einmal den Förster sagen hören, daß nun die junge Gutsfrau bald kommen werde.

Ob sie vielleicht schon verheiratet sei, hat er ganz ruhig gefragt.

Nein, verheiratet sei sie noch nicht. Das werde sie erst tun, wenn sie wieder daheim ist. Vorerst reise sie mit ihrem Vater noch durch die Welt. Der Pfarrer bekommt ab und zu eine Karte. Aber das müsse er selbst doch alles besser wissen.

Nein, der Jäger weiß gar nichts mehr, was diese Sachen betrifft. Schon seit langem hat er nichts mehr von ihr gehört.

Er weiß nur, daß sie ihm einmal Bilder geschickt hat wie zum Hohn. Bilder, auf denen sie mit anderen Männern fotografiert ist, im Strandanzug, mit dem Tennisschläger, zu Pferd. Alles Dinge, die dem Jäger fremd sind, aber die gut gewesen sind, weil sie das letzte aus ihm herausgezogen, was in seiner Seele immer noch für Johanna gewesen ist, das sich einfach nicht totschweigen hat lassen, auch wenn er es noch so sehr versucht hat.

Er hat die Bilder nicht mehr, weil er sie sofort zerrissen und fortgeworfen hat, als hätte er sich die Finger daran verbrannt. Aber er kennt diese Gesichter noch. Des Nachts kommen sie manchmal zu ihm. Besonders das eine, das fast immer neben Johanna gewesen ist auf allen Bildern. Oh, er weiß es noch genau. Eine weiße Hose und ebensolche Schuhe und ein Polohemd, was jener Herr trug: Dieser Mann wird mit ihr kommen und dann mit ihr Hochzeit halten. Und sie wird ausreiten mit ihm am frühen Morgen, und wenn er, der Jäger, ihr etwa begegnet, wird er sehr höflich das grüne Hütchen lüften.

„Guten Morgen, gnädige Frau. Gnädige Frau reiten ausgezeichnet. Viel besser wie der Herr."

Ja, solche und ähnliche Dinge wird er sagen, denn das darf er sich schon erlauben, auch wenn der Herr böse werden möchte.

Das wäre nun nicht gut. Denn in diesen Dingen kennt der Jäger keinen Spaß. Er würde sagen:

„Strapazieren Sie sich nicht, mein Lieber. Wenn ich nicht gewesen wäre, könnten Sie nicht mit ihr ausreiten, denn sie war sehr klein und schutzlos, als sie unter meinen Händen großwuchs."

Und Johanna würde staunen, daß er so eine gewählte Sprache habe. Oh, man kann das schon lernen, wenn man über zwei Jahre übt und keinen anderen Gedanken hat, als den, wie man ihr würdig und gefaßt entgegentritt, wenn sie sich bewogen fühlt, mit Tennisschläger und Reitpferd in die Heimat zurückzukehren.

Solche Gedanken hat Toni auch heute wieder. Und da will er sich einreden, daß er Johanna ganz aus seinem Sinn gelöscht habe?

Ärgerlich steht er auf, klopft die Pfeife an der Hüttenwand aus und legt sich schlafen.

Am Morgen erwacht er sehr früh, tritt vor die Hütte und schaut nach dem Wetter aus. Es wird ein schöner Tag. An der Quelle, die hinter der Hütte herausspringt, wäscht er sich, dann wirft er die Büchse über die Schulter und schließt die Hütte ab.

Heute hat er neben seinem Reviergang auch noch eine andere Arbeit vor. Er wird Holz und Reisig zusammentragen und es hoch oben auf dem Berg zu einem Haufen schichten. Und wenn die Nacht anbricht, wird er ein Feuer anmachen, denn es ist Johanni heute, Sonnenwende. Hell wird es hinausleuchten ins Land, und ganz einsam und allein wird er an seinem Feuer sitzen.

Die Fenster der Jagdhütte brennen im Sonnenlicht. Die Almrosenbüsche bewegen sich sacht im leisen Abendwind, und von ferne hört man die helle Stimme einer Sennerin, die ihre Kühe zum Melken zusammenruft.

Johanna sitzt auf der Bank vor der Jagdhütte und schaut mit ruhigem Blick um sich. Die Rappstute grast hinter der Hütte und läßt ab und zu ein unterdrücktes Wiehern hören.

Es ist absolut nichts Fremdes, was Johanna sieht. Ihr ist, als sei es erst vor ein paar Tagen gewesen, daß sie mit Toni über den gegenüberliegenden Hang geklettert war. Rote Steinnelken hat er ihr gepflückt und ins Haar gesteckt. Kaum zu glauben, daß fast drei Jahre seither vergangen sind.

Gestern erst ist sie gekommen, ist am Abend noch nach dem Geiertal gegangen und wäre am liebsten, als sie das Haus verschlossen fand, sogleich aufgebrochen, um Toni in seiner Jagdhütte zu überraschen. Da aber auf dem Gutshof ihr zu Ehren eine Feier geplant war, mußte sie, um den Leuten die Freude nicht zu verderben, daheim bleiben.

Nun sitzt sie schon vier Stunden hier und wartet auf Toni. Eine lange Zeit, in der man sich gut überlegen kann, was man zu sagen hat. Sie will ihm also wegen seiner Schreibfaulheit gar keine Vorwürfe machen, sondern nur von all dem Herrlichen erzählen, das sie zu sehen bekommen hat.

Plötzlich zuckt sie zusammen.

Toni kommt den Hang herab. Hoch und schlank wandert er durch das Abendrot, und die Büchse hinter seinem Rücken funkelt im Licht. Er gewahrt die Besucherin nicht, bis er vor ihr steht. Und da geschieht das Seltsame. Toni erkennt sie nicht mehr. Nicht, daß vielleicht eine gewisse Absicht dahinterstecken würde, nein, er kennt sie wirklich im ersten Augenblick nicht.

Es ist auch nicht mehr das Hannerl von früher. Herb und streng ist dieses Gesicht geworden. Ihr Mund ist fest zusammengepreßt. Nur diese Augen sind dieselben geblieben. Groß und mit metallenem Glanz liegen sie unter der hohen, weißen Stirn, die nun auch höher erscheint, weil Johanna das Haar zurückgekämmt und im

Nacken zu einem Knoten verschlungen hat. Auch hat er Johanna nur im Gedächtnis mit einem hellen oder geblümten Dirndlkleid, also gerade das Gegenteil von der Kleidung dieser Dame mit enganliegendem Reitdreß.

Aber nun lächelt sie und sagt, ihm die Hand reichend:

„Grüß Gott, Toni!"

An ihrem Lächeln erkennt er sie plötzlich, und sein Gesicht verändert sich augenblicklich. Kaum, daß er ihre Hand berührt, läßt er sie schon wieder los, greift unter dem Türbalken nach dem Schlüsselbund und sperrt die Hütte auf.

Ganz benommen folgt sie ihm.

„Hast du mir denn gar nichts zu sagen?" fragt sie mit einem weinerlichen Klang.

„Ich? Was soll ich denn sagen? Daß die Balzzeit der Auerhähne gut war? Oder, daß mein Herr im Vorjahr achtundzwanzig Gemsböcke geschossen hat? Wird dich nicht besonders interessieren. Und sonst gibt's net viel Neues bei mir. Du wirst ja viel erlebt haben?"

Mit ein paar Schritten ist sie bei ihm und umklammert seinen Arm.

„Toni! Sag mir doch um Gottes willen, was los ist! So wie du redest, möchte man beinahe glauben, du hättest alles aus deinem Herzen gerissen, was uns einst verband."

Er sieht an ihr herunter, betrachtet sie schweigend, mit kalter Aufmerksamkeit und sagt dann, indem er sich von ihr losmacht:

„Ja, das ist nun so, Johanna, daß ich von allem nichts mehr weiß, was einmal war. Drei lange Jahre Einsamkeit haben alles zugedeckt. Es ist überhaupt gut, über vergangene Dinge so wenig wie möglich zu reden."

„Das Wiedersehen habe ich mir ganz anders vorgestellt", sagt sie leise und zieht die Reitpeitsche nachdenklich durch die Finger.

Wieder sieht er sie an, dann gehen seine Augen in den fallenden Abend hinaus, wo sie bleiben.

„So? Wie hast du dir denn das vorgestellt? Hast du geglaubt, ich würde närrisch sein vor Freude?“

„Ich habe vor allem an nichts Unmögliches geglaubt. Und, daß unsere Liebe in deinem Herzen erlöschen könnte, war mir bis vor wenigen Minuten unmöglich vorstellbar. Die Zeit der Trennung war doch nicht so lange.“

„O lala“, sagt er und zieht die Augenbrauen hoch. „Sehr lang war die Zeit, und ich habe mit dem Auslöschen schon begonnen, als du von mir fortgingst.“

Dann wäre es ja zwecklos, wenn sie noch bliebe, meint sie.

Er wolle sie natürlich nicht vertreiben, erwidert er ironisch. Sie könnte sich sonst über seine Unhöflichkeit beim Herrn Grafen beschweren, denn nun sei sie ja auch eine feine Frau, die es nicht nötig habe, sich von einem Jäger beleidigen zu lassen. Der Herr Graf möchte ihm darob eine schöne Nase geben, und das sei ihm bisher noch nie passiert. Wenn sie bleiben wolle, so würde er ihr gern seinen Strohsack zur Verfügung stellen, denn es wäre auch zu gefährlich, in der Nacht heimzureiten, da das Pferd doch den Weg nicht kenne. Er würde bis in einer Stunde vielleicht, wenn es ganz dunkel ist, ein Feuer anmachen, weil doch Johannisnacht sei.

Seine Augen kehren wieder zu ihr zurück. Er versucht sogar ein leises Lächeln jetzt, und seine Stimme ist ganz freundlich, als er sagt:

„Da fällt mir nun gerade ein, daß ja heute dein Namenstag ist. Wenn du willst, wollen wir ihn feiern. Auf einfache Weise natürlich, mit Bier und Rauchfleisch, das noch im Keller ist.“

„Am liebsten würde ich heimreiten“, antwortet sie mit einer Stimme voller Qual.

Er hat aber die Kellertür schon hochgehoben und tut, als hätte er ihre Worte nicht gehört. Und als er nach wenigen Minuten wieder zurückkommt, ist noch immer das leise, fast feierliche Lächeln in seinem Gesicht.

„Eigentlich freut es mich“, sagt er nach einer Weile,

während er eine frische Kerze in den Flaschenhals steckt und anzündet, „ja, wirklich, es freut mich, daß du mich besuchst. Wann bist du denn gekommen?"

„Gestern. Aber, wenn ich das gewußt hätte, wäre ich am liebsten fortgeblieben."

„Ein wenig Rasten in der Heimat tut dir sicher gut. Du kannst ja immer wieder fort, wenn es dir nicht mehr gefällt."

„Ja, das wird wohl das beste sein." Sie trinkt, und ihre Hand zittert dabei. Das Gesicht des Mannes ihr gegenüber getraut sie sich kaum mehr zu betrachten, und wenn er redet — und er redet plötzlich sehr viel —, schwingen seine Worte an ihr vorbei. Sie merkt, daß er nur so viel redet, um ihr zu beweisen, daß er wirklich alles vergessen hat, was einmal zwischen ihnen war.

Und plötzlich steht er auf.

„Jetzt könnten wir das Feuer anzünden. Schau hinaus, im Umkreis brennen sie schon alle."

Wortlos erhebt sie sich und folgt ihm. Noch unter der Tür gedenkt sie heimzureiten. Aber da nimmt er das Pferd, bindet es an den Pfosten und meint: „Net, daß er inzwischen fortlauft."

Auf dem Weg zur Feuerstätte sprechen sie wieder kein Wort. Es geht ja auch sehr steil aufwärts.

Es macht ihm einige Mühe, das Feuer zu entfachen, denn der Wind geht ein wenig scharf von den Wänden herüber. Aber dann beginnen die dürren Reiser doch zu glimmen, und im Nu reckt sich eine gewaltige Feuergarbe gen Himmel.

Mit verlorenem Blick starrt Johanna in die Flamme, wie sie steigt und lodert und sinkt. Wie die Funken aufsteigen, hoch in das Dunkel der Nacht hinein. Wie der Wind den Rauch empfängt und ihn fortträgt. Und sie sieht den Mann, den sie über alles liebt, am Feuer sitzen, gebeugt, die Hände um die Knie geschlungen. Und sie hätte aufschreien mögen vor Schmerz und Trauer. Da sagt er:

„Setz dich doch auch her zu mir. Du wirst doch nicht Angst haben vor mir?"

Man könnte Angst haben vor ihm, denkt sie verzweifelt, setzt sich neben ihn, rückt aber gleich darauf einen Schritt zurück, denn die Hitze ist kaum erträglich.

„Geh doch zurück", sagt sie, „wie leicht können Funken deine Kleider versengen."

„Besser die Kleider als das Herz", antwortet er und blickt über die Schulter flüchtig nach ihr zurück. „Überhaupt, eine Lederhose fängt nicht so leicht Feuer!"

„Ach, Toni! Wenn du nun nichts anderes mehr zu reden weißt, dann laß mich gehn."

„Bitte", sagte er ruhig und macht eine gnädige Handbewegung. „Ich kann dich net halten."

Da rückt sie wieder näher zu ihm und legt ihre Hand auf seine Schulter.

„Toni, es muß nun Klarheit zwischen uns kommen. Sag mir die Wahrheit: Hast du ein anderes Mädchen?

Erst lacht er, schürt mit einem Ast das Feuer und sagt dann, daß sie das ihm zumute, beweise wieder, wie weit sie sich voneinander innerlich getrennt haben. Es sei ja nicht so, daß er Tennis spiele oder ausreite. Und wenn der besagte Herr in weißen Hosen erfahren würde, daß sie mit ihm nun mitten in der Nacht am Feuer sitze, so würde er ihr wahrscheinlich böse werden, denn alle Menschen seien nicht so geduldig wie er. Ob der Herr vielleicht im Wieshof drunten voll Bangen auf sie warte?

„Auf mich wartet niemand."

„Bist du allein gekommen?"

„Ja, ich bin allein gekommen. Wer sollte auch bei mir sein? In meinem Herzen ist nie für einen anderen Platz gewesen als für dich." Sie stößt mit der Spitze ihres Reitstiefels einen glühenden Tannenzapfen näher zum Feuer hin und spricht weiter: „Ich habe längst erkannt, Toni, daß du mich vergessen hast. Warum, das will ich gar nicht wissen, aber das eine bitte ich dich: Glaube mir, daß ich dir treu gewesen bin."

„Das war unnötig, Johanna, denn in dem Augenblick, wo du mich verlassen hast, habe ich einen Strich gemacht unter unsere Liebe. Du hast noch lang in mir gewohnt, aber allmählich habe ich es dann doch fertiggebracht, dich zu vergessen. Und nun haben sich die Verhältnisse doch so geändert, daß wir auch äußerlich nicht mehr zusammenpassen. Du bist die reiche Herrin vom Wieshof, ich bin ein Jäger und will es bleiben. Die Leut wissen jetzt alle, daß wir keine Geschwister sind, und wenn sie mich und dich so allein sehen, dann fangen sie an, zu reden, und schaden deinem guten Ruf."

„Tonele", schreit sie auf, und es ist derselbe Klang in ihrer Stimme, den er noch kennt aus vielen glücklichen Stunden.

Aber unbeirrt spricht er weiter. Es könne nie mehr so werden wie es einmal war, denn es seien immerhin Jahre seit damals vergangen und er wisse nicht, was alles in der Zeit geschehen sei. Wenn sie auch sage, daß sie treu gewesen sei, so könne sie doch nicht so ohne weiteres verlangen, daß er es glaube. Ja, das sei nun vielleicht nicht ganz recht von ihm. Aber er sei eben so geworden. Es sei immer so, daß er sich die Ohren zuhalten müsse, wenn Talwind das Rollen der Eisenbahnwagen bis zu ihm herauftrüge, denn das erinnere ihn an den Tag, an dem das Liebste, das er besessen, fortgefahren sei in die Welt, zum Reiten und Tennisspielen.

Erst als Toni schweigt, hebt Johanna die Augen, sieht, wie das Feuer gerade zum letztenmal aufzuckt und dann erlöscht. Sie sieht auch das Gesicht des Mannes, das abweisend ist und kalt, wie sein ganzes Wesen rätselhaft und unnahbar geworden ist. Sie fühlt: es ist zu Ende. Es hätte ein Abend werden sollen voll Glück und frohem Wiederfinden nach langer Trennung, und statt dessen ist jetzt ihr Traum zerstört. Sie muß fort, so schnell sie kann. Deshalb gibt sie keine Antwort, steht schweigend auf und geht fort. Sehr aufrecht und sehr langsam geht sie. Und während des ganzen Weges bis zur Jägerhütte preßt sie die Hände mit aller Kraft um den Knauf der Reitpeitsche, als könne das ihr einen Halt geben.

Toni folgt ihr nicht. Er hört, wie sie das Pferd losbindet und in den Sattel steigt. Es ist nicht so viel Kraft in ihm, daß er aufstehen könnte, um ihr nachzueilen und zu sagen, daß sie bleiben solle, weil ihr leicht etwas passieren könne auf dem Ritt durch den dunklen Wald. Aber er spürt, daß, wenn er ihr jetzt folgt, etwas geschehen müßte, was nie mehr gutzumachen wäre. Er würde sie vielleicht in die Arme reißen und küssen. Und damit wäre er sich selbst und seinem schon vor Jahren gefaßten Vorsatz untreu geworden.

Er hört sehr lange den Hufschlag und wird dann traurig, so traurig, fast wie damals, als sie aus dem abfahrenden Zug zurückgewinkt hatte. Und ganz langsam steht er auf und geht in die Hütte hinunter.

Er steht dann in dem kleinen Raum, hält den Atem an.

Das Unglaubliche ist geschehen. Johanna war zu ihm gekommen und er hat sie wieder gehen lassen, ohne ein einziges liebes Wort. Er hat sie mitgenommen zu seinem Feuer, das sie hätte erwärmen können, hatte aber nur Worte gehabt, kalt und mitleidlos, so daß sie innerlich gefroren haben mußte. Fast ist er böse auf sie, daß sie überhaupt gekommen ist, denn er ist so friedsam und ruhig gewesen die ganze Zeit her. Und nun ist der Schmerz in seinem Herzen wieder da, und er fühlt deutlicher denn je, daß er sich immer selbst belogen hat, wenn er sich einredete, Johanna vergessen zu haben.

Ein wilder Aufruhr ist in ihm, und kaum graut der Morgen, da nimmt er die Büchse und rennt in den Wald.

Es kommt nun öfters vor, daß der Jäger so weit heruntersteigt, bis er von einer Lichtung aus den Wieshof vor sich liegen sieht. Stundenlang liegt er im Dickicht und hat immer das Fernglas bereit, wenn sich im Hof das Geringste rührt.

Aber nur die ersten paar Tage sieht er Johanna aus dem

Hof reiten und in Richtung nach dem Geiertal verschwinden. Dann bekommt er sie nicht mehr zu Gesicht, und der Gedanke, daß sie wieder fortgereist sei, preßt ihm fast das Herz zusammen.

Als er einmal wieder auf der Lauer liegt — es mag vielleicht vierzehn Tage nach Johannes Besuch sein, steht plötzlich der Förster vor ihm:

„Na, Toni? Was suchst denn da unten? Eine geschlagene halbe Stunde seh ich dir jetzt schon zu. Geh halt hinunter, wenn du deine Schwester gern sehen möchtest. Du benimmst dich gerade wie ein verliebter Primaner, der seine Geliebte nur von fern anbetet."

Verlegen steht Toni vor seinem Vorgesetzten.

„Meine Schwester ist sie ja nimmer", sagt er dann und merkt im selben Augenblick, daß es wohl dumm war, dies zu sagen, denn der Förster lacht herzhaft auf.

„Alle Leute im Dorf halten euch auch weiter für Geschwister, auch wenn ihr es vor dem Gesetz nicht mehr seid. Ich habe schon ein paarmal reden hören, warum du eigentlich das Haus im Geiertal nicht verkaufst und auf dem Wieshof ein paar Zimmer nimmst. Das steht dir doch sicherlich zu, wo du doch Johanna eigentlich großgezogen hast."

„Vielleicht mach ich's noch", antwortet Toni zerstreut und wendet sich bergwärts.

Kopfschüttelnd sieht ihm der Förster nach und denkt:

Irgend etwas muß da nicht in Ordnung sein. Seit vierzehn Tagen ist der Toni wie umgewandelt. Ob das wohl mit der Rückkehr Johannas zusammenhängt?

Auch im Dorf wird darüber gesprochen, denn man erwartete ohne weiteres, daß mit der Rückkehr Johannas auch Toni im Wieshof einzieht. Man kann es sich gar nicht anders vorstellen, als daß diese beiden Menschen, die so lange einträchtig als Geschwister zusammenlebten, auch weiterhin zusammengehören. Toni könnte ruhig als Verwalter fungieren, Johanna müßte dann keine fremde Kraft bezahlen.

Von all dem Gerede weiß Johanna nichts.

In den ersten Tagen nach dem Besuch bei Toni war wilder Trotz in ihr. Sie redete sich ein, nun fertig zu sein mit dem Menschen, der ihr so weh getan hatte, und sie beschloß, in der Arbeit Vergessen zu suchen. Sie nahm sich auch tatkräftig der Wirtschaft an, ließ sich vom Verwalter in alles einführen und griff selber fest mit an, denn man stand mitten in der Heuernte. Mitunter aber rief sie plötzlich einem der Knechte zu: „Sattle mir das Pferd!" Und dann gab sie dem Rappen die Sporen, um ihre brennende Sehnsucht stillzujagen.

Das Gesinde auf dem Hof ist wie umgewandelt, seit Johanna da ist. Die meisten sind noch aus jener Zeit, wo Johanna als Blinde unter ihnen war. Es war nicht immer leicht mit dem neuen Verwalter. Aber nun ist es anders. Ein freundliches Lächeln der jungen Herrin, ein guter Zuruf, ein Scherz, immer hat sie das richtige Wort für jeden, der für sie und mit ihr schafft.

Aber nun hat sie sich plötzlich verändert. Man sagt, daß sie krank sei, denn sie kümmert sich weder um die Heuernte, noch um die Leute. Sie liegt im Garten im Liegestuhl, hat ein Buch in der Hand, liest aber nicht.

Johanna hört die Gespanne am Abend zurückkehren, sie hört die Sensen dengeln und weiß, daß die Knechte jetzt warten, daß sie vorbeigeht und fragt, wie es heute gewesen sei und was nun morgen gemäht würde. Aber sie hat zu nichts mehr Lust und Freude und ist fest entschlossen, abzureisen.

Stundenlang denkt sie darüber nach, was sie denn so Schlimmes getan habe, daß Toni nichts mehr von ihr wissen wolle. Womit sie dies alles verdient habe?

Als sie wieder einmal im Garten sitzt und über diese Fragen nachgrübelt, geht der Förster am Zaun vorüber. Es ist zu früher Morgenstunde, und man unterhält sich ein wenig über das prächtige Wetter. Auf einmal sagt der Förster, indem er über den Wald hinaufblickt: „Heute wird er wieder herunterschauen auf den Wieshof."

„Wer sollte runterschaun?“

„Ja, das muß ich Ihnen erzählen.“

Und der Förster erzählt von Tonis sonderbarem Verhalten während der letzten vierzehn Tage. Johanna hört zuerst befremdet zu, aber dann hätte sie laut aufjubeln mögen, denn das alles sagt ihr, daß Toni sie noch immer liebt und es nur verbergen will.

Als der Förster weggeht, eilt sie sofort in den Hof und ruft unter der Haustür einem Knecht zu, das Pferd zu satteln. Hell und fröhlich klingt ihre Stimme, und als der Knecht schüchtern einwendet, daß die Pferde alle gebraucht würden, weil heute das letzte Heu hereingeschafft werden solle, sagt sie freundlich, daß sie dann zu Fuß gehen wolle. Und wenn sie am Abend nicht heimkommen sollte, so brauche man sich keine Sorge zu machen, weil sie dann beim Toni sei.

Sie geht in ihre Kammer, wählt unter ihren Kleidern ein derbes Leinendirndl, legt die Zöpfe wie früher über die Stirn und greift nach dem Bergstock.

Sie singt, während sie aus dem Hof geht, und winkt ihren Leuten zu, die auf der Wiese sind.

Rüstig steigt sie aufwärts und glaubt es kaum mehr erwarten zu können, bis sie die erste Alm erreicht. Nach kurzer Rast bricht sie dort wieder auf und kommt zur Jägerhütte, als man vom Dorf herauf ganz dünn elf Glokkenschläge hört.

Die Hütte ist verschlossen. Aber Johanna hat damals gesehen, wo er den Schlüssel verbirgt, und greift unter den Türbalken.

Zuerst macht sie in der Stube ein wenig Ordnung, dann will sie etwas kochen, und wenn er bis zum Abend noch nicht zurück sein sollte, dann wird sie sich auf sein Strohlager legen und warten, bis er kommt. Und es wird gerade wieder so sein wie vor Jahren in dem kleinen Haus im Geiertal, wenn er spät am Abend heimkam von der Holzarbeit und dann bei ihr saß und ihre Hände hielt.

Als sie nun auch den Strohsack aufschüttelt, findet sie

darinnen recht merkwürdige Dinge, wenn ihr im Augenblick auch nicht recht klar wird, was sie bedeuten sollen. Was kann ein Jäger zum Beispiel anfangen mit einer roten Seidenschleife, die sie als Kind getragen hat? Die Briefe, ja das kann sie schon verstehen, daß sie zusammengebunden in der Ecke des Strohsackes liegen. Aber das Haarband?

So sitzt sie nun am Bettrand, hält die Schleife in den Fingern, und es wird ihr nun mit einem Mal gar nicht mehr schwer, zu erraten, warum der Toni dieses kleine Symbol so treulich und sorgsam aufbewahrt hat.

Alles war also Lüge gewesen, was er ihr da oben auf dem Berg in der Johannisnacht gesagt hat. Sie hat nur nicht erkannt, daß er dahinter seine ungebrochene Liebe verbergen wollte. Aber nun hat sie den Mut und die Kraft und den Beweis, ihm das alles zu widerlegen. Und so freudig wird ihr zumute, daß sie vor die Tür tritt, die Hände trichterförmig vor den Mund hält und einen hellen Juchzer in den Mittag hinausschreit.

Von weiter unten antwortet eine Mädchenstimme, aber solange Johanna auch horcht, Toni antwortet nicht.

In leuchtender Sonnenpracht ragen ringsum die Berge hoch, und der Gipfel des Hohen Riffl ragt einsam, goldumschimmert über alle anderen empor.

Schon legt sie die Briefe und die Schleife wieder in den Strohsack zurück, sperrt die Hütte ab und macht sich auf den Weg zum Hohen Riffl.

Rasch steigt sie den steinigen Pfad empor. Sie ist mit dem Toni schon einmal zum Hohen Riffl hinauf und weiß noch gut, wie er sie sorgsam auf jeden Griff aufmerksam machte und, wenn sie zauderte, sie mit starker Hand emporzog zu einem festen Stand. Das war damals, als sie aus ihrer verdunkelten Welt herauskam und zum erstenmal die Berge ganz nahe in ihrer majestätischen Schönheit sah. Ihre Augen waren damals noch ein wenig unsicher und geblendet.

Heute meint sie nun, die Tour auch allein bezwingen

zu können, sie fühlt sich ja so stark und mutig in dem Bewußtsein, daß Toni sie noch liebt.

Bald aber muß sie merken, daß es doch nicht so leicht ist. Ein Stein saust die Wand herab und hätte sie beinahe getroffen, weil niemand da war, der ihr „Achtung! Steinschlag!" zugerufen hätte.

Sie beginnt, vorsichtiger zu klettern, beißt die Zähne zusammen und zieht sich mit den Händen hoch.

Nur ganz langsam kommt sie weiter. Ja, es ist nicht so einfach. Die Berge lassen sich nur von dem Starken bezwingen. Nur von ihm dulden sie schweigend, daß er ihnen sieghaft den Fuß aufs Haupt setzt. Den Schwachen aber vernichten sie schonungslos.

Johanna fühlt sich wohl stark genug, obwohl ihr der Schweiß in dicken Tropfen über die Stirn rinnt. Manchmal rutscht sie ab, strauchelt und klebt dann zitternd am Gestein. Aber je mehr sich der Berg sträubt, sie hinaufzulassen, desto fester erwacht in ihr der Wille, ihn zu bezwingen.

Ein Adler zieht hoch über ihr seine stolzen Kreise, stößt einmal nieder und schießt so nahe an ihr vorbei, daß sie den Wind seiner Schwingen spürt.

Entsetzt schreit sie auf und erschrickt vor dem Echo, das höhnend aus den Wänden zu ihr zurückspringt. Ganz still ist es dann, so still wie in einer großen Gruft, in der Tote schlafen.

Johanna lacht, sie will sich gleichsam Mut machen mit ihrem eigenen Lachen. Sie blickt empor zum Gipfel und erschrickt vor der Nacktheit der Wand, die sich fast senkrecht emporzieht.

Umkehren? Nein!

Ihre Augen suchen und finden immer wieder einen Halt für die Hände und Füße, wenn es auch nur eine ganz kleine Schrunde, ein unbedeutender Riß in der grauen, mächtigen Brust des Berges ist. Dort wuchert sogar ein dürrer Latschenbüschel heraus. Ihre Hände greifen danach. Aber schon beim ersten Griff erschrickt sie tödlich, denn schon hat sie erkannt, daß diese Wurzel keinen Halt bietet. Aber noch ehe sie sich davon abstemmen kann, kracht es und Johanna verliert den Boden unter sich.

Sie schreit gellend auf, fühlt einen schmerzlichen Aufschlag und dann nichts mehr.

Den Schrei hört Toni Langegger, als er von der Pirsch heimkehrt in seine Hütte. Er bleibt stehen und horcht, aber es kommt kein Laut mehr von dort oben herunter. Wird wohl wieder so ein städtischer Tourist gewesen sein.

Als er in die Hütte tritt, stutzt er. Was ist denn da los? Er hat doch heut früh nicht zusammengeräumt?

Er sieht sich verwundert um, und da entdeckt er auf seinem Strohsack ein kleines, weißes Spitzentuch mit dem Monogramm J. A.

Johanna war also hier. Warum ging sie wieder, bevor er kam? Natürlich, er hat sie ja das letzte Mal dementsprechend behandelt.

Er läuft hinunter zur nächsten Alm und fragt, ob Johanna vorbeigekommen sei.

Ja, um die Mittagsstunde. Und am Nachmittag habe man sie zum Hohen Riffl gehen sehen.

Eine entsetzliche Angst überfällt ihn, er beginnt zu rennen und klettert wie gehetzt in den Wänden umher.

15

Als Johanna aus der Ohnmacht erwacht, fallen ihre Augen auf eine grobgezimmerte Tür, an der ein paar Gewehre und ein Rucksack hängen.

Ein Licht brennt auf dem Tisch, und ein braungebrannter Mensch sitzt davor.

„Tonele . . .“, sagt sie leise.

Toni hebt den Kopf, steht auf und kommt zu ihr.

„Na also", sagt er gar nicht unfreundlich. „Das wäre ja noch gut abgegangen."

„Wie komm ich denn hierher?" fragt sie und bewegt sich ein wenig, preßt aber sofort die Lippen zusammen, um den Schmerz, den die Bewegung ihr verursacht, zu verbeißen.

„Ja, ja, das kommt davon, wenn man so eigensinnig ist —", sagt Toni. „Wie kannst du nur allein auf den Riffl steigen wollen?"

„Ich war doch schon fast oben. Aber da ist die Wurzel ausgerissen."

Er neigt sich über sie. Johanna versinkt in das tiefgoldene Licht dieser Augen. Lachen, Sonne, Seele, liegt in ihnen.

„Ja", sagt er lächelnd, „du hast halt g'meint, Bergsteigen sei auch so leicht wie Reiten oder Tennisspielen."

„Ach du. Wie oft wirfst mir denn das noch vor?"

„Ruhig sein, Kind. Jetzt heißt es wieder parieren wie früher, weißt schon, als du noch so ein kleines Putzerl warst und ich dich habe waschen und kämmen müssen."

„Ja, und mit einer roten Schleife hast du mir die Haare immer zusammengebunden."

Er wird verlegen und bemüht sich, es nicht zu zeigen, indem er forsch sagt: „Also, gebrochen hast du dir nichts. Nur ein paar Prellungen. Du kannst von großem Glück sagen. Und jetzt wird wieder weitergeschlafen. Ich muß zum Dienst, es geht auf drei Uhr zu."

Er geht von ihr weg und löscht die Kerze aus.

„Wann kommst wieder, Tonele?"

„Das weiß ich noch net genau. Wenn ich mit dem Dienst fertig bin, dann geh ich zum Wieshof und sage, daß sie dich nunterschaffen."

Er sagt dies mit abgewandtem Gesicht, hängt dabei Gewehr und Rucksack um und wartet ängstlich auf eine Antwort. Aber sie sagt nichts, sie denkt nur: Er will mich also nicht bei sich hier oben haben.

Nun steht er fertig zum Pirschgang vor ihr. Johanna

streckt den nackten Arm unter der Decke hervor — es ist dieselbe Gebärde wie vor vielen Jahren, wenn er in der Morgendunkelheit an ihrem Lager vorüberging. — „Behüt dich Gott", sagt sie dann und kann kaum das Weinen unterdrücken.

Und plötzlich sind alle Jahre wie ausgelöscht. Er kniet vor ihr nieder, legt seine Wange an ihren Arm.

„Hannerle . . ."

„Laß mich bei dir, Tonele."

„Untersteh dich nur und laufe mir noch mal davon!"

Das klingt so komisch, daß sie hell auflachen muß. Und dann küßt sie ihn, zum erstenmal nach langer Zeit.

Er kniet noch immer vor ihr, ganz behutsam legt er seine Hände um ihr Gesicht.

„Nun ist alles gut."

Und immer wieder küssen sie sich. Die Zeit verrinnt wie im Traum, und die Morgensonne leuchtet zu ihnen herein und zeichnet goldene Reflexe an die Wand.

Es beginnt eine herrliche Zeit für die beiden. Johanna kann sich das Leben anders gar nicht mehr vorstellen und denkt schon daran, im Winter in das kleine Haus im Geiertal zu gehen. Bis dann sind sie dann Mann und Frau. Den Wieshof könnte man verpachten.

Aber es kommt anders. Eines Tages steht Alberti gesund und braungebrannt vor ihr. Sie kocht gerade das Abendessen für Toni, als ihr jemand von hinten die Augen zuhält und fragt: „Wer ist es?"

In ihrer Verwirrung weiß Johanna nicht recht, was sie sagen soll, und tippt zuerst auf den Toni, merkt aber gleich, daß sie danebengeraten hat. Denn wenn es der Toni wäre, er hätte sie jetzt sicher losgelassen und in seine Arme genommen.

Zum zweitenmal tippt sie auf den Förster, und erst als Alberti merkt, daß sie es gar nicht erraten kann, nimmt er die Hände von ihren Augen und dreht sie zu sich herum.

„Du bist es! Ich hätte es mir aber denken können. Dem Toni seine Händ' sind nicht so weich."

„Dafür lassen sie nicht mehr aus, was sie einmal halten", lächelt Alberti. „Wo steckt denn der Toni?"

„Ich weiß nicht, wo er so lange bleibt. Er muß doch wissen, daß das Essen fertig ist. Das wird noch was dauern, ehe ich dem Pünktlichkeit beibringe. Aber wenn du da bist, brauchen wir ihn nicht unbedingt."

„Soll ich das so auffassen, daß ich dir gleich viel wert bin, Johanna?"

„Gleich viel?" Nachdenklich bewegt Johanna die Brauen, obwohl diese Frage keines so großen Nachdenkens wert ist. Sie liebt diesen großmütigen Mann, wie ein Kind eben den Vater liebt. Das mit dem Toni ist eine ganz andere Liebe.

„Ja, ich weiß, was du sagen willst", unterbricht Alberti ihre Überlegungen. „Zuerst kommt der Toni und dann ich. Das ist auch ganz in Ordnung so. Und ich bin jetzt hier, weil ich mit dem Toni ein sehr ernstes Wort zu reden habe."

„Ja aber, bitt gar schön, net grob sein mit ihm."

„Nur keine Angst, ich tu ihm schon nichts zuleid. Aber es wäre mir ganz lieb, wenn du ihm einmal klarmachen könntest, daß er mich ein bißchen freundlicher behandelt, denn schließlich will ich ja auch nur sein Bestes."

„Aha", sagt jemand im Hintergrund, und als die beiden sich umdrehen, steht Toni unter der Tür. Seine Brauen sind finster zusammengeschoben.

„Die Johanna soll wohl wieder fort?" fragt er barsch. Er zieht die Büchse herunter und hängt sie an den Rechen. „Das kann ich mir ja denken. Wenn Sie so unverhofft dahergeschneit kommen, hat das für mich nix Gutes zu bedeuten."

„Toni", mahnt Johanna mit leiser Stimme.

„Ja, ja, ich kusch mich schon", knurrt er.

Alberti tritt jetzt vor. In seinen Augen ist ein tiefer Ernst.

„Vor mir braucht sich niemand zu kuschen. Menschen, die das tun, waren mir nie sympathisch. Aber du könntest mir wohl die Hand geben, meinst du nicht?"

Tonis Handdruck ist so stark, daß Alberti schmerzlich die Lippen verzieht.

„Du hast recht, Toni", sagt er dann. „Ich bin gekommen, weil ich es nicht für richtig finde, daß ihr zwei so allein da heroben seid."

Toni sucht Johannas Blick.

„Hab ich's net gleich gesagt? Er bringt nix Gutes."

„Vielleicht doch", lächelt Johanna. „Du mußt ihn nur auch zum Reden kommen lassen."

„Gut, dann soll er reden."

„Ja, das ist leider nicht mit zwei Worten gesagt, lieber Toni. Aber wollen wir uns nicht wenigstens setzen?"

„Eigentlich wär's ja jetzt Zeit zum Essen", sagt Toni unversöhnlich.

„Das können wir vielleicht nebenbei. Das heißt, wenn ihr für mich alten Mann eine Kleinigkeit übrig habt."

„Aber Vaterl", schmollt Johanna vorwurfsvoll. „Lieber würde ja ich nix essen."

„Ja, du, das weiß ich schon", lacht Alberti. „Von dir bekäm ich ja alles. Bloß dein Herz nicht, weil es aus mir unbegreiflichen Gründen diesem rauhbeinigen Burschen gehört."

Toni spitzt die Ohren wie ein Hase im Krautacker, wenn er den Klang einer Pflugschar hört.

„Mir?" fragt er. „Davon ist mir nix bekannt."

Johanna trägt die Suppe auf und schöpft zuerst dem Vater heraus.

Schon wieder er der erste, will Toni sagen, verschweigt es aber lieber. Alberti probiert den ersten Löffel. „Nicht schlecht", meint er. „Wenn du alles so gut kochen kannst, wird es Zeit zur Hochzeit."

Toni und Johanna sehen sich betroffen in die Augen. Alberti aber wendet sich jetzt an Toni:

„Du kannst dich doch noch erinnern, Toni, daß ich dir

den Wieshof angeboten habe. Das hast du abgelehnt. Warum du es getan hast, ist mir heute noch nicht klar."

„Ich hab meine Gründe schon gehabt", antwortet Toni.

„Deine Ablehnung war schuld, daß ich dann einen Verwalter für den Hof nehmen mußte."

„Ein guter Verwalter ist immer noch besser als ein schlechter Bauer."

„Ja, ein guter Verwalter. Als ich gestern ankam, habe ich die Wirtschaftsbücher durchgesehen und bin dabei auf Betrügereien gestoßen, die haarsträubend sind. Ich kann den Mann keinen Tag mehr auf dem Hof dulden. Vielleicht glaubst du es nicht, wie weit es an allem fehlt. Ein schlechter Bauer wäre immer noch besser gewesen als ein ungetreuer Verwalter. Nebenbei bemerkt, ich glaube nicht, daß du ein schlechter Bauer wärst."

„Das kann man vorher nie wissen", weicht Toni aus.

„Aber ich weiß es, Toni. Ein Mensch wie du erfüllt seine Pflicht, noch dazu, wenn es auf eigenem Grund und Boden ist. Und darum biete ich dir heute den Wieshof zum zweitenmal an, und zwar unter der Bedingung, daß ihr beide so schnell wie möglich heiratet."

Toni legt seinen Löffel weg und schaut stumm in Johannas leuchtende Augen.

„Hast das g'hört, Hannerl?"

„Ich weiß", spricht Alberti weiter, „du wirst mir entgegenhalten, daß dir dein Jägerberuf über alles geht. Ich verstehe das sogar und habe auch da bereits an eine vernünftige Lösung gedacht. Im nächsten Jahr wird die Gemeindejagd frei, und es ist schon so gut wie sicher, daß ich sie pachten kann. Nicht für mich, sondern für dich."

„Das kommt alles so überraschend für mich", sagt Toni mit einem tiefen Atemzug. „Ich meine für uns. Man müßte ein Narr sein, wenn man so ein Angebot ausschlagen tät. Was meinst du, Hannerl?"

„Da gibt es doch nichts mehr zu überlegen, Toni. Du lieber Herrgott im Himmel, ich dank dir, daß du alles so gut gefügt hast."

„Also, Kinder, dann wartet nicht mehr lange. In vier Wochen kann die Hochzeit sein. Das geht doch?"

„Ja, ich weiß nicht", schnauft der Toni beklommen, „der Dienst . . ."

„Freilich geht es", sagt Johanna um vieles resoluter als der Toni. „Ich möcht bloß wissen, worauf wir jetzt noch warten sollten."

Da steht der Toni auf und reißt sie an seine Brust, daß sie unter seinem Ungestüm leise aufstöhnen muß.

„Gut", jauchzt er. „Dann wird geheiratet. Lang genug hab ich warten müssen auf dich."

„Oder ich auf dich", gibt Johanna lachend zurück und wendet sich an Alberti. „Weißt du, Vater, als ich ihn das erstemal besucht hab, da hat er mir weismachen wollen, daß er mich nicht mehr gern hat."

„Aber bloß, weil du so vornehm geworden bist", verteidigt sich Toni.

„Nur äußerlich", stellt sich Alberti hinter Johanna. „Im Herzen ist sie immer die gleiche geblieben, und ich weiß es doch, daß sie nie einen anderen Gedanken gehabt hat als nur dich."

„Es war ja bei ihm nicht anders. Ich war ganz verzweifelt damals. Aber dann hat der Förster mir was gesagt, und ich bin herauf und hab in seinem Strohsack allerhand gefunden, an dem ich merkte, daß er mich immer noch gern und mich nie vergessen hat."

„Was gemerkt? Strohsack?" stottert Toni in grenzenloser Verlegenheit und ist so rot im Gesicht, als hätte man einen Farbkübel über ihm ausgeschüttet.

Alberti amüsiert sich über Tonis Verlegenheit und legt ihm die Hand auf die Schulter.

„Um so einer Liebe willen brauchst du dich nicht zu schämen, Toni."

„Ich werd mich schon dankbar erweisen", sagt der Toni und fährt sich mit dem Handrücken schnell noch einmal über die feuchten Augen. „Wirst es sehn, ich bring den Hof schon wieder in die Höh, daß du deine Freude dran haben kannst."

Hernach gehen sie zu dritt ins Dorf hinunter.

Als sie am Pfarrhof vorbeigehen, bleibt Alberti stehen.

„Willst du nicht gleich fragen, Toni, wann ihr zum Stuhlfest kommen könnt?"

Toni, so unvermittelt vor die Tatsache gestellt, wird es jetzt doch ein wenig ungemütlich.

„Ich weiß nicht, meine Schuh sind so dreckig und — d' Händ soll ich mir doch auch zuerst noch waschen. Hannerl, kannst nicht du für mich fragen?"

„Ja", lacht das Mädchen. „Das geht schon gut an! Wenn es brenzlig wird, schiebt er mich vor."

„Du brauchst bloß die Einleitung zu machen", verspricht ihr Toni. „Das andere mach ich dann schon selber."

Dann zieht Johanna die Glocke am Pfarrhaus. Die Schwester des Pfarrherrn öffnet ihr und läßt sie ein. Alberti und Toni schlendern langsam auf dem Sträßlein dahin, das ins Geiertal führt.

Im Gasthaus „Zur Krone" sind um diese Zeit bereits alle Zimmer mit Sommerfrischlern belegt. Nur eines ist noch reserviert für Frau Cilli Busch und ihren Mann Heinrich, seines Zeichens Oberinspektor beim Finanzamt.

Die beiden kommen am Samstag so gegen drei Uhr in einem alten Opel an, und als die Cilli aussteigt, schlank und graziös wie ein Fräulein vom Ballett, schaut sie sich sofort mit gerunzelten Brauen um, weil der Hausknecht sich nicht gleich sehen läßt.

Ihr Mann trägt eine Pumphose und eine blaue Lüsterjacke und will die Koffer selber aus dem Wagen nehmen, worauf die Cilli ihn schrill zurechtweist:

„Das kommt gar nicht in Frage, Heinrich. Was sind denn das für Zustände? Wo bleibt denn da der Hausknecht?"

„Bin schon da“, läßt der Sepp mit seinem Bierbaß sich vernehmen und kommt in seinem grünen Schurz aus der ehemaligen Stallung, die zu Garagen umgewandelt worden ist.

Der Kreuzwirt aber steht, die halbgerauchte Virginia im Mund, hinter dem Fenster des Weinstüberls und sagt zu seiner Kellnerin, die gerade die Tische herrichtet:

„Schaug sie net an. Angeben tut s' wie a Steig'n voll Affen. Sie mit ihrem dürren Heuhupfer.“

Dann geht er hinaus, nimmt die Virginia aus dem Mund und zeigt das sonnige Lächeln eines Wirtes, der schon berechnet hat, was die beiden in den drei Wochen ihres Aufenthaltes springen lassen könnten bei einem Pensionspreis von neun Mark pro Person.

„Ja was seh ich da? Freut mich schon recht, Cilli, daß du mir die Ehr' gibt. Der Herr Gemahl wahrscheinlich? Freut mich! Freut mich aufrichtig.“

„Die Freude ist ganz unsererseits“, antwortet die Cilli anstelle ihres Mannes. „In den letzten zwei Jahren waren wir am Gardasee. Aber heuer wollte ich wieder einmal meine alte Heimat besuchen.“

„Ja, ja, über die alte Heimat steht nix auf. — Sepp, Zimmer Nummer acht hab'n die Herrschaften.“

Das Zimmer ist schön und sonnig. Die Cilli tritt gleich auf den Balkon hinaus und sucht unter dem Häusergewirr den Wieshof. Dann macht sie die Augen schmal und schaut zum Geiertal hinüber. Sie sieht den Rauch aus dem kleinen Häusl kerzengerade in die Luft steigen und beschließt, einen ihrer ersten Spaziergänge dorthin zu machen.

Ins Zimmer zurücktretend, sagt sie mit ihrem Kauderwelsch von Hochdeutsch und Dialekt:

„Hör mal zua, Heini. Die brauchen es gar net zu wissen hier, daß du bloß Oberinspektor beim Finanzamt bist. Regierungsrat klingt besser. — Halt's Maul, wenn ich red. Du bist Oberregierungsrat und damit basta.“

Indigniert zieht Herr Heinrich die Brauen hoch.

„Ich weiß nicht recht, Cilli —"

„Du weißt überhaupt nia was Rechts", unterbricht sie ihn.

„Ich meine bloß, wenn es aufkommt."

„Wie soll denn dös aufkemmen, wenn du dein Maul hältst?"

„Wenn sie wüßten, daß ich beim Finanzamt bin, würden sie vielleicht weniger Mut haben zum Schröpfen. Neun Mark im Tag scheint mir überhaupt ein bißchen hoch gegriffen für dieses Bauerndorf."

„Bauerndorf! Zu meiner Hoamat sagst du Bauerndorf?"

„Bitte, bitte, schrei doch nicht schon wieder. Ich habe mir ja nur erlaubt, einen Vergleich zu ziehen. In Malcesine haben wir voriges Jahr bloß acht Mark bezahlt. Da hatten wir aber auch noch den herrlichen See dazu."

„Dafür ist bei uns die Luft besser", verteidigt die Cilli ihre alte Heimat, um die sie sich so lange nicht mehr gekümmert hat.

Am Nachmittag schlendert sie allein durchs Dorf. Den Sonnenschirm aufgespannt, eine dicke Glasperlenkette um den Hals, ein kleines Ledertäschchen in der anderen Hand, stolziert sie in ihren weißen Sandaletten dahin und merkt bald, daß sie nicht der einzige Sommergast ist, sondern daß man es in der Zwischenzeit verstanden hat, aus dem Geiertal eine beliebte Sommerfrische zu machen. Immer wieder begegnen ihr Fremde. Keine „großen Tiere" zwar, wie man sie am Gardasee gesehen hat. Nach Cillis Schätzung kleinere Beamte mit ihren Frauen. Darum ist es ganz gut gewesen, daß sie den Fremdenzettel nach ihrer Meinung ausgefüllt hat. Wäre ja noch schöner, wenn eine andere Meinung gelten würde als die ihre.

Hat der Kreuzwirt nicht verwundert seine Brauen hochgezogen, als er den „Oberregierungsrat" gelesen hat?

„Teufl, Teufl", hat er dann bewundernd gesagt. „Da hast aber eine gute Partie gemacht, Cilli."

„Na ja, man schläft eben so, wie man sich bettet", hat sie geantwortet. „Aber noch eins, Kreuzwirt, es wär ma scho ganz recht — ich meine, es wäre mir lieb, wenn Sie mich nicht duzen würden in Gegenwart meines Mannes. Er ist in dieser Beziehung a wengl — ein bißchen eigen."

„So, so. Und ich hab mir denkt, der hätt' net viel zu reden bei dir."

An das muß die Cilli jetzt wieder denken, als sie durch das schmucke Dorf schreitet. Sie wundert sich, daß das ihr nicht früher aufgefallen ist. Wahrscheinlich wird man sie hier überall duzen.

Und tatsächlich, als sie am Wegmacher Simmerl vorbeigeht, der auf der Straße damit beschäftigt ist, ein paar Schlaglöcher auszubessern, reißt es ihm die Augen groß auf wie zwei Salzbüchserl, und er dröhnt sie mit seinem Baß an:

„Ja, verreck, bist es jetzt, oder bist es net?"

„Wer soll ich sein?"

„No, die Wieshofer Cilli halt. Freilich bist es. Bist aber mager geworden."

„Schlank meinst du?"

„No ja, werst halt net g'nug z' essen hab'n, gelt?"

„Ich habe mehr zu essen, als mir lieb ist. Und dir scheint das Bier immer noch so gut zu bekommen wie früher."

„Gott sei Dank! Kannst leicht a Maß zahln, wenn's dir so gut geht."

„Da liegt mir nix dran", verfällt die Cilli wieder in ihren Dialekt. „Und überhaupts braucht kein Mensch einen Zweifi haben, daß es mir net guat geht. Auf alle Fälle möcht i nimmer tauschen mit dem Leb'n, wie ich's früher g'habt hab."

Im Weitergehen öffnet sie dann ihr Handtäschchen und nimmt die Sonnenbrille heraus. Auf diese Weise erkennt die Kramerin sie wirklich nicht, als sie den Laden betritt und mit spitzer Stimme sagt:

„Ach bitte, ich hätte gerne eine Schachtel Ernte 23."

Von da ab beschließt die Cilli, nie mehr ohne Sonnenbrille auszugehen.

Am nächsten Morgen zieht die Cilli ihr schönes Kostüm an und macht sich ganz auf Dame heraus.

„Und du ziehst deinen schwarzen Anzug an, Heinrich. Wir wollen miteinander in die Kirche gehen."

Die Glocken läuten mit schönem Hall zum Hochamt. Aber es pressiert noch nicht. Man hat noch genügend Zeit, auf der Veranda draußen das Frühstück einzunehmen.

Mit tänzelndem Schritt betritt Cilli die Veranda. Ein wenig steif, aber im schwarzen Anzug ganz passabel aussehend, folgt ihr Herr Heinrich. Es sind bereits einige Gäste anwesend. Die Cilli merkt, daß sie Aufsehen erregt, und das will sie ja. Sie fühlt den Blick des Mannes mit den silbergrauen Schläfen, der ihr gestern schon aufgefallen war. An seiner Seite sitzt eine kleine, unbedeutende Frau.

Der Cilli gibt es einen Riß, als der Schläfengraue sich ein wenig verbeugt und sie mit Frau Oberregierungsrat begrüßt.

„Haben Gnädigste gut geruht?" kommt die Frage vom anderen Tisch.

„Danke, ausgezeichnet."

„Ja, ja, die Luft hier ist Gold wert. Ich sagte gestern schon zu meiner Frau, es ist jammerschade, daß wir keine festen Schuhe mitgenommen haben. Sonst hätten wir mal so eine Bergtour gemacht."

„Ich habe meine Genagelten mitgenommen", antwortet die Cilli.

„Willst du denn auf einen Berg?" fragt ihr Mann erstaunt. „Dann aber ohne mich, bitte."

Das sowieso, denkt die Cilli. Es ist nämlich ihr brennender Wunsch, dem Jäger Anton Langegger zu begegnen. Dieser Wunsch ist es hauptsächlich gewesen, weshalb sie heuer hierhergekommen sind.

Dieses Verlangen zerbricht in dem Augenblick jäh, als der Pfarrer nach der Predigt einen weißen Zettel herausnimmt und mit erhobener Stimme verkündet, daß der Jäger Anton Langegger und die Jungfrau Johanna Alberti sich zum Sakrament der Ehe versprochen haben.

Die Cilli merkt, wie ihr unter der Schminke die Farbe abschießt und wie ein langgehegter Wunsch zusammenbricht. Sie weiß nicht mehr um den weiteren Gang der heiligen Handlung, kniet im Betstuhl und hat das Kinn auf die gefalteten Hände gestützt. So blickt sie starr geradeaus zu dem bunten Fenster, das hinter dem Altar zu sehen ist, und läßt die Bilder der Vergangenheit an sich vorüberziehen. Es sind keine großen, leuchtenden Bilder, die ihr Herz froh bewegen könnten. Ja, es sieht fast so aus, als ob eine ausgleichende Gerechtigkeit gewaltet hätte.

Was war sie einmal, und was ist sie heute! Einmal ist sie die stolze Wieshofer Cilli gewesen und hat in einem Hof gelebt, dem schönsten wohl im ganzen Geiertal. Wie leicht hätte es sein können, daß ihr Name neben dem des Jägers Langegger von der Kanzel gefallen wäre. Im Geiste sieht sie sich an seiner Seite zum Altar schreiten, im Schalk aus Seide, den Myrtenkranz im Haar.

Statt dessen ist sie jetzt die Frau eines mittleren Beamten und haust in einer Dreizimmerwohnung, von deren Fenster aus man nur einen schmalen Ausschnitt blauen Himmels sehen kann.

Als sie wieder im Gasthof sind, sagt ihr Mann unvorsichtigerweise:

„Da können wir also einmal so eine richtige Bauernhochzeit mitmachen. Ich freue mich darauf."

Die Cilli fährt mit dem Gesicht herum.

„Da freust dich umsonst."

„Wieso denn? Wenn wir doch schon einmal da sind."

„Wir werden zu diesem Zeitpunkt eben nicht mehr da sein."

„Das wäre schade."

„Gar nix ist schad. Neun Mark im Tag sind sowieso zuviel bei dem Bauernfraß. Was ist denn schon los in dem Nest? Kein Fünfuhrtee, kein Tanz, gar nix. Wir werden nur vierzehn Tag bleiben."

Heinrich Busch ist sonst ein recht gutmütiger Mensch. Einen „guten Tölpl" nennt ihn die Cilli. Aber jetzt stellt er sich zum erstenmal auf die Hinterfüße. Ihm gefällt es hier ausnehmend gut, und der Kreuzwirt hat ihm gut geraten mit dem „Kalterer See". Dieser Rotwein ist so süffig, und schon die ersten zwei Schoppen gestern haben seinen niedrigen Blutdruck ein wenig in Ordnung gebracht.

„Was ausgemacht war, bei dem bleibt es", sagt er mit aller Energie, die ihm gelingt, dieser Frau gegenüber wenigstens gelingt, denn im Amt ist er ein strenger Beamter und von zäher Unnachgiebigkeit bei Steuerverfehlungen.

Die Cilli muß erst Luft holen, so perplex ist sie über seine Widerrede.

„Du, sag einmal, was ist denn in dich g'fahren. Seit wann hängst denn du mir 's Maul an?"

„Weil ich nicht einsehe, daß ich auf etwas verzichten soll, auf das ich mich freue. Ich hab in meinem Leben noch keine Bauernhochzeit mitgemacht."

Jetzt muß die Cilli es anders anpacken.

„Dann muß ich dir halt sag'n, warum ich da net hingehn kann. Dieser Anton Langegger ist mir nämlich einmal nachgelaufen auf Schritt und Tritt und tät sich weiß Gott was einbilden, wenn ich auf seine Hochzeit käm."

Und es erweist sich, daß die Cilli viel stärker ist als ihr gutmütiger Narr. Er muß nach knapp zwölf Tagen mit ihr abreisen, obwohl es ihm gerade hier so ausnehmend gut gefallen hätte.

War das eine Hochzeit!

Die Kirche kann die vielen Menschen gar nicht fassen, und als das Brautpaar hernach an das Grab der Langegger hintritt, stehen die Menschen auf den Einfassungen der anderen Gräber, um zu sehen, wie Johanna sechs weiße Rosen aus ihrem Brautstrauß nimmt und auf das Grab der Eltern legt. Dann nimmt sie Tonis Hand ganz fest in die ihre, als wolle sie mit diesem Händedruck alles sagen, von ihrer armseligen Kindheit, von ihren dunklen Tagen, von der Gewinnung des Augenlichts und vom Glück ihrer Liebe.

Es sind genau hundertfünfzig Personen, die hernach im Saal des Neuwirts an den weißgedeckten Tischen Platz nehmen. Links vom Brautpaar sitzt der glückliche Alberti, rechts Graf Holten, der es sich nicht nehmen läßt, seinem tüchtigen Jäger in die Hochzeit zu gehen. Auch Dr. Heyden mit seiner Frau ist unter den Gästen.

Auf die Zukunft des jungen Paares wird so oft und so viel getrunken, daß um vier Uhr nachmittags schlechtere Trinker schon eine stolprige Zunge bekommen.

Der Boden dröhnt unter dem Gestampf der Tanzenden. Und als gegen Abend ein Gewitter vorüberzieht, hört man im Saal kaum etwas davon, so überlaut ist der Trubel der Freude.

Eine halbe Stunde darauf ist schon wieder blanker, blauer Himmel und im Westen der zarte Hauch eines Abendrotes. Bis elf Uhr dauert es im Saal, dann macht sich das Brautpaar auf den Heimweg. Die Sterne leuchten über ihnen, und der Wind singt eine Melodie, wie auf Glas harfen gespielt.

Gerade als Toni sie auf die Arme nehmen und über die Schwelle des Hauses tragen will, wie es das ungeschriebene Gesetz dieses Tales fordert, fällt über dem Geiertal eine Sternschnuppe nieder.

„Wünsch dir schnell was“, flüstert Toni aufgeregt in Johannas Ohr.

„Was soll ich mir denn noch wünschen, Tonele? Hab doch alles, was mein Herz immer gewollt hat. Nun sag mir bloß noch, daß auch du glücklich bist, Tonele.“

„Noch mehr als du, Johanna.“

„Mehr kann es nicht sein.“

„Aber es kann noch mehr werden, von Tag zu Tag,

von Jahr zu Jahr, bis der Schnee in unser Haar kommt."

„Bis dahin", lacht Johanna hell auf — „bis dahin ist noch viel, viel Zeit. Und was dazwischen liegt, soll Glück sein und wieder Glück. Das ist mein Wunsch am heutigen Tag für dich. Und jetzt darfst mich 'nauftragen in die Königskammer, Tonele."

Alberti hat eigentlich gemeint, sie sollten eine Hochzeitsreise machen. Es ist der erste Widerspruch, den Toni sich dem Schwiegervater gegenüber erlaubt.

„Bei einem Bauern ist so was net Brauch", sagt er. „Was täten da die Leut' reden. Das Heu soll eingebracht werden. Das Korn wird reif, und wir täten weiß Gott wo umeinanderfahren."

Und so fährt Toni am Morgen nach der Hochzeit mit der Mähmaschine hinaus und mäht den breiten Anger im Vertrauen auf die Sonne, daß sie noch über eine Spanne Zeit so heiß herunterbrennt.

Dann wird das Korn immer weißer in den Spitzen.

Am Abend gehen Toni und Johanna am Feld entlang. Seine Hand greift hinein in die Ähren, und seine Finger prüfen die Reife.

„Morgen", sagt er. „Morgen fangen wir mit der Ernte an."

„Mit deiner Ernte", antwortet sie und schmiegt sich fester in seinen Arm.

Über dem Wald brennt das Abendrot. Sein Blick geht hinauf über die dunklen Wipfel, bis zu den grauen Felswänden, die schon purpurn glänzen. Johannas Blick folgt dem seinen.

„Sehnsucht da hinauf?"

Er schüttelt den Kopf.

„Bei dir herunten ist es mir lieber."

So gehen die Wochen dahin und nehmen den Sommer mit. Herbststürme jagen über den Wald, reißen die Blätter von den Bäumen. Hernach lächelt wieder eine Reihe sonniger Tage, nicht mehr so heiß und wie von einer leisen Wehmut erfüllt, mit Marienfäden in der glasklaren Luft.

Johanna sitzt mit ihrem Toni auf der Bank vor dem Haus. Sie halten sich an den Händen und warten auf die Dämmerung, die schon vom Wald herunterkommt.

„Morgen will ich säen", sagt Toni.

„Ja, Lieber. Korn wirst du säen. Und bis es reif wird und sich die Halme neigen — werden wir ein Kind haben — ein kleines Kind — Tonele —"

Ihre Stimme ist ganz dunkel vor Glück, und er starrt sie fassungslos an.

Dann ist die Nacht da mit den ersten Sternen und mit der Stille, die sich ausbreitet und alles umfängt. Bis aus dem geöffneten Erkerfenster eine rauschende Flut von Tönen strömt.

Alberti spielt seine neue Sonate, und die Klänge schwingen wie auf goldenen Flügeln in die Dunkelheit hinein, um sie auszufüllen, bis das Licht eines neuen Tages wieder über die Berge bricht.